灰之环

江居正 / 著

中国华侨出版社
·北京·

图书在版编目（CIP）数据

灰之环 / 江居正著 .—北京：中国华侨出版社，2024.2
ISBN 978-7-5113-9060-8

Ⅰ . ①灰…　Ⅱ . ①江…　Ⅲ . ①长篇小说—中国—当代
Ⅳ . ① I247.5

中国版本图书馆 CIP 数据核字（2023）第 175712 号

灰之环

著　　者：江居正
责任编辑：桑梦娟
经　　销：新华书店
开　　本：880 毫米 ×1230 毫米　1/32 开　印张：11　字数：245 千字
印　　刷：北京天正元印务有限公司
版　　次：2024 年 2 月第 1 版
印　　次：2024 年 2 月第 1 次印刷
书　　号：ISBN 978-7-5113-9060-8
定　　价：48.00 元

中国华侨出版社　北京市朝阳区西坝河东里 77 号楼底商 5 号　邮编：100028
编 辑 部：（010）64443056-8013　　传　　真：（010）64439708
网　　址：www.oveaschin.com　　E-mail：oveaschin@sina.com

目录

灰之环

第一章

新人

津源市似乎比其他城市都要炎热些，早晨 7 点钟的阳光虽然不是很强烈，大街上的人不多，但每个人的脸上似乎多了一分燥热感。大家恨不得让沥青马路上的空气都自带吸热功能，这样自己才能一直保持刚出门时最优雅的姿态。

原本总是睡眠不足的简辕泰今天 6 点钟就自然醒了，这是他这几个月以来第一次早起。辕泰迅速洗漱完毕，从冰箱里取出昨晚在公寓附近便利店买的简易三明治，泡了一杯速溶黑咖啡，囫囵吞枣地吃了一些，穿上浅色的 POLO 衫和牛仔裤，头发稍微用发蜡打理一下，就匆匆出门下楼了。

今天是第一天上班，不知这种早起的兴奋感还能持续多久。辕泰边下楼边思考着，走到公寓楼下，在新智能共享电动自行车的屏幕前扫了一下自己的脸，手机叮的一声响起“租用成功”，骑上电动自行车飞一般地朝新工作地点驶去。

马路上的太阳能汽车和电动车渐渐多起来，自从津源市成为大友中立国第二批启用“新智能交通控制系统”的城市，在本市行驶的汽车或电动自行车都会自动连接该系统，车上显示屏内的语音和控制系统会根据全国大数据路况提供最优化的路线和辅助驾驶，最大限度地缓解交通拥挤，且大大降低了出现车祸的概率，近两年津源市的交通事故率为零。

辕泰根据语音指引轻松地骑行了10分钟，很快就到达了他2040年新的上班地点——津源市友联科技集团项目开发中心大楼。眼前的大楼已经远超气派这个形容词，大楼于两年前刚刚建成投入使用。这座开发中心大楼位于津源市中心的西部地区，总建筑面积达16万平方米，10层楼高，3层的地下停车场为大楼上班的工作人员和办事的市民提供停车方便。

大友中立国是一个地处亚洲东部的国家，人口达2亿左右，21世纪以来，国内进入新科技2.0时代。友联科技集团是目前国内最大的民营科技开发集团，分布于每个城市，开发项目涵盖国内的大部分领域，致力于把科技带到每个人、每个地区、每个领域里，构建科技智能的环境。

集团工作稳定、薪资高，有畅通的升职空间，每年举行一次招聘考试，每个地区招聘人数不多，考试形式参照本科和研究生考试科目，分专业进行考试。在这个就业压力很大的时代，大多数大学毕业生特别是应届毕业生以入职友联科技集团为目标，而进入友联科技集团成为大学毕业生眼中排名前三的选择。

四年前，根据友联科技集团董事长发布的指令，每个城市的友联科技集团项目开发子公司必须统一搬到一栋中心大楼办公，整合成一个城市的友联科技集团项目开发中心，既提高了子公司之间的工作效率，又方便了市民与业务合作的其他公司来中心办理业务。

每个部门都有对应的办事柜台，柜台旁的全息投影会显示该部门所有人员的名字和在岗情况，当市民进入中心以后，中心的“友联科技中央控制系统”会根据市民事先预约好的项目，通过语音指引市民到相应的部门柜台办理业务。

柜台后面是办公室和会客室，来办事的市民也可以通过全自动透明门窗看到里面的工作人员的办公情况。辕泰在正式上班前已经通过网络介绍详细看了中心大楼的布局，对这里的办公条件和情况也略微了解。

辕泰从工作人员通道走进大楼，对着电子自动门上的显示屏幕看了一眼，屏幕迅速显示辕泰的信息（姓名：简辕泰；性别：男；职务：津源市一级工作人员；体温：36.7℃）。嘀的一声，电子自动门迅速打开，辕泰迈着轻快自信的步子走了进去。

虽然离正式上班还有一段时间，但周围的人大多匆匆忙忙步入电梯。辕泰没有坐电梯，而是慢慢地走上大厅的楼梯，注视和观察上班的人们。他通过穿着和神态能轻松辨别出三种人，穿统一白衬衫黑制服的一般是窗口的一级工作人员，大多跟自己一样很年轻，男的梳着整齐油亮的头发，女的扎起头发化着淡妆，他们都是经过全国友联科技集团考试选拔出来的年轻精英，脸上透着一丝优越感和蓬勃的朝气。穿着得体的便服大多是中层主管，虽然很多人已年过中年，业务方面的历练和经历给了他们足够自信，同时脸上带有一点疲惫。少部分西装革履的大概率是副部长级以上领导，白头发和细微的皱纹是标配，但身体周围散发出来的气度给人一种威严感。我终于可以和他们一样在这里上班啦。辕泰脑子里一直回荡着这句话，却不知不觉已经走到了自己新部门的柜台了，柜台上写着“景区科技开发研究室”。

“你就是辕泰吧，你好，我是吴芊美，欢迎你来到我们景区科技开发研究室！”

“你好你好，我是简辕泰，今后请多多指教！”

突然被眼前的年轻女生打招呼，辕泰略微有一点儿不知所措，但他很快调整好呼吸，没有让她觉察到自己内心的小紧张，与芊美愉快地闲聊起来。这时柜台和办公室的人越来越多，两个身影也朝他这边走来。

“你就是辕泰啊，欢迎欢迎，进来坐吧！”

“小伙子长得挺帅的嘛，哈哈！”

“这位是我们办公室的王主管，另外这位是我们室的林姐，你可要把自己的基本情况如实跟她说哦。”

“80后”的王主管快退休了，一头白发，不胖，戴着一副黑框眼镜。林姐大约有50岁，但年龄并没有在她的脸上刻画出太多的印记，“90后”的她保养得还不错，平时也做瑜伽等健身，辕泰推测景区科技开发研究室的成员们都能在工作与生活之间找到很好的平衡。

办公室里有四张集成电脑的新智能桌子，王主管和林姐自然是坐在里面的两张，王主管的电子桌牌醒目写着“王浩雄 主管三级工作人员”。靠近外面一张是芊美的，另一张桌面上面只有一台电脑全息显示器，电子桌牌上写着“简辕泰 一级工作人员”。看来这就是我的新座位啦，还不错，辕泰心想，并对自己的座位挺满意，走到王主管的桌前，等待着他的下一步指示。

“再次恭喜你通过选拔考试成为我们的一员。在这个全世界就业率低下和人口老龄化严重的严峻形势下，能选拔进中心的，是年轻人中精英的精英啊，看来你平时学习上也没少下苦功啊。”

“王主管过奖了，我能考上也是运气比较好。”

“哪里的话，都是你自身实力和努力的结果。我们办公室的业务量在中心算是比较多的，你先跟芊美好好学习学习。你们都是一级工作人员，每个月的话需要轮流在柜台给市民办理业务。”

“好的，主管，我一定会尽力学习，尽快上手业务。”

还等不及王主管说下去，旁边的林姐就迫不及待地插话了。

“辕泰啊，你年纪轻轻的就考进我们中心啦，是不是有很多美女对你主动献殷勤呀？”

“没有没有，我这几年心思都放在学习和考试上面，况且自己也没有那么优秀。”

“那就是没有女朋友喽，太好啦！你找对象的事情就交给我林姐啦，在这里工作的美女，还有各部门部长和主管们的女儿们，都是你潜在的对象哟，就让美丽的林姐我来为你牵线搭桥啦。哈哈哈哈！”

“呃……谢谢林姐，我目前暂时还没有考虑找对象的事情，抱歉抱歉。”

“没事的，很快就会考虑上的啦，包在我身上。”

心态年轻且大大咧咧的林姐又自顾自地说几句，笑嘻嘻地打开手机全息投影，利用上班前的闲暇时间全神贯注地滑动信息帮辕泰找合适的对象了。

辕泰心里犯难，这个阿姨八卦能力实在太可怕，以后得提防着点。微笑应对后，辕泰迅速转回略严肃的表情，回到自己的座位，收拾东西整理文件，准备开启新的工作之旅。

中心大楼给每个工作人员都配备了国内自主统一研发的最新的 C-VI 型的电脑和 YOS9 智能操作系统，可以与每个人的身份 ID 和手机自动连接，任何文件和信息无论占用多大空间都可以实现 1 秒传输，而且每台电脑都接入“友联科技中央控制系统”。该系统已经通过网络云的方式整合好每个城市的友联科技集团项目开发中心所统计的数据，每个工作人员都能根据各部门的业务需求调阅各自职责范围内的文件和数据，确保工作的效率达到最大化和重要的文件不会泄密，又能避免因各自统计造成交叉重复的工作量和重要的文件外泄。

镶泰根据职责权限迅速调阅出与本室相关的内部管理文件和开发方面的电子版书籍，1 秒就把相关资料传输到自己的手机上，准备无论在工作时间中还是工作以外都能及时学习和查阅相关信息，尽可能快速进入工作状态。

“景区科技开发研究室”的业务量真不少啊，看来大学期间学习的知识与工作内容还是有点儿脱钩。镶泰陷入了对工作的思考，但他的注意力不仅仅放在电脑全息屏幕上，他余光观察到办公室门口来来回回的人当中，不时地有工作人员往自己的这个方向望过来，看来林姐传播消息的速度还是挺快的。

不知不觉就到中午 12 点了。镶泰没有提前预约午餐，他等王主管等人离开座位后再起身向中心大楼的食堂走去。一路上看到几部以动物企鹅为原型的“全自动送餐机器人”，它们的身体里装着热气腾腾的餐饭，要把餐饭送到那些已提前在手机里预约点餐但还在忙碌的工作人员手中。

中心食堂在大楼的顶层，镶泰目测了一下，估计可以容纳 500 人以上同时用餐，落地窗外可以看到津源市西部地区的全景。他走到全自动取餐柜台，今天中午所有的菜品都已显示在柜台上的全息投影屏幕上，有多达 50 种菜品可供选择。辕泰扫了几眼前面工作人员的点餐方式，他们走到取餐区域后手机会自动连接“中心食堂用餐系统”，说出需要的菜品对应的序号后，再走到取餐口，那里就会自动递出刚才选择的并已分装到餐盘的餐食了。

因为工作人员在中心食堂用餐是免费的，所以手机的 Y 支付系统不会扣款。今天早餐可能因为吃得不多，加上有点兴奋有点紧张，这会儿还真的饿了。辕泰下意识地偷偷摸了摸肚子，点了清蒸鲈鱼、辣泡菜、冷豆腐、炸茄子，还有一份米饭和海鲜汤，端起餐盘向用餐区走去。

“辕泰！”听到芊美在喊自己，辕泰朝她走过去，在她对面的位子坐了下来。两人之间已经没有了陌生的气氛，边用餐边聊起来。

“你吃的还挺讲究搭配的嘛！”

“我比较喜欢吃中国的鲈鱼和韩国的泡菜。倒是你吃得那么少，应该是怕胖要保持身材吧？”

“那当然，我们‘10 后’已经开始渐渐老去，你看‘90 后’林阿姨都还一直保持 90 斤的体重呢。”

“林阿姨……你这么说她，她不会生气吧，况且我们的青春已过，叫她林姐会不会比较合适？”

“哈哈哈，生命只有一次，青春又很短暂，我就想让自己一直保持青春的状态，偶尔偷偷叫她林阿姨没问题的啦。现在科技的发展好像已经到一个瓶颈期了，从始至终依旧没有一种科技能让人永葆青春不衰老。”

“我们不能违背自然规律嘛。”

辕泰边聊边注意着芊美的吃饭速度，原本吃饭比较快的他刻意地让自己吃慢一些，以免自己过早吃完让女生尴尬。

“你不会被林姐说要给你介绍对象而有困扰吧？”

“不会的，我这个人抗压能力比较强，应该能抵挡得住。”

“那就好，那你要提前做好她给你牵线的准备噢。”

“其实我跟她说了，我暂时不想考虑谈女朋友的事，只想先把工作放在第一位，而结婚的事对我来说就太遥远了。”

“我就知道！我们‘10后’跟‘90后’的阿姨们有很大的区别嘛。她们那代人观念守旧，一辈子非要结一次婚不可，大学毕业年纪轻轻的时候就早早地被投放到相亲市场中去，成了供大家互相挑选的对象。”

“这个观点我赞成。”

“我们‘10后’观念就不同，无论男女都有各自的人生，结婚只是人生当中的一种选择而已。我周围的不婚主义者就不在少数，大家来到这个世界不容易，各自都有各自的喜好和脾气，我们应该趁年轻好好地享受生活，如果有喜欢的对象就谈一场舒服的恋爱，真要走到结婚这一步的话一定要慎重，现在这个时代两个人能长久地相处下去真的很难。”

“你爸妈不会催你结婚吗？”

“他们不会呀！虽然他们差不多都是林阿姨那个年代的人，年轻时候被他们的父母催婚过，等到他们成为父母了，经历了婚姻的种种，体会到相处的不易，加上现在思想比以前更加开放了，所以他们反倒是没有和我提过结婚的事，只是偶尔问我有没有在谈恋爱，还鼓励我好好活在当下呢。”

“看来你生活在一个温暖的家庭里。”

“嘻嘻。”

吃过午餐，辕泰和芊美一起往 2 层自己的办公室走去。由于下午是 1 点钟上班，吃完饭的工作人员也都匆匆回到自己的办公室，有的忙着补妆，有的在座位上和同事们谈谈心聊聊八卦，待 1 点钟一到，他们立刻转换到工作的状态中去。

中心大楼的摄像头配备了全国最先进的“eTV 信息采集系统”，画面可以全方位无死角地覆盖整个工作区域，工作人员是否在岗能准确无误地辨别出来，摄像头即使在黑暗的条件下也可以采集到工作人员的虹膜，并与国家的身份 ID 系统进行匹配，确认工作人员的身份。进入大楼的市民也会被摄像头“追踪”，若出现突发情况，警备室的保卫人员可以第一时间出动给予帮助。

由于第一天上班，辕泰很注意着观察办公室同事们的工作风格和习惯。王主管吃完饭早早就回到座位上，可能由于年纪较大快要退休了，不太会操作最新型的电脑，所以他将旅游科技项目开发部副部长签署的文件都传输到自己的手机上阅览，需要批注的地方再用自己随身带的实体手写笔，不像年轻人那样可以轻松上手电脑新系统，或者是打开手机的全息投影，用眼神和手比画来准确无误地进行翻页和手写。

林姐可能中午吃得不多，辕泰回到办公室的时候，她似乎刚刚做完了几组简单的室内有氧运动，身体微微出汗，用茶包泡了一杯香气十足的茉莉花茶，边喝边看起电脑全息屏幕了。芊美这个月需要坐在柜台为市民办理业务，回到座位后她拿起自己的小镜子补涂了口红，露出了甜美又优雅的微笑，然后调好坐姿，对着屏幕，耐心地等待着叫到自己办公室号的市民来此柜台。

虽然想和王主管他们聊聊天增进些感情，但现在是工作时间，今天来办事的市民又比较多，辕泰也不好自己主动说太多话。辕泰为给大家留下好印象，也为了让自己尽早进入状态，埋头看起资料来。

下午下班时间来得很快，每层的大厅只剩下那些暂时还没有办理好业务的市民，每个柜台后面的办公室陆续走出准备回家的工作人员。王主管简单和大家点了点头，提上文件包就离开办公室了。芊美还在柜台为一位小企业的中年男人办理项目相关的合作业务。林姐已经把电脑关上了，但带着嘴角上扬的微笑往辕泰这边注视着。辕泰显然已经发现并被她的视线所固定住，既不好主动说话，也不方便起身离开，只能假装认真地用手机看看最新的时事新闻。

“辕泰小弟，下班后要去参加什么活动呢？”

“林姐，我是个宅男，一下班就会走最近的路线回到家里的。”

“年纪轻轻的怎么不好好去喝一杯，顺便和美女们约个会，庆祝你正式成为友联科技集团的一员呢！”

“哈哈哈……”

“我们的芊美妹子，也是单身哟，不如你们去中心附近的居酒屋吃个烧烤，喝个日本生啤，也许能很快擦出火花哟！”

“林姐，你知道我是不打算结婚的！”在外面柜台的市民已经办理好业务离开了，而芊美显然已经把注意力转移到辕泰和林姐的对话这边，所以她立马用坚决且略带生气的口气回应了一句。

辕泰赶忙说一句要先回家了，还没等林姐想要和他继续展开话题，辕泰已经背起双肩包离开座位，往电梯方向走去，只留下林姐那儿还未八卦尽兴的，念念叨叨的。

出了办公室，辕泰刻意放慢脚步，边走边观察着各个部门的办公室动向。大多数部门的部长室、副部长室依旧亮着灯，有的秘书站在部长身边汇报工作，有的副部长正在打电话，有的部长刚开完会回到办公室批阅文件。而旅游科技项目开发部部长室的灯是暗着的，听说前部长刚升职为副总，不知新的部长什么时候会上任。辕泰多望了部长室几眼，很快就坐上电梯，往地下停车场走去。

地下停车场一层是供给办事的市民停车的，现在已经没有停放多少车辆了。地下二层和三层是给工作人员停放的，大多停的是进口的太阳能汽车。现在很多国家的汽车生产商已经在太阳能电池动力方面取得了重大的突破，市场的占有率已经接近 100%。

汽车的顶棚都有配置可充电的太阳能板，行驶过程中就能吸收太阳能对汽车进行充电，续航已达 1500 公里以上。太阳能汽车几乎能完美地替代使用汽油和插电充电的汽车，而且太阳能汽车的售价基本在 50 万友元以内，是工薪阶层买车的首选。

辕泰简单地绕了地下室一圈，然后坐上电梯回到地面，再次租用了一台新智能共享电动自行车离开中心大楼。由于早上上班途中思绪一直放在中心大楼上，下班途中辕泰以 30 公里 / 小时的速度往公寓骑，开启电动自行车辅助驾驶模式，这样他就能把注意力稍微放在沿途的街景中。

津源市中心的西部地区属于较晚开发的区域，但一点儿都没有荒凉的感觉，在中心大楼选址确定以后周边的房地产就迅速崛起，已有房子的房价每平方米一下子涨了 2 万友元，待建的房子已放出消息，每平方米均价 8 万友元左右。一些中心的工作人员尤其是单身男女早早就买下了中心附近的房产，这样上班就比较方便。

与房地产配套的津源市第二大的津西购物广场、津湖生态公园、津源市高速公路也在去年建设完成。津西购物广场有 12 层，国内外著名品牌的美食店与购物商店已分批入驻，下班时间一到这里就热闹非凡，吸引了周边的居民尤其是画着精致妆容穿着打扮时尚的年轻女孩们。

津湖生态公园依托着津源市最长的入海河流——津龙江的岸边而建，是那些跑步和散步爱好者的聚集地。津源市高速公路的通车意义非凡，市民既可以上高速往西开往隔壁的津州市，也可以避开市中心高峰期开上环城高速回到津源市的北部或东部等其他地区。

辕泰对中心大楼附近的建筑还不太熟悉，但他把注意力都放在了街边的店铺上。中式餐馆、日式居酒屋、韩式烤肉场，这三类的国外连锁美食店还有众多著名品牌服装店已经占据街边大半店铺。津源市最长的光明大路有很多延伸的小路，那里有很多精品咖啡店、特色美食店、纪念品店，吸引了很多国内外游人驻足。

辕泰沿着小路骑行，即使没有停下来进店逛逛，光看着颜色鲜艳、各式特色的招牌，打扮时尚的中老年夫妻，浑身上下散发出荷尔蒙气息的少男少女，就会感到十分的满足，沉浸在这人间烟火气中能让人活力十足，忘却了工作带来的疲惫感。

半个多小时后，辕泰就逛回到了自己租住的公寓楼下。这栋公寓已建成多年，楼层很高，并且每层楼有 10 多套单身公寓，大多数业主买房子的时间较早，然后把公寓租给在附近工作的年轻人。辕泰考上友联科技集团以后很快就看中这里的公寓，虽然只有 50 平方米，但独自一人完全够住，且租金仅 1.5 万友元一个月，这样扣掉租金每月可支配的收入还是比较多的。

公寓楼下有便利店和一个中型的购物超市，最让辕泰满意的还是公寓与中心大楼的距离仅有 2 公里，中心大楼方圆 3 公里内能租到便宜的小型公寓算是很不错了，这样上班时间几乎可以压缩在 10 分钟以内，早晨还可以多赖会儿床。

辕泰把新智能共享电动自行车放好后，坐上电梯按了 8 楼，出电梯往左拐走到最后一间就是自己的公寓。一开门，辕泰把随身携带的背包放在床旁边的椅子上，然后瘫坐在沙发上，拿出手机打开全息投影，让速速外卖 App 自动根据自己的喜好匹配附近优质的外卖商店。他准备点一份刺身大餐和煎饺，以犒劳今天第一天上班的自己。

“丁零零，丁零零，丁零零。”

是谁？我应该没有告诉外人自己住在这里啊，怎么会有人来按家里的门铃呢？辕泰突然心跳加速，有点儿紧张，屏住呼吸脱掉拖鞋，悄悄地走到门口通过猫眼向门外望去。

第二章
执着

新的下半学期刚开学，春天的津源大学已经披上一层绿色的外衣，校园绿树成荫，惠风和煦，早晨9点钟的太阳带着一丝丝暖意，迎接穿着时尚配色春装的大学生们从校门口往宿舍区走去。与那些三五成群嬉笑打闹并拖着行李箱的男生女生们行进路线相反的，只有一个戴着金丝框眼镜、理着平头、背着灰色背包、步伐很快的男生正匆匆往校园图书馆的自习室赶。

“七哥，还没开学就来学校啦？”

“是啊。”

七哥简单地回应了一下同专业的同学，头也不回地继续往图书馆走，仿佛路上的人和景都与自己无关。

津源大学的新图书馆位于大学的东区，与西区的宿舍楼有一段距离。新图书馆是前几年才盖起来的，是大友中立国友联科技集团的董事长资助建设的。图书馆有5层楼高，藏书量已经超过300万册，居全国高校图书馆的藏书排名的前五。

新图书馆已经安装最新的“新智能图书管理系统”，借书前即使人不在图书馆，也能通过手机连接系统预约，系统会指派“取书机器人”到指定的藏书区域取书并存放在待借阅区，当学生进入图书馆后，大厅的人脸识别系统会自动根据学生的身份ID、借阅和订座情况，再次委派机器人将书放置于预订的座位。

然而七哥到图书馆的目的并不是查阅资料，也不是悠闲地借一本小说在座位上慢度一天，而是直接转到单独设置的自习室为年底的研究生考试做准备。

研究生入学考试会定在每年年底的 11 月或 12 月，准备参加研究生考试的本科生们大多会在大三下学期开始准备考试，而各种线上或线下的培训机构也会纷纷在大学校园里的全息投影电子播放牌上做着广告，吸引更多的学生报培训班。七哥没有报班，他已经利用各种途径用手机下载了很多往届研究生考试的资料和大量的模拟习题。

七哥沿着熟悉的路线走进离洗手间较近的这间教室，找到自己的座位，放下背包坐了下来。这时斜对面的也在自习的、穿着格子长裙的女孩头转过来朝七哥看了一眼，七哥正好也与她对视了一下，立刻就移开视线打开手机。

七哥心想这女生好清纯好漂亮啊，好像是隔壁学院的学生，也在准备考试。七哥再次望了一眼那个女生的背影，然后打开手机全息投影，对着学习资料复习起来。

进入大三下学期，大学生们一般会呈现两极分化的趋势，一部分为了考研究生或考入友联科技集团等大型企业，提早进入考试的状态，为年底的各种入学和入职考试做好充分的准备；另一部分学生没有因即将步入社会而过分紧张，他们甜蜜恋爱，享受生活带来的乐趣，到处旅游，把找工作和未来的大事放在大四再考虑。

七哥的专业是化学工程，大三下学期专业课的考试还有三门，在准备研究生考试的同时也不能将专业课落下，不然补考或重修的话，可能会影响到自己的本科学士学位。近 10 多年来，大友中立国的就业率一直呈现波动下降的趋势，虽然近几年偶尔有经济复苏的征兆与趋势，报考研究生和友联科技集团等大型企业的人数逐年增高、延迟退休、人口老龄化、人力逐渐被智能机器取代，年轻啃老族增多等多方面的原因造成了如今的态势。

心思缜密、励志改变自己命运的七哥没有被学习和就业的重重困难形势所压倒，也没有像周围部分同学靠着爸妈在经济黄金时期积累下来的财富坐享其成。早熟的他很早就在为自己的未来做准备，他深知只有努力在学历和工作上高人一等，才能过上更好的生活，所以他大学期间的朋友不多，把娱乐和运动的时间都压缩到最少，重新回到高中时期那种将学习凌驾于任何事情之上的状态。

七哥看着手机的全息投影，无线耳机听着网络授课视频的讲解，认真地记着笔记。自习室陆陆续续来了一些人，大家的脸上似乎都带着一丝焦虑，有的刷手机，有的陷入沉思，希望赶快赶走寒假所带来的安逸感，让自己热血起来，把学习当作一场没有退路的战争。

七哥听到有人在他旁边小声说他这么早就来了，他抬头看了下，原来是他的好友胖狗也来到了自习室，跟他熟悉地打了声招呼，也坐到了自己的自习座位上。胖狗的父母是做小家具生意的，他又是独生子，每个月家里都会给他打 5 万友元作为生活费，大学生活过得很滋润。

虽然胖狗无意帮忙做家里生意，但平时嘻嘻哈哈的他对于未来找工作的事也有既定的目标，就是考上津源市友联科技集团。被七哥努力学习的精神所感染，胖狗一开学闲来无事，跟在七哥的屁股后面来到自习室复习友联科技集团选拔考试。

七哥从9点到11点高效率地复习了2小时，稍微有了一些困意，他从书包里取出日常提神续命神器——挂耳咖啡包，拿起杯子去自习室门口的速热纯水机泡了一杯香气四溢的黑咖啡，轻轻抿上一口，那又苦又略酸的液体浸没了他的口腔，刺激了他的神经系统，让他瞬间感觉头脑被重新过滤了一遍。胖狗看到七哥走出自习室喝咖啡，也从口袋里掏出一包烟，走到门口走廊处点了起来。

“七哥，你有准备好考哪所大学的研究生了吗？”

“我就打算报考我们本校本专业的研究生，竞争相对来说比较小，全国最好的大友国立大学其化学工程专业在全国是排第一的，依照现在的考研形势，要考上的概率太小了。”

“看得很透嘛，我好羡慕你，可以全力以赴地努力。我老是被父母催回家工作，我又不喜欢做家具生意，看来只有成为这里的友联科技集团的工作人员，才能让他们彻底放弃让我做生意的念想。”

“你之所以没办法静下心来，是因为你有一条退路。如果你能摒除杂念，用尽全力拼一年，结局一定会如你所愿。我也还在考虑中，不排除会同时备考友联科技集团考试。”

“但愿如此呀，你要时不时地督促一下我，不然我经常胡思乱想不能专注复习。”

“OK，我尽力。”

中午时间到了，胖狗收拾了一下东西去食堂吃饭了，七哥为了节约时间，吃着早上提前买好的蔬菜汉堡午餐，续杯一袋咖啡，为下午继续高质量战斗储备能量。七哥又不敢吃得太饱，1 点到 2 点之间随时会袭来无法阻挡的困意，让他不得不与之抗争到底。以前复习的时候碰到实在困得不行，七哥就会跑到教室后面做 5 分钟平板支撑，能快速赶走睡意。

今天七哥复习的重点主要是专业课内容，今年的期末考试还要考化学科技理论、应用科技化学等科目，都比较难学，既然选择考研，就得把专业的内容掌握得更好。后面选择导师也十分地重要，要想取得高分也得摸透出题老师喜欢出的范围和题型。七哥今天主攻两个科目的学习，在老师还没有开讲的前提下，先把书本重要的知识点过一遍，把培训视频里老师画的重点记在纸质笔记本中，方便回过头来巩固知识点。

斜前方穿格子长裙的女生午餐时间过后也直接回到自习室，她扫了一眼七哥的方向，然后坐在自己的座位上开始继续学习。七哥近视有 400 度深，戴着的这副金丝框眼镜已经有两年了，但因为经常看书、浏览视频，度数又加深了。他将镜框往上推了推，朝女生那里望去。实在是看不清楚她看的书是什么内容，但她肯定是她们专业的系花。短时间的分神后，七哥又低头投入紧张的学习中。

胖狗在午休时间过后也来到自习室，早上的雄心壮志很快就被中午的瞌睡虫所打败，他似乎是没有睡够，又趴在桌子上补了一会儿。胖狗进来的时候没有和七哥打招呼，扫视了一圈也注意到了前方的女生。周围上自习的学生们开始多起来，偶尔会有认识的同学互相窃窃私语在交流，但丝毫没有动摇七哥的专注。

七哥学习到下午 4 点，为了稍微放松一下自己，用无线耳机听着音乐，浏览一下考研的最新资讯和最近的时事信息。大友中立国的经济依旧没有实现复苏，上一年度年度 GDP 数据已经出来了，增长率为 –1.98%，全世界的经济强国只有中国保持正增长，而且专家推测今年的就业形势依旧不容乐观。七哥翻阅着一些考研培训机构出的新闻，专家预测今年的考研人数应该还会持续增加，但招生人数预估会比以往再下降一些。

经过 1 小时左右的放松，七哥伸了个懒腰，收拾好座位上的东西，背上背包，又转头看了一下胖狗的座位是空的，然后走出自习室，朝着食堂的方向走去。

从新图书馆到食堂要经过一大段林荫小道，小道边有一片未名湖，湖边每隔一小段距离有一个铁质的座椅。七哥走在路上，听着音乐，但会不时地朝湖边望去，座位上是戴着耳机认真看书的稚嫩新生，还有两个座位上是趁着渐黑的夜色正在接吻的男女朋友，他们不顾旁人，享受着大学期间最纯粹的恋爱。七哥偷瞄了几眼，就很快走到食堂门口了。

校园的东区食堂是七哥比较常去的食堂，因为离图书馆自习室比较近，而且这里菜色丰富，有很多本地区和其他地区的美食，还会有一些像中国的盖浇饭、韩国的石锅拌饭，都是七哥比较喜欢的美食。由于七哥是单独去学习，吃饭的话经常没办法和小伙伴碰到一起，他一个人吃饭的话会打开手机的全息投影，边吃边看一会常用的视频 App 追一会儿剧。

吃过饭将餐盘交给“收餐机器人”，七哥走出食堂朝西区的宿舍区走去。夜色降临，天气略微有一些冷，校园的道路上已经有很多学生骑着小电动自行车在疾行，大多是哥儿俩坐着一辆车相约着去喝酒吃饭，当然也少不了帅气男生载着美美的女朋友，朝着校门口的方向骑去，去迎接那美妙的夜晚生活。这一切每天该有的青春乐趣，七哥似乎都能延迟满足，自律的中枢神经已经支配着他朝着目标道路前行。

校园的西区宿舍是男女同住的宿舍楼，单数层是女生住的楼层，双数层是男生住的楼层，每层有 30 个房间，总共有 20 楼。由于西区宿舍是新建成的，有足够的床位供给学生住宿，双人间，大大减少了作息习惯不同造成舍友之间矛盾的概率。

学生宿舍的硬件配备也十分齐全，全自动变频空调，新智能洗衣烘干一体机，24 小时恒温热水器，简易智能饭菜锅等日用电器一应俱全，40 平方米的空间绰绰有余放了两张 1.5 米宽的床铺和可调节写字桌，再加上一间小型洗浴卫生间和露天阳台，条件比学校附近租住的单身公寓还要豪华。七哥入学的时候正好赶上宿舍楼刚刚启用。

七哥走进位于 12 层的宿舍，习惯性地看了一眼自己座位对面空荡荡的床位，然后把背包一放，打开了自己的笔记本电脑。七哥的舍友是津源市中心的市民，他只有大一的时候在宿舍住过一段时间，其余时间基本上住在自己家里。七哥上大学以来几乎是过着一个人的宿舍生活，要外放音乐或看电影都可以把音量调到很大，一个人享受家庭影院的氛围。

舒适的住宿条件丝毫没有让七哥沉浸在电子游戏等娱乐项目中，大部分时间里他总是戴着无线耳机，默默地学着大学里该学的知识和想自学的东西。隔壁附近的宿舍经常传来砍怪的喊杀声、胜利的欢呼声、喝酒的吼叫声，但这一切对他来说都是不足为道的噪声，因为他深知，只有在毕业的时候得到一份不错的工作，或考上学校的研究生，才能算是真正取得大学毕业的胜利。

“你从自习室刚回来啊！”

“是啊，回来一小会儿了。”

小白没有敲门从宿舍门口走了进来，把七哥舍友的椅子搬了过来坐下，在七哥旁边闲聊起来。

小白和胖狗一样都是七哥的死党，他们都是化学工程专业的同班同学，虽然都来自不同的地方，但都有一些共同爱好，比如对足球的热爱、对未来好工作的强烈渴望等。大一的时候他们就玩在了一起，还互相给对方起外号，专业里的同学也习惯叫他们的外号不再以名字称呼。

“已经决定要考研究生了吧？看你这么认真复习的样子。”

“大概是定下来了，但也有点儿想同时准备一下友联科技集团的选拔考试。”

“两边都想要的话可能很难兼顾啊。还是和我还有胖狗一样，直接努力考友联科技集团得了，反正你研究生毕业也得通过考试找工作。”

“如果我也去考的话，那岂不是我们三人都要竞争同一岗位，现在大部分专业每年可招收的岗位越来越少了。”

“现在就业形势并没有变好的趋势，等你研究生毕业可能岗位就更少了。每年各专业的岗位虽然不多，但每个岗位可能会招好几个人，如果我们都能考上，以后工作还能互相扶持。”

“这段时间我会再考虑考虑，目前也先好好进入备战考研的状态，顺便把这学期的专业课早点儿攻克下来。”

“感觉你比我自律多了啊，向你学习了，我也先回宿舍了。”

“好的，明天见。”

小白和七哥聊了一会儿，往14楼的宿舍回去了。七哥电脑里还放着一些短视频，但他心思并没有放在那里，而是陷入了沉思，权衡自己目前的选择到底对不对。算了，还是先洗个澡吧。沉默片刻后，七哥把宿舍门锁好，脱下衣服，进卫生间洗了个热水澡。

根据七哥体温自动调节冷热的洗澡水从他的头上浇冲而下，让七哥从头到脚都得到彻底的放松。虽然没有刻意锻炼，但平时注意运动且吃得不是很多的他还是能保持良好的身材，几乎没赘肉。放假的时候回老家，他还时不时地帮爸妈送送货，去距离较近的送货地他都选择步行，这样可以锻炼自己的耐力和肌肉。

洗完澡用浴巾擦着身体，看到手机妈妈打来的两个未接来电。迅速擦干身体穿上衣服后，七哥按下妈妈的名字将电话拨了回去，电话马上就接通了。

“妈，我刚才在洗澡，没听到电话。”

“没事没事，就想问问你有没有按时吃饭。”

“有的啦，我怎么会让自己饿着呢，饿着怎么努力学习啊。”

“有就好有就好。你已经决定要考研究生了呀？”

“是啊，我打算考研究生，如果在学历上比别人高，以后工作升职也比较有竞争力嘛。”

“是啊，考研究生是好。但你妹妹想考重点的私立高中，她成绩很好，她的老师前几天跟我说上私立高中也要一笔不少的费用。而如果你上研究生，学费也是很大的一笔开销，爸妈可能没办法两头都兼顾，要是你哥在的话……”

“妈妈，我会自己想办法的，我其实可以边打工边学习，凭我的努力一定没问题的。”

“哪有那么轻松呀儿子，现在就业竞争这么大，你在打工别人在学习，你花那么多时间打工身体也肯定会累，这样怎么能考得赢人家呢。”

“我……”

“爸妈那个年代虽然读的是专科的大学，但我好多家境普通的读本科的同学半工半读，依然能找到很好的工作。现在这个时代不一样了，什么费用都高，好工作招聘岗位少，很多你的同龄人家庭条件很好，他们只要努力点学习就能过上很好的生活。而爸妈没办法给你那么好的条件，只能靠你自己努力奋斗。”

“妈，让我再考虑考虑。”

“孩子，尽早出来工作吧，好好考一个大型企业，早点儿改变你自己的命运。”

“我知道了……”

和母亲简短的对话让七哥五味杂陈，其实现在家里的状况他是清楚的，但好强的他始终想在学历上高人一等，毕竟现在本科学历没有太大的竞争力。对于自己未来的利弊分析其实在七哥心中已经有了很明确的答案，但人在遇到困难时总是很矛盾很固执，总想着那万分之一概率的好途径。七哥摇了摇头，努力想摆脱刚才对话的内容，戴上耳机关了灯，强迫自己赶快睡着。

新学期的第一周专业课开始上课了，化学科技理论这门课由年轻的系主任李教授授课。李教授身材微胖，眼睛很大，声音洪亮，总是一副笑脸，看上去让人感觉没有什么架子和脾气。李教授简单地介绍了一下自己，并把化学科技理论这门课程的难度，考试的时长，考试可能采取的方式，一一提前跟同学们解释清楚后，台下的同学不禁议论纷纷。

七哥和胖狗还有小白坐在最后一排，托着下巴听着李教授的讲课。每当上一门新的课程，七哥就会将手机移到桌面底下，上网搜索一下任课教师的履历，并详细地了解他们的教学情况。李教授是津源市人，2000 年 8 月生，大友国立大学化学工程专业本硕博连读，SCI 的论文达 13 篇，主持过国家级课题 5 个，曾到中国、美国、日本和德国访问交流，是国内最年轻的一批重点人才。

在大友中立国内，高校教师的竞争也相当激烈，虽然工资水平在各行各业中排在前列，但每年的发论文量、评职称等要求越来越严格，少部分高校教师不堪压力纷纷辞职。像李教授这样在国内超一线水平的大学里博士毕业，要留在本校任教已经比较困难，因竞争人数很多，大多能留校任教的，都得有去国外留学的经历，如美国的哈佛、斯坦福，中国的清华、北大，日本的东大等超一流的大学读博，留校的概率才比较大。

李教授估计也是退而求其次来到家乡的一线大学津源大学任教。而相对的，即在普通一线大学读完硕士或博士，留本校的竞争会更加激烈，只能再继续分流到二线或三线的大学里任教，且入职后每年的工作压力不比一线以上的大学小。

我可以走李教授那样的道路吗？我的起点已经比他低了，想要留本校任教至少得考上超一线大学的硕博，我可能做不到啊？！

带着被迷茫笼罩的思考，七哥渐渐走神儿，没有注意听李教授讲课。

“丁零零丁零零。”

下课时间很快就到了，李教授仍意犹未尽地讲完了一个知识点。

“同学们，我最后说一句，也提早说一句。想报考我们本校本专业研究生的同学，如果要报考我的专业课，那么接下来的课程一定要注意听讲，我年底出卷的题目会以平时讲课的范围和内容为重点。好，下课！”

学生们已经收拾好书本书包往教室出口方向拥了。七哥和胖狗还有小白也往宿舍的方向去了。

“你可要抱住李教授的大腿啊，研究生。”

“呵呵。”

胖狗跟七哥开了句玩笑，先出了8层的电梯。

“我看到你搜李教授的履历了，想要走上他的道路，又想留在津源市的一线大学，恐怕还要再奋斗至少六七年才行，你可要想清楚了。”

“嗯，我知道了。”

七哥简单地回应了一下小白，从12层的电梯走了出来。回到宿舍，安静的环境让七哥发泄式地“啊”地怒吼一声。我真的更想在学业上继续深造，但我没办法像其他人那样得到家里的资助，我还得比别人更努力百倍地学习。明明知道很难实现，但我实在是很不甘心，不甘心！带着矛盾的心理，回想着妈妈电话里说的话，七哥没有去食堂吃午饭，就喝了一点儿水，躺在床上闭上眼睛让自己冷静。

周一到周五专业课的课程排得比较紧，学校和老师比较照顾大三学生，为了避免与学生准备考研和找工作的时间冲突，尽量将课程安排在前两三个月，这样后面的时间就可以让他们自由把握。一周的学习让七哥对各专业课老师和课程内容有了比较系统的了解，哪个老师比较严格，哪个老师会明确告诉大家期末考试的重点，他都一一记了下来，这样他就可以有针对性地安排时间复习，把效率提到最高。

这周六的早晨，大部分同学还在做着前途无限光明美好的美梦，七哥的生物钟已经把他从6点半的睡梦中唤醒。前一天傍晚买的香肠面包和牛奶已经提前装在了背包里。刷个牙洗个脸，简单地抹一下润肤乳，穿上宽松的T恤和运动裤，背上背包迎着早晨的阳光走在了校园的小道上。七哥似乎做了一个决定，他发了一条微信息，嘴角微微一笑，自信地朝前方走去。

进到熟悉的教室里，他没有马上进入学习的状态，而是打开手机的全息投影，浏览着这两天的时事信息。过了半个小时，一个短发、双眼皮大眼睛、身高接近1.7米、身材很好、穿着碎花长裙、长得很漂亮的女生出现在教室门口。她朝教室里面望了一下，眼神在七哥的方向定住，然后微笑着朝他那边走去。

第三章
独居

津龙江的江面上升起了早晨6点钟的太阳，阳光洒在位于津源市最繁华的CBD高级住宅公寓落地窗上。在拥有无敌景观的第36层公寓内，窗帘已经根据阳光的照射角度全部打开，唤醒了已经深度睡眠2小时以上的蔡偌雪。偌雪不爱睡懒觉，也没有“起床气”，在床上微微舒展一下就快速清醒了。

餐厅里的新智能咖啡系统已经根据主人的起床时间开始工作，先将过滤后的纯净水抽入咖啡机后部的水箱内，同时将智利进口的阿拉卡比咖啡豆自动研磨成主人钟爱的粒度，然后经过高压升温迅速萃取了一大杯鲜浓的黑咖啡，保温壶自动将咖啡的温度快速冷却到55℃并持续保温。制作完毕后，智能咖啡系统还会将滤网和咖啡渣自动碾碎压缩进入“全屋垃圾分类处理系统”的置物箱里，方便后续处理。

偌雪为了健康和保持身材，已经坚持了好多年的健康饮食和轻断食的习惯。根据津源第一医科大学的营养学家对她身体的全面评估和定制的饮食计划，早晨一杯黑咖啡能很好地唤醒她身体的能量，微微的饥饿感也能促进她身体里损伤细胞的修复与再生。

偌雪起床后来到卫生间，用电子牙刷洗漱完毕后，就戴上了友联科技集团最新研发的面部“新智能护理面罩”。这款面罩需要根据顾客的脸型进行定制，面罩内定期加入公司自产的、集爽肤水、眼霜、乳液等护肤品于一体的科技精华护理液，戴上面罩后会按照主人的面部情况进行纯水清洁，精华洁面，护理修复等程序，短短5分钟，在主人闭着眼睛略微放松一小段时间后，面部护理就完美地完成，瞬间提亮皮肤，收缩毛孔，保持舒爽。

做好皮肤护理后，偌雪来到餐厅，喝着黑咖啡，用语音打开餐厅里视频系统的全息投影，翻看着最新的娱乐新闻。偌雪没有像这栋楼的多数住户那样拥有一台家庭“新智能机器佣人”。而是在公寓装修的时候，安装了一套“全屋新智能家庭系统”，可以根据主人的喜好和指令，让装在屋内的电子产品智能化运行，最大化地享受新科技2.0时代带来的便利。

偌雪没有把家装修得多么奢华，除硬装外，每一个角落的软装布局都是她精心设计的。喝完黑咖啡，她喜欢躺在客厅沙发旁边的按摩椅上，打开彩色电子水墨屏的电子书，阅读一小会儿，累了就望一下窗外路上的车流与人流，还有津龙江边那一片绿荫公园，享受着周日的早晨。

偌雪家的客厅是常规的布局，客厅主墙面上贴着一块120寸的光学透明幕布，幕布下方是一台激光投影仪，无论是白天还是黑夜都能相互配合完美地显示32K画质的电影。投影仪旁边是两个360°全屋环绕音响，配上偌雪躺着的按摩椅，让偌雪只想在家里体验电影院的感觉。

公寓客厅的家具色调是偌雪向来喜欢的原木色，与之相得益彰的，是偌雪摆放的各种绿色植物。偌雪曾去过北欧国家旅游，爱上那里的她把北欧风的家居风格带到了自己的家中。除了家具，沙发上面的电子屏挂画、五斗柜等摆设，都是偌雪花了很多时间和精力选择的，虽然和很多配色混在一起，但整体看下来十分和谐，杂而不乱，排列有序，给人一种艺术家之家的温馨感。

很快到了上午 10 点，偌雪听到手上运动手表的提示，放下电子书，到房间把睡衣换成了鲨鱼皮的贴身运动衣，准备开始在卧室旁的健身房运动。

偌雪刚进入健身的房间，“新智能健身系统”就对偌雪的身体情况和状态进行了全面的评估并语音播报数据。“主人蔡偌雪，身高 1.67 米，体重 46.1 公斤，心率 63 次 / 分，身体水分 63.7%，BMI 16.5，体脂率 17.9%，目前身体状态良好，适宜进行中等强度的运动。”这套系统采集了全球使用该系统的几千万人的健身数据，并由国内外健身专家协助开发，依照每个人的身体状况进行定制的健身计划，已达到最好的健身效果。偌雪用了这套系统接近一年，对这套系统很满意，因为不用再像以前一样请资深的私人教练上门帮助训练。

偌雪边慢跑边看着跑步机对面镜子里的自己，扎起的卷发、精致的五官，而控制饮食和坚持健身的她还拥有着优雅曲线和纤长的身材，这是不带美颜效果的 20 岁完美标准女生的外表，让人实在想象不到偌雪已经来到了这个世界 30 多年了。

挥汗如雨的偌雪很满意现在的自己，慢跑后仰卧起坐、举哑铃、深蹲等运动，系统都会通过光线采集她的数据并与最标准的姿势进行比对，每次偌雪姿势的倾斜或不正确都会听到语音提示进行纠正，防止造成运动损伤。中等强度的运动并未让偌雪觉得很累，良好的心肺功能以及适量的肌肉足以支撑她的运动量。

1 小时很快过去，香汗淋漓的偌雪用浴巾擦了擦汗，然后去卫生间舒服地洗了个温水澡，换上了一件白色联名定制款的 T 恤，并穿上一条咖啡色长裙，带上一部手机穿上一双黑色运动拖鞋，素颜下楼去一家西餐厅吃午餐。敢素颜出门的偌雪显然有足够的自信，并不钟爱奢侈品的她经常穿着简单的衣服，依旧会引来大街上年轻男子的短暂注视。

偌雪从 36 层的透明电梯下来，眼前视野里的高楼大厦渐渐变成了繁华商店和购物广场。这里是津源市最繁华的地段，人来人往，交通也比其他地方拥挤一些，每逢节假日可能会出现爆满的情况。偌雪之所以把房子买在这里而不是 CBD 周围的纯住宅小区，是因为住在这里的高层并不会为下面的嘈杂声所影响，在不胜寒的高处安静地看着底下的热闹人流，仿佛并没有与这个繁忙世界隔绝开来。

偌雪是一个在家安静在外热闹的人，只要从家里坐电梯下来，美发店、美食店、商业街、购物中心、娱乐休闲设施应有尽有，一步到位。在新科技 2.0 时代，能迅速地享受物质与精神生活带来的快乐，这就是偌雪所希望拥有的。

望着从其他地方花很长时间驱车来这里吃喝游玩的人，对这里尽在掌握之中的偌雪内心充满着优越感和满足感。偌雪已经提前在手机上订好了餐厅并根据营养师的计划选择好了相应的午餐，花了 5 分钟从家里下楼慢步到牛排餐厅，坐在已自动预订好的落地窗边座位上准备享受即将端上来的美食大餐。

服务员很快将餐点端了上来。“蔡女士您好，这是您点的餐点，法式菌菇汤、澳大利亚安格斯谷饲雪花牛小排、牛油果三文鱼沙拉，还有一杯中国宁夏红葡萄酒。”

“谢谢！”

偌雪先喝了一口菌菇汤开胃，然后吃一小口三文鱼沙拉，接着细细品味七分熟的牛小排。偌雪一般中午这顿餐会吃得稍微多一些，细嚼慢咽的她自然要花较长的时间用餐。

与其他餐桌上边用餐边看手机的人不同，偌雪喜欢去注意观察窗外那些穿着奇装异服的男女，他们有自己的个性，能在包容性很强的津源市中心展现自己的张扬和独特。偌雪的听力很好，她还喜欢静静地听着附近桌位男女或闺蜜之间的对话。

“我上个月去津源市友联科技集团项目开发中心大楼报到上班了，还在努力适应新的工作环境。”

“你真的好厉害呢！大学刚毕业不久就能考上那里。现在友联科技集团的岗位越来越少了，考试也越来越难考了。”

“你也很厉害呀，能一毕业就考入津源市第一中心小学。”

“嘻嘻。我爸妈都是教师，从小对教书耳濡目染，所以我立志当一名教师，我弟弟也有考津源师范大学的意向。”

“我哥哥去了中国读博士，可能毕业后也会在那里的高校任教。”

“你哥哥也很棒啊，你们家都是优秀的青年人才啊。”

“哈哈，没有没有。我们别只顾着说话了，这里的牛排特别好吃，赶快吃吧。”

“嗯！”

坐在偌雪斜对面的年轻男女，似乎是利用周末假期来这家餐厅相亲吃饭，注意力都放在了解对方的对话上，一个是穿着得体的友联科技集团新人，长相斯文帅气；另一个是略显稚嫩但温柔可爱、穿着 JK 制服的女教师，两人看上去很般配，男生说话比较稳重也很照顾女生的感受，女生时不时地捂着嘴笑，双方眼神里似乎都透着“我对你很满意”几个大字，看来他们感情有进一步发展的可能。

“我昨天逛街的时候，看到你老公和一个女人从商场里走出来，不知道是参加饭局还是一起逛街买东西。”

“……”

“我发现最近你的状态不太好，所以才约你出来吃饭聊聊。你没有打算找他了解情况？”

“他已经不是我老公了。对不起，我没有及时告诉你，我们之前提交了离婚申请，现在已经正式离婚了。”

“啊！怎么这么突然，你们平时吵架很频繁，但没想到会闹到这个地步。”

“我也没办法控制，不知是时代变了还是我们自己变了。我们都无法改变对方，所谓温柔与耐心都是我们伪装的面具，婚后摘下面具的生活，都各自越发觉得难受。”

“我理解你啦，现在的时代，每个人的个性都是独特的，相处一段时间后就没有新鲜感了，没有继续下去的动力了，每天都跟自己想象中的美好生活不一样。你看，这都是我谈了很多场恋爱但不结婚而得到的真谛。”

“最近我手机里给我推送的信息，讲的都是关于大友中立国连年增长的离婚率已经接近 40%，虽然有预感，但终有一天我也成为这 40% 的人群里的一员。”

“不说这个了，待会儿吃完饭我们去隔壁的机器人美容按摩店洗头按摩一下，给自己来个全身心的放松。”

“嗯，这件事我已经走出来了，没事啦，待会儿好好放松放松。”

坐在偌雪背后一桌的是两个30多岁的美女闺蜜，偌雪没有转头，默默地听着她们之间的对话，也大致能猜到她们的生活方式和生活状态。偌雪嘴里嚼着牛排，嘴角微微笑着，仔细欣赏着周围一切有趣人物的生活。

靠近门口的位置坐着一位中青年男子，穿着白色衬衣和黑色西裤，斜背对着偌雪，刚坐下来的时候偌雪已注意到他。服务员很快就上菜了，看来他跟偌雪一样提前点好了菜品。他吃饭吃得比较快，吃着印度咖喱蛋包饭，但动作又不失男性的优雅。偌雪仔细地看着他有好一会儿，心跳略微有一点加速。是他吗？看不到他的正脸。很久没有见到他了，如果真是他的话怎么会在这一带出现呢？

带着一点小疑问，偌雪已经把桌上的所有菜品都吃完了。最后一口红葡萄酒喝下后，用纸巾擦拭了一下嘴角，偌雪就起身往门口走。接近门口那张餐桌时，偌雪没有回头，她略微紧张地推开了餐厅的大门，径直向公寓的电梯走去。

中午的时间偌雪都会午休半小时，这是健身系统的意见。再次回到客厅的沙发按摩椅上，偌雪闭上眼睛，思绪飘回到过去的种种。原本以为只能闭目养神，今天偌雪却身体放松了，并很快进入了梦境。

下午 1 点半，午休后的偌雪来到厨房，准备泡一杯集合茉莉花、菊花、玫瑰花和柠檬的美容养颜茶。每种茶都放在可控制重量的透明智能瓶中，系统倒出预先设定的克数后，透明茶壶自动抽取纯净水开始滚烧闷蒸。偌雪打开手机的全息投影，刷着旅游的信息等待美容茶制备完成。

“大家看一下北江市天琼雪山现在的景色喔。此时，我正坐在开往雪山顶峰的钢铁列车上，山脚处还是大片绿地，靠近山顶就已经被积雪覆盖啦。大家可以看到火车行程的轨迹表，列车会停靠 5 个站，最后一个站是在接近山顶的位置。我待会儿会到山顶的一家著名的温泉酒店，那里可以泡着温泉，喝着香槟酒，望着玻璃外的雪，体验冰火两重天的感觉，好期待今天的旅程噢。记得关注我的下一个视频喔。”

看完这个视频，偌雪立马热血沸腾起来。一向做事果断的她，想到自己已经有段时间没有出门旅游了，就语音查询了一下北江市的往返机票。现在是下午 1 点 50 分，她预订好了 4 点 05 分出发前往北江市的机票，并预订了视频里介绍的同一家酒店。

喝了几口美容茶后，偌雪马上从衣柜取出一件厚实的羽绒服、一条加绒牛仔裤、两套换洗的内衣物，再加上即拿即走的化妆洗漱包，配上一个小旅行箱和小挎包，就出门了。这时候的时间是 2 点 20 分，“全屋新智能家庭系统”已经根据主人指令自动关好门窗和窗帘，并断开除冰箱以外电器的电源。

偌雪到了地下一层，机场快线商务车已经在电梯出口等候，偌雪先上了车，司机帮偌雪把行李放在后备箱，便启动车子出发开往津源市仙林国际机场。机场距离偌雪住的 CBD 只有 20 公里，津源市的“新智能交通控制系统”可以辅助规划最快的路线并及时赶到机场。偌雪瞥了一眼前方车载屏幕显示的时间，预计 12 分钟 43 秒即可到达。

望着津源市高速公路两边美丽的绿景和低矮住宅，偌雪不禁陷入了沉思，回想起多年前自己在大学读研一的日子。那时候她们的导师是一位很有人情味的教授，会把课程安排得紧凑一些，好让学生有更多自由的时间写论文或放松身心。

“偌雪，今天周三，下午的课上完这周就没课了，听说你挺喜欢旅游，你可以买上一张今天晚上或明天一早的廉价机票，去国内没去过的地方或去欧盟国家走走，预订一下当地的连锁酒店，周日返程别误机就行，记得周一早上准时出现在我的英语课堂上噢。”

回想着导师那些关照的话语，偌雪很感恩导师能这么开明，让她既顺利完成学业又到处旅游。偌雪本科期间学习比较努力，很少出门，读研究生期间却走过很多地方，那时的她喜欢来一场说走就走的旅行。她喜欢去远的地方去探索未知，去一个陌生的城市或国家。在那里没有人认识她，她可以自由地看着街上的帅哥美女，喝着冷萃咖啡或冰奶茶，听着科式翻译器对景点进行讲解，翻译餐厅的菜单和服务员的语言。那时候偌雪住着廉价但干净的酒店，吃着评分很高的餐厅菜品，向陌生人询问和交流建筑和历史，体验着当地的民俗和文化。每一次旅途归来，她都能能量满满地将心思重新投入学业中。

偌雪的家有一面木板墙，上面贴满了她从小到大旅游的照片。她还有一个全息投影播放器，里面存着她旅游时拍的视频：她曾经在西班牙伯纳乌球场为皇家马德里队欢呼助威，在奥地利最美的小镇哈尔施塔特漫步拍照，在德国斯图加特欣赏梅塞德斯·奔驰博物馆，在冬天芬兰赫尔辛基的晚上瑟瑟发抖地追寻着极光……

下午3点10分，偌雪凭着手机里的电子登机牌已经在候机室等候大友航空的飞机。机场广播播报目的地北江地区下着小雨。天气不算糟，飞机可以按时起飞。偌雪对要登上这趟飞机的乘客扫视了一圈，有几对看来是周末要去北江市的情侣，可能是在校学生或是不怎么工作的富三代，都穿着花哨的衣服或超短裙，他们有说有笑，拿着手机看视频，似乎很憧憬这趟旅行。

座位角落有坐着一个穿着平整的衬衣的大叔，约莫五六十岁，两鬓有一些斑白，能明显看出有染发的痕迹。他认真地盯着微型平板的全息投影，时不时地用手滑动进行批注，偌雪眯了一下眼睛定睛看了一下，发现他应该是在查阅文献和修改论文。

离登机还有一段时间，偌雪起身去候机室附近的商店逛逛，打算快登机的时候再走回来。候机室旁边有一家电子游戏机商店，服务员看到偌雪走过来，向她推销去年日本出的一款游戏机VR tablegame。虽然偌雪是个女生，但受父亲的影响偶尔会打打电子游戏，甚至有时候还会为通关一款游戏而熬个通宵。

现在的游戏机相较过去已经增加了不少新功能，自从VR技术的普及，玩家们不限于在电脑屏幕或全息投影上玩游戏。像VR tablegame这种游戏机，戴上他们特制的电子贴贴在太阳穴，就可以进入虚拟现实的世界，用大脑的思想在游戏世界里畅游。

“这是我们推荐的一款动作冒险游戏《梦幻岛传说》，您可以试玩一下。”

“好的，我试试。”

偌雪坐在沙发椅子上戴上脸贴，立刻身临其境进入了游戏中的小岛。游戏里小岛的环境做得十分逼真，与 NPC 对话也显得十分自然，对话的重点内容会自动记录在自己的笔记中，方便查阅。偌雪领完任务，朝岛上的一座庙宇奔去。这时天空响起了洪亮的声音。

“前往北江市的旅客，您乘坐的大友航空 J1991 次航班现在开始办理登机了。请您携带好行李和出示登机牌，到第十登机口上飞机。”

看来玩 VR 游戏的时候还不会漏掉重要信息。偌雪按了一下胸前的按钮并说声“确定”，意识立马回到了现实中。对服务员说了声感谢，偌雪就往第十登机口走去。

登机的人不多，乘客们按秩序排着队，陆陆续续登上飞机。坐在了提前选好的、靠近右边过道的座位。戴上眼罩之前，她看到坐在靠窗的位置是一位年轻的女孩，可能是第一次乘坐飞机，脸上带有一点兴奋夹杂着紧张，一直望着飞机窗外的机场跑道，很期待飞机起飞的那一刻。

坐在女孩和偌雪中间的是一位 30 岁左右的男子，头发梳得整齐，看起来不像能说会道的销售人员，也不像高校的博士研究生，倒是有点像某个公司的中层职员。他一坐下，马上系上安全带，从包里拿出一本纸质小说认真地阅读起来。

从飞机滑出跑道到起飞再到进入巡航阶段，偌雪会利用这段宝贵的时间小憩一会儿，无论是坐飞机还是列车，她都能利用短暂的时间进入浅睡眠，让大脑放松一下。外界的嗡嗡声持续地响起，起飞后的飞机阶段性地上下波动，很快飞机就进入了巡航阶段。

偌雪醒了以后，摘下眼罩，拿出自己的手机，戴上无线耳机听着音乐。从津源市飞往北江市大约需要 1 小时 22 分，大友中立国是一个由北向南的面积狭长国家，如果在秋天的同一天，既可以在南方城市穿着大裤衩吃着雪糕，也可以在北方城市穿着厚外套品尝着混煮火锅。

今天周六的飞机座位没有坐满，大友中立国实行的是每周两天半到三天的弹性假期，大部分要出行或旅游的人都会选择在周五下午和周日晚间乘坐交通工具，周六的客流量反而会减少。灯光调亮后，空姐和空少们就开始推着餐车准备分发饮料和餐品。

“旅客您好，请问您要哪种饮料呢？”

“给我来一杯锡兰红茶吧。”

“好的，那餐品需要哪一种呢？我们这趟航班有乌冬面、咖喱饭和牛肉盖浇饭三种可供选择。”

“我不需要餐品，谢谢啦。”

“好的，这是您的红茶。”

偌雪喝着红茶，继续听着音乐。刚才听到偌雪不需要餐食，坐在靠窗的年轻女孩要了一份乌冬面和一份盖浇饭。可能由于她第一次坐飞机比较紧张，消耗了太多能量。看来年轻自带吃不胖的特质啊。偌雪心里微微一笑，想起了当时第一次坐飞机的自己。

空姐们还没分发完餐食，飞机就经历了几次颠簸，虽然幅度不是很大，但前面一位乘客小桌板上的饮料洒落了，一位空姐急忙赶过去帮忙收拾好杯子。

“我们的飞机正在遭遇气流，请大家不要……”

广播还没有播完，飞机又突然上下剧烈摇晃了一下。有部分乘客大叫了一声，好几名乘客餐桌上的食物和饮料都纷纷掉落，机舱里的乘客的情绪这时激动起来。

“怎么回事啊？”

“这个波动也是遇到气流了吗？”

“机长机长，这是什么情况？”

分发食物的空姐们看了一下在机舱前方的乘务长的眼色，暂停发放食物，将餐车推回机能尾部。这时飞机开始迎来了较剧烈的连续波动，时而上下摇晃，时而左右摆动，机舱里的紧张情绪开始蔓延开来，几个女乘客还发出几声尖叫声，两个小朋友因害怕开始大哭起来。

曾经对遭遇气流的情况习以为常的偌雪，面对着这次飞机剧烈的摇晃，心跳也加速起来。她脑子有一瞬间短暂的空白，然后想到之前看到空难的新闻，本对超低事故率的飞机信心满满的她，突然一瞬间就被恐惧所笼罩。难道我就运气这么不好，碰上了飞机遭遇事故？

此时飞机的剧烈颠簸并没有停止，而乘客上方的氧气面罩也掉了下来。极大的恐慌让很多乘客都不知所措，无助地望着面前的面罩。偌雪也是第一次见面罩掉下来，她一时间感觉自己手脚都僵住了，脑海里浮现出亲人的画面。这时旁边座位的男子帮助偌雪把面罩又往下拉了拉，然后一只手将绳子固定在偌雪头部，另一只手帮偌雪把氧气面罩套在口鼻处。

吸入氧气后偌雪才稍微回过神来。旁边这位男子又帮隔壁那位年轻女孩戴上面罩后，才给自己戴好。偌雪望了那男子一眼，虽然他帮忙的时候动作很娴熟，但从他额头上的汗珠可以看出他也在经历人生当中最紧张的时刻。

机舱里已经一片混乱，几乎所有人被恐慌所控制，还有好多人还没有戴上氧气面罩。其中，有几个男子随着颠簸大叫着，有些人拿起手机想拨打电话可是没有信号。孩子和女人的哭声让人感到绝望。

“乘客们，请不要慌张，请尽快戴上氧气面罩！”

女乘务长从驾驶舱走出，尽量用镇静的语气安抚大家。

第四章

就任

“原来是你啊！芊美，你怎么知道我住在这里？”

“我下班也是走你公寓楼下那条路，我看到你骑着共享电动自行车在楼下停车，于是我就跟着上来啦。你难道不请我进去喝杯咖啡吗？”

“噢噢，不好意思，请进请进。”

辕泰打开门，侧过脸去想隐藏脸上那一点难为情的红色。芊美个性也是大大咧咧，没有低头就脱掉了平跟鞋走进辕泰的单身公寓，瞧瞧看看。

辕泰租住的单身公寓虽是精装修，但房东除了提供新智能洗衣烘干一体机、全自动变频空调、单人伸缩床、大沙发等基本家电，其他都是租客自己布置。辕泰是个细致的男生，他把自己的家当都带到了这间公寓。电视旁边放着一个樱桃木的5层书架，里面摆满了辕泰爱看的小说和诗集。小餐桌上放着一个贴墙的置物架，架子上有很多瓶瓶罐罐还有生活小用品，整齐地摆放着，速热烧水壶、简易咖啡机、花茶蒸壶一应俱全。

辕泰的办公桌上摆放着一台轻薄笔记本电脑，电脑旁边还有很多考试书籍，辕泰考上友联科技集团后并没有把这些参考书处理掉。房间的墙壁上还贴着一些彩色图案的装饰画，使整个公寓的装扮风格增色不少。辕泰让芊美坐在沙发上，自己则把椅子搬到沙发对面，并从餐桌底下拿了一套茶具出来。

辕泰先将精致的茶盘平整地放在桌上，然后拿出茶碗、公道杯、茶杯、夹子，依次摆在茶盘上。打开一瓶纯净水倒入速热烧水壶等水烧开，从置物架上取出一包 8 克装的中国岩茶，准备上演芊美没有见过的东方茶道。

"你这是要泡茶吗？泡茶不是将进口的茶包放进杯子里，然后倒入热水泡一泡就行啦？"

"这你就不懂啦。泡茶是一门学问，在中国的很多城市，每家每户都有各自的品茶待客之道。"

辕泰熟练地将烧开后静置一会儿的纯净水倒入茶碗，扣着碗盖将开水依次倒入公道杯和茶杯中，用夹子将茶杯轮番烫洗，然后把全部的水都倒掉。接着将茶叶倒入茶碗中，加入适量的开水，盖上碗盖立刻倒入公道杯，再将公道杯的第一泡茶倒入茶杯中。

"看起来好好喝啊！我先喝看看。"

"等等！我这泡的第一遍茶是在洗茶，一般喝从第二遍开始泡的茶。"

辕泰让芊美放下茶杯，然后又按照上一次的顺序重新泡了一次，最后恭敬地将倒满的茶杯递在芊美面前。

"好香啊！没有可比性！"

"是的，中国的茶叶种类非常多，口感也非常好，每天一杯茶可以活过 100 岁噢。"

"现在我们国家的平均寿命已经接近 90 岁了，大概活到那时候生活基本很难自理呢。你看，我们津源市已经有好几个养老服务一体化中心了啊。"

“哈哈，也是也是。”

芊美端起茶杯，吹了吹轻轻抿了一口，感觉很好喝，就把杯里的茶都喝了下去，微笑着发出一声赞叹。这是镶泰第一次近距离面对面看着芊美。脸型匀称，芊美是单眼皮，配上高鼻梁和樱桃小嘴，属于耐看的类型。在镶泰的认知里，要称得上美女，双眼皮大眼睛是必备条件。但自从今天仔细地看了芊美以后，他内心已经推翻了之前的结论。

“你还没有在津源市买房呀？”

“是啊，目前只能租住在这里。”

“我就不用买呀，哈哈。我和爸妈住在一起，他们快退休了，每天都过着自在的生活。爸爸有他的朋友圈，妈妈也有她的朋友圈，每天在各自的圈子里玩乐，也不干涉对方和我的生活。感觉他们老年人的活法就像我们现在年轻人一样。”

“他们也顺应新时代的潮流，每个人都跳不出社会的闭环。”

“是啊。我就不打搅你啦，谢谢你的茶，我要回家吃饭啦，今天爸爸会做一桌好菜等着我。”

“好的好的，我送送你。”

灵动的芊美很快就把鞋子穿好，再次朝镶泰微微一笑，很快转身就走进电梯里下楼了。难道她对我有点儿意思？镶泰内心掀起了一点波澜，然后摇摇头，又把注意力转移到手机上，对着刚刚匹配的外卖语音确认了一下，耐心地等待晚餐的送达。

夜幕降临，吃完晚餐的镶泰又泡一杯岩茶，端着茶杯站在小阳台上往楼下望去。发达的灯光科技已经覆盖了整片地区，不那么憧憬夜生活的辕泰有些害怕夜晚的光污染，除非有几个真正的好友主动约聚餐，不然他不太会主动出门。心情好的时候他还是会选择自己一个人，骑着新智能共享电动自行车，像白天那样穿梭在大街小巷，把津源市的繁华深刻地印在自己的记忆中。

休息片刻后，辕泰坐回办公桌，打开笔记本电脑，把白天传输好的文件备份保存在电脑里。辕泰深知自己是个刚入职的新人，在大学里学的专业跟实际有一定差距。辕泰对拷贝的文件进行了分门别类，利用办公软件将材料按年份、部门和内容进行了规整。

景区科技开发研究室主要的工作任务内容是为友联科技集团在津源市的景区科技项目开发进行服务。津源市是全国著名的旅游胜地，除了市中心南部地区以古文化建筑为主，中心周边特别是东南部地区又开发了很多旅游项目，有御达山主题公园、海洋生态大展览馆、亚洲东方大型游乐场等。

辕泰把每个景区科技项目都罗列出来，对涉及它们的设计图、批准手续、科技工程报告书等一一进行研究。由于还没有正式接触到工作的内容，辕泰只能根据一些基本的知识储备对景区科技开发研究室的工作内容进行学习。辕泰保持着很高的专注力，这是经历过大学入学考试和友联科技集团选拔考试的考生所具备的技能。

“丁零零……丁零零……”

辕泰妈妈的头像出现在他手机的全息投影上。辕泰点头说了一声确认，视频通话就连接上了。

“儿子，你好像瘦了一点儿啊！今天第一天上班怎么样，还顺利吧？”

“挺顺利的，中心大楼办公环境很不错。办公室加我有 4 个人，部门同事的主管人都还不错。”

“那就好，成为友联科技集团的一员是你人生的重要目标，自从你考上以后，妈妈是真为你高兴。”

“谢谢妈，是你在我备考的时候一直在背后支持着我。”

“现在你的工作已经定下来了，找个时间妈妈会到你那里看看你，顺便在中心大楼附近看看有没有合适的房子。”

“妈，你一直为我考虑好多，我现在暂时不想买房子，就先租房子住啦，买房子的事以后再说。”

“好啦，先听你的啦。你这个孩子从小就很有主见，很多事情也由不得爸妈，你有今天的成绩爸妈很为你骄傲。”

“嗯嗯，我会继续努力下去。”

“加油，知道啦。”

跟妈妈简短地闲聊后，辕泰看看时间，已过晚 10 点，于是准备洗漱上床睡觉了。最近要表现得积极一点。刚入职的辕泰打算从明天开始每天早上早到半小时，利用更多的时间熟悉业务。

洗漱完毕后，辕泰感到一丝的疲惫。辛苦复习考试的感觉也渐渐远去，对于工作的未知感可能会一直伴随着自己。工作不像在学习阶段那样每天只要努力做题目完成这种单一的目标，在职场上打拼，每天都将面对未知的事情。睡前，辕泰戴上了网购的睡眠耳贴，贴在耳朵附近会自动发出睡眠波提高睡眠质量。他稍微翻了个身，很快就睡着了。

第二天早上 7 点 15 分，辕泰已经精神满满地出现在中心大楼二楼。这时候大楼里的工作人员还不多，有一部分人会来大楼吃早餐。辕泰刚到二楼，往旅游科技项目开发部的部长办公室望去，门是开着的。咦！新部长已经来旅游科技项目开发部上任啦？辕泰不敢停住脚步往里面张望，只是缓缓走过，用余光往门里轻微一瞥。

部长办公室里坐着一位卷发男子，身材魁梧，留有一点儿胡须，眼睛不大，但眼神犀利，饱经世事的气势一下子从部长办公室里传出来，辕泰被震撼了一下。还没回过神来，辕泰竟已经走到了自己办公室的柜台。放下背包，辕泰深吸一口气，开启了一天工作的准备日常。

辕泰从小没有被娇生惯养，整理桌面、烧水、浇花等一些杂事他都主动承担下来。虽然芊美和他年纪差不多，但辕泰进中心比她晚，那自然得把芊美当作前辈。辕泰先给林姐和芊美桌面上的植物浇了些水，然后将办公室里的烧水壶接满水并烧开并保持95℃恒温。

中心大楼的“吸拖洗一体机器人”会把所有办公区域及角落都拖一遍，柜台有清洁人员人工擦洗。但辕泰还是用一次性清洁布将每个人的桌面仔细地擦了擦，维护好办公室干净整洁的形象。

7 点 45 分，芊美匆匆赶到办公室，看到辕泰已经替她做好了本该她做的事后，微笑着向他点了点头，然后补了点妆，又打开电脑整理办理事务的市民所需要的材料。没过多久，王主管和林姐也到了办公室。王主管扫视了办公室一周，看了一眼辕泰，眼神里透出“年轻人干得不错”的赞赏。林姐刚放下她的小挎包，话匣子就打开了。

“昨天咱们旅游科技项目开发部已发布新部长的就职通知了，

今天他应该到办公室啦。”

“是的。小林、芊美、辕泰，你们要打起十二分的精神，这个新部长对工作可是出了名的认真啊！”

“王主管你也有所耳闻啊。听说张部长原来是津州市友联科技集团商务科技项目开发部的第一副部长，由于他们的部长重病卧床，张部长主持了很长一段时间商务科技项目开发部的工作。”

“对！我这里都有听过他的优秀事迹，以前工作中也跟他有一些业务上的往来。”

“听说他是一个能专解疑难问题的部长。你们想，主管们的业务水平已经挺高的，原来很多业务其他副部长和主管不能解决的难点问题，在他那里，能跳出部门的层面，以更高维度的想法去推动解决。”

“是的，所以津源市友联科技集团第一副总很看重他，强烈要求把他调了过来。”

“你看商务科技项目开发部是重要的部门，很多工作的推动需要其他部门一起配合。听说其他部门如果在某个项目推进慢了或进展的不太顺利，他也不会以本部门的业务来做利益交换。他会亲自上门会面讨论，主动沟通，事情基本能得到解决。”

“你们两个年轻人可要以张部长为奋斗目标啊。”

我能成为像他那样的人吗？辕泰略带激动地问了一下自己，也热血澎湃起来。此时，辕泰对张部长有了一个初步的印象，他一向很尊敬并崇拜在某一领域出类拔萃的人物，每每看一本小说或看一部电影，剧中强大的正面人物都会成为他模仿或幻想的对象。他努力鞭策着自己，在自己学习遇到困难学不下去的时候，会时不时地回想有所成就的人物，提醒自己经历苦难是成就一番事业的必经之路。

张部长的工作效率很高，辕泰很快看到办公室系统中的电子消息，而王主管的电子文件夹里已经有几份待办文件。这些文件的日期显示是原部长升职前的时间，这段空档期留下来的待办项目，没想到张部长就任第一天就签下来了。王主管略微皱着眉头，打开电脑开始浏览起来。

辕泰隐约听到隔壁办公室有说话声，其中一个人的声音带有一股似曾相识的英气。果不其然，张部长在旅游综合管理室的李主管的介绍下到各办公室与大家见面。他们刚走到柜台前，芊美就站了起来，王主管、林姐和辕泰立马小步跨出办公室，迎接张部长的到来。

“嗯，这里就是景区科技开发研究室啊。看来王主管在幸福的氛围中工作，手下都是高颜值的年轻力量啊，哈哈哈哈。”

“哈哈哈，张部长，我来介绍一下。这位是小林，在景区科技开发研究室跟我配合了很多年，工作能力很强，也很有经验。这位是吴芊美，去年入职的，学习很快，办事也很认真耐心，得到了很多来办事市民的好评。这位是简辕泰，是今年集团选拔考试招考进来的，今天是他第二天上班。”

张部长微笑着依次和大家握了握手，轮到和辕泰握手的时候，张部长看辕泰的眼神稍微停顿了一小会儿，但他的表情没有变化，握手完毕后再次和大家问候了一下，就转身继续往下一间办公室方向走了。辕泰的脑海里一直回想着刚才张部长的眼神，让人猜不透，又意味深长。

张部长离开之后，旅游科技项目开发部的各个办公室又开始忙碌起来。辕泰也迅速投入工作状态中，把王主管签给自己的文件一一拿出来详细地研究着，遇到不懂的地方及时请教林姐或芊美，时间很快被工作所支配，辕泰很享受这种工作至上的感觉。

在接下来的两周，办公室最忙碌的要数王主管了。张部长事无巨细，对办公室的每个项目都要详细地了解和掌握。其他部门的部长或副部长请主管去办公室都是用手机的通信软件微 link 电话或语音通知，而张部长是让秘书去各办公室走一趟请主管们到部长室，很有礼贤下士的作风。

张部长的秘书姓高，跟着张部长从津州市调动过来，年纪看着比辕泰大几岁，相貌也不出众。可能一直跟着张部长忙前忙后，辕泰可以感觉到他脸上的笑容，把他精神上的疲倦都给掩盖住了。

每次高秘书进门，辕泰都会主动朝高秘书笑一笑点头打招呼，高秘书则会以笑脸回应，两个年轻人似乎有一种惺惺相惜的感觉。王主管快退休了，但工作上丝毫不会马虎，没有松劲儿的思想，每次张部长请他去了解讨论业务，他都是一副积极的姿态，而每次从部长室回来，他都对张部长的能力赞不绝口。

“张部长超强的学习能力果然传闻不假，津源市这里的很多友联科技集团的景区项目我以为他可能不太了解，在讨论一些遗留很久未能解决的问题的时候，他竟然能把项目的一些细节讲得很明白，还有造成这些问题所关联的一些新的制度更新，新的科技变化都罗列出来，向我们几个主管还有顾问一一请教，对我们的观点还能举一反三，提出一些实质性的意见。”

王主管的一番话让辕泰产生了浓厚的兴趣。辕泰在网上查了下，了解到像张部长、王主管这样的“80后”精英工作人员在他们那个年代也是像现在这样通过百里挑一的考试进入友联科技集团，能升职到中高层级别都是千里挑一的人上人。

“别总夸奖张部长呀，我们的高秘书能力也很强啊，听说也还没结婚，芊美你可要努力一把啊。”

“林姐！！！”

风趣的林姐又在调侃年轻人之间的感情问题了。辕泰听了也是暗自叫苦，芊美总被林姐这么说，那又气又无奈的表情让辕泰不免为她感到同情。

“芊美、辕泰，你们两个年轻人趁年轻要把业务本领练好，把科技新动向吃透。在我那个年代，工作人员的升职，考察工作上面的表现能力没有一个明确的评判标准，很多是靠业绩，靠上级部长的重视。现在就不同了，主管及以下的工作人员有一套刚试运行的‘新智能工作绩效得分系统’对你们进行考核。”

“是的王主管，我在上班前对这系统的介绍简单地了解了一下。”

“这套系统会根据你们平时的研究方向、科技项目开发的进度、合作企业的评价等方面来对你们的工作水平进行评估并打分，得分高的有比较高的升职机会，而该系统的得分在考核升职体系里占的比重很大，甚至会影响你的人生走向。”

“谢谢王主管提醒，这就像以前学生时代一样，每一次的阶段考、期末考，都是我们总成绩的一部分。我们会努力做好每一个项目的。”

听完王主管的提醒和鼓励，辕泰长吁了一口气。他深知现代制度越来越完善，科技越来越发达，任何工作都不会给人偷懒和懈怠的机会，靠简单劳动力的工作越来越少，已经逐渐被新智能机器所取代，而复杂的好工作又会和众多新智能系统挂钩，人发明了智能机器又被智能化所束缚。

这两周的上班经历让辕泰在工作中干劲十足，学起东西来效率非常高。早上依旧能早早地自然醒，骑着新智能共享电动自行车的时候脑子里期待着当天会发生的事情。

7 点整，辕泰已经到了中心大楼 2 层，当他往办公室柜台走时，看到部长室的门是关着的，只有高秘书一人独自坐在部长室靠近门口的办公桌上整理东西。辕泰停下脚步，清了清嗓门，小心翼翼地朝部长室走去。

“早呀！高秘书，每天都这么早来上班啊？”

“是啊，叫我小高就行。来来，坐吧，正好今天部长有点事儿要处理下午才来上班，我不那么忙了。”

“哈哈，谢谢。”

辕泰放下背包，坐在了靠近门口的会客椅上，高秘书也坐了下来，撕开两个茶包，用刚烧开保温的热水泡了两杯热茶，和辕泰闲聊起来。高秘书也是年轻人，虽然跟着张部长，但即使对待新人也没有架子。

“今天张部长没来，你还是这么早就来上班啦。”

“是啊，这么多年都习惯了。张部长坚持每天早起，早上 5 点半左右就起床了，基本 6 点从家里开车出发,6 点半准时到这里。中心大楼 6 点半供应早餐，他简单吃一些就开始签批阅文件，当你们到中心大楼的时候，部长已经工作 1 个小时了。”

“那你不是每天都得比部长还要早？”

“是啊，我每天早上 5 点就起床啦，虽然没见过 5 点的洛杉矶，但 5 点的津源市我每天都会和它相见。而且部长他们‘80 后’那代人，对于现在电脑的新系统不太熟悉操作，加上最近刚就任，他为了尽快熟悉旅游科技项目开发部的业务，我每天要提早为他整理分类集团在津源市涉及旅游科技项目的电子资料和实体书籍，以便于他能随时随地用手机的全息投影调阅资料来学习。”

“我们主管说张部长的学习能力超强，短短两周时间业务水平就已经非常高了。”

“他这两周时间每天晚上都待在办公室，有时候甚至会研究项目到半夜 12 点。有时候饿了，就叫个外卖对付两口，然后又投入高强度的工作之中。”

“你辛苦了。”

“当副部长以上的秘书，每天大量的时间都会被工作占用，我都没有时间考虑结婚的事，甚至连恋爱的时间都没有呢，哈哈。”

“不过，能在张部长手下做事，也是人生的一大幸事。”

“是啊，我调来这里刚升职成为三级工作人员，和主管是同一级别。希望张部长哪天能升职到津源市集团副总级别的职位，那我当上副部长的希望也就大大增加啦。”

“你真是前途无量啊，我可要以你为努力的目标呢。”

“咱们互相勉励吧。”

简单的一番闲聊，辕泰和高秘书增进了一些同事的情谊。高秘书作为辕泰的前辈，在起点上已经比辕泰高了不少，而且年纪轻轻已达到主管的级别。这次谈话再次给辕泰打了鸡血，回到工作岗位上后，对项目的研究更加地投入。

距离上一次张部长找王主管谈话已经有 3 天了，王主管在为一个项目的事情忙得分身不暇，不是到中心大楼其他部门讨论工作进度，就是给集团在津源市的科技顾问中心打电话。本来喜欢在办公室开玩笑的林姐忙着查阅资料而专心对着电脑，八卦方面的话题交流少了很多。

芊美要在柜台接待来办事的市民和其他企业委托人，没办法抽身一起帮忙。王主管考虑到辕泰对一些科技项目还不太了解，所以没有布置一些关键性的任务给他，主要让他负责项目资料的归档整理。

刚接到一通电话，王主管需要去城市科技项目开发部走一趟，他让辕泰带上纸质资料，一起过去讨论项目上的事情。

“丁零零……丁零零……”

辕泰的手机响了，拿出手机一看，是旅游综合管理室的工作人员打来的电话。中心大楼的工作人员，出于保密和方便联系的原则，每个人都会获得一个虚拟的电话号码和微 link 工作聊天账号，与私人的号码和账号区分开。中心里每个工作人员的名字、职位、手机号和聊天账号都会自动存入个人手机的通讯录里，接听和拨打都能显示对方的信息。

“喂您好，我是简辕泰。”

“辕泰你好，有个很重要的事情，李主管要找你，麻烦你来旅游综合管理室一趟。”

“好的，我跟我们王主管报告一声。”

“好，请尽快。”

辕泰挂了电话，随即跟王主管说明了情况。王主管点了点头，示意辕泰过去，然后自己提着一个文件袋独自去了三楼。

旅游综合管理室的李主管找我有什么事吗？辕泰带着疑问，匆匆地往旅游综合管理室走去。去的路上，辕泰一直在心里演练如何应对与李主管的谈话，不知道他会批评他哪些工作没做好，还是要询问他工作上哪些方面的情况。

一走进旅游综合管理室，老练的李主管就微笑着让辕泰坐在隔壁会客室的沙发椅上，这里位处本层楼的角落，似乎里面的谈话不容易被外面的人听到。

“辕泰，你最近刚入职不久，工作上有没有碰到什么问题？”

“感谢李主管关心，我最近在努力适应，王主管和同事们对我都很好，有不懂的地方他们都会主动教我帮助我。”

“那就好。我长话短说，我们旅游综合管理室虽然人最多，但做的事情也最多最繁杂。前段时间有个同事调到其他外部门了，我这边正好缺个年轻人，需要做好会议接待、后勤保障等方面工作。当然，这方面的工作也会算在‘新智能工作绩效得分系统’里，不会比科技业务办公室的绩效少很多，而且在这里更有机会接触到几位副部长或其他部门的上级。”

“……”

“因为涉及不同办公室之间的调动，所以我们都会先征求个人的意见，我已经跟分管的副部长汇报过情况，如果你同意的话交接好目前手头上的工作就可以直接过来。你看怎样？”

突如其来的征求意见让辕泰有点蒙了，而盲目地答应或拒绝可能会影响到李主管对他的印象。他的大脑在这一瞬间运动加速，意识在脑回路里和记忆里不断快速地寻找着合理的回复。

第五章

决定

那个漂亮女生微笑着在七哥身边坐下，有些撒娇似的跟七哥聊了起来。

“我昨天晚上 9 点才刚到宿舍，早上本来想晚点儿上自习，你说有重要的事要当面跟我说，害我没睡懒觉早早就过来了。”

“茉莉，对不起啦，我想跟你说我决定不考研究生了，准备直接报考津源市友联科技集团选拔考试了。”

“你不和我一起考研继续待在校园里深造吗？”

“我这段时间一直在考虑这件事情。我妈前几天给我打电话说希望我早点儿工作，家里很难再继续供我在校读书了。我最终还是妥协了，想努力先成为友联科技集团的一员，那里的薪资待遇和社会地位不会比高校教师差，到时候可以在工作之余攻读硕士学位。”

“没事儿，亲爱的，只要我们在一起就好，未来的选择我理解你也支持你。”

“谢谢你！从今天开始我就要转移学习目标，准备友联科技集团选拔考试啦。”

茉莉在七哥的脸上轻轻吻了一下，然后就坐在他的旁边小声聊天起来。茉莉是七哥的女朋友，是计算机学院数学专业的大三学生，一直想考本校的研究生。因为假期去了一家公司实习，所以返校晚了一周，一见到七哥还带着一点点小兴奋，迫不及待地依偎在他旁边小声地说着最近在公司发生的事情。

为了不互相影响学习，茉莉的考研自习座位没有和七哥在同一间教室，而是申请了附近的另一间。他们打算如果学习期间学累了或想聊天的话再去找彼此。七哥这次改变了目标要考友联科技集团，但丝毫不会影响他学习的热情，自从 5 年前友联科技集团选拔考试进行过一次大改革以后，报考每个部门都要加考该部门的专业课考试，考试的难度呈直线上升。七哥不敢放松对专业课的学习，与茉莉短暂的你侬我侬之后，马上又投入紧张的学习中了。

“干杯！庆祝七哥也加入我们考友联科技集团的行列啦！”

周六的晚餐，七哥、茉莉、小白和胖狗选择到学校旁边的美食一条街里常去的烧烤店喝酒烧烤聚餐，聊一聊最近的各自的情况，顺便放松一下心情，小白和胖狗认为刚开学就学得太紧张很容易影响状态和心情。

七哥和茉莉自然是互相倚靠，他们大一的时候就在一起了。七哥是偏内向的人，总能沉稳地应对各种事情，而茉莉开朗无比，长得漂亮又很外向，自然也能和小白、胖狗玩得来。在大家眼里，他们是一对性格互补的好情侣。

今天他们点了平时常点的烤鸡肉串、牛舌、鱼皮、山药等。豆腐泡和烤青豆是茉莉最喜欢吃的，七哥和胖狗比较喜欢喝烧酒，小白比较喜欢喝生啤。他们每人上大学至今都没有挂科补考，趁着开学一起把酒言欢，庆祝这刚开学的美好时光。

“我明天打算去学校附近的源东街区找一间自习旅馆，找到的话就退掉学校的住宿费，然后搬到那里去了。”

“你放着学校这么好的住宿条件不住要搬？听说那里的房间很小，而且住了很多考研或考大型企业的人啊。”

“住在学校宿舍太安逸了，而且住宿费贵。我想节省一点儿费用，还可以报个名师培训班，而且我的舍友他常年不住宿舍，如果实在有需要要回宿舍的话，可以借住在他的床位。”

“不愧是我们四个人当中学习最厉害的七哥啊，看来你要毕其功于一役，志在必得啊！”

“亲爱的，相信你一次就能考上的。”

“是啊茉莉，到时候你去那里找他的话，房间可能会太小，一起学习的话可要注意声响啊。”

“你这猥琐的胖狗！”

“哈哈哈哈哈哈哈哈哈哈。”

虽然大家吃得很开心，但七哥总会在大家大笑的时候提早收回笑容，学业上的压力和紧迫感总是将他大脑的思绪锁住，这是他从小养成的习惯。看似爱打闹的茉莉有时能看出七哥的心思，时不时地在心里为他担忧，怕他压力太大。虽然这次七哥说不考研了，但她相信两个人还是会一直走下去。

少量酒精的作用对七哥的大脑影响不大，经过一晚上的睡眠，七哥早上醒来后并没有感到昏昏沉沉，简单洗漱了一下，吃了全麦面包和脱脂牛奶后，他就骑上一辆新智能共享电动自行车赶往源东街区了。

源东街区是津源市的老城区，那里的老房子比较密集，而且有很多20世纪建的旅馆。因为那里离津源大学很近，而且租金非常便宜，所以不知从什么时候开始，旅馆大多已经被改造成付费学习室加旅馆的模式，大家简称学馆。住在那里的人大多是第一年考研落榜和考友联科技集团等大型企业的学生，有些人屡败屡战，在那里一住就是5年以上。

总是把事情计划在前面的七哥，不像其他同学那样，等到大学毕业如果还没考上才住在那里。提前选择住在源东街区的学馆，除了金钱方面的原因，他还想把自己最大的潜能激发出来，舍弃掉一些无效的社交，最大效率地利用时间学习才有可能在考试中脱颖而出。

七哥一进入源东街区，老旧破脏的环境映入眼帘，道路窄且杂乱扑面而来。七哥原本以为自己来得很早，但这条街区已经早早苏醒了过来，街道上到处是青涩模样的学生急匆匆地往自习室或者培训班赶，大多数人手上还拿着简易的早餐和厚厚的参考书。

七哥开启了实时VR导航，但由于这里的道路太多，同一个路口还可能会分岔出四五条道路，本就方向感不好的七哥，迷茫地在街道上四处张望。他想向正在匆忙赶路的考生询问学馆的位置，但换来的都是冷漠的回应。

本来七哥昨晚已经在网上找到了几家自己认为合适的学馆，但当他到这里时发现很多介绍图片上的外观与设施等条件与现实相去甚远。源东街区很多原住民，没有经历拆迁建设，加上科技的红利没有覆盖到这里，仿佛这里的人都与现代人隔绝开来。

尽管这里的条件比较差，众多考生还是选择这里，正因为这点原因，让考生们都潜心在这里奋斗。像大友中立国这样的人口众多的亚洲国家，据统计数据显示，高中以上的学生每天的平均睡眠只有 5 小时左右。经历过大学入学考试后，想要在众多考生中脱颖而出考上研究生或进入大型企业，就必须舍弃睡眠、社交和娱乐。

七哥看到这里的考生，他有一点点担忧：如果今年考不上的话明年还要继续在这里生活。在源东街区的西部，靠近几个大的培训机构的地方，七哥找了几家学馆了解情况。其中一家学馆住宿每个月要 3000 友元，条件比较好，房间有 10 平方米，有窗户，还有一个超小型的卫生间；另一家学馆房间是 6 平方米，每个月要 2000 友元，书桌和床铺再加上椅子，已经很难有落脚的地方。

七哥最终选择了一处 5 平方米的房间，每个月仅需 1500 友元，只有一个很小的窗户，一个人在里面安静地学习已经足够了。这家学馆每层有 10 多个房间，房东说七哥住这间的上一位租户，前一段时间刚考上津源大学的研究生，还有 1 个考生考上了津源市友联科技集团，其他房间的考生都落榜了，但他们没有选择退租，而是继续待在了这里。

与房东签订了简易的电子合同，交了租住的押金，简单把房间整理一下放了点东西，七哥松了一口气，准备在学馆附近的饭店吃午餐。

源东街区的饭店生意很不错，都是些便宜实惠的小饭馆，没有精致、仪式感满满的餐厅，也没有具有小资情怀的咖啡馆品茶室。这里的饭馆老板应该都知道，对于考生来说，花 1 小时来吃顿高消费的饭菜，是一件多么奢侈的事情。

七哥找了一家中国美食店，那里的菜色很丰富，单单打菜的区域就有 30 多种，可供选择的很多。这里的就餐环境比津源市中心差很多，有种电影中 20 世纪八九十年代的感觉，厨房与就餐区没有完全隔断，炒菜的油烟会飘到顾客的周围，菜虽然挺好吃的，但油盐过多，没有遵循现代的炒菜用料标准。

七哥感觉吃饭的几乎都是住在附近的考生。有一些女生素面朝天，穿着简单随意，没有刻意地保持身材，眼神有点涣散，感觉像被一座大山压在肩膀上一样。大多考生吃饭的时候还会看着手机或纸质笔记本，趁吃饭的时间能多复习巩固一下知识点。本来会利用吃饭时间稍微看一些短视频和电视剧的七哥，不自觉地被周围的考生影响，默默地快速吃完饭，然后往学校赶。

中午，七哥回到宿舍，躺在宿舍床铺午休了一会儿，之后很快起来把一些生活的必需品收拾在一个小箱子里，准备下午拖去定好的学馆。出发前，他打开手机 App 登录了学校的学生用户系统，向学校提交申请把这学期的住宿费退还并就搬离宿舍做了说明，不一会儿申请就已经处在待审核状态。

下午的津东街区依旧人流量很大，但大多是来这里旅行的游客和街区的原住民。伴随着街道的嘈杂声、空调外机轰隆的声音，考生们都躲在自己狭小的空间里，认真地在考试资料的海洋中探索遨游。

七哥想尽快选择一家离自己学馆比较近的培训机构，这样能减少时间方便两地往返。近二三十年考研和考大型企业的热度剧增，各大培训机构都会花重金请来一些高校的离职教授或从大型企业离职的精英来授课。每年的考试都需要各领域的专业人员来进行命题，而高校和友联科技集团底下各部门都是主力军。有培训机构甚至开出 500 万友元的年薪来吸引他们入职授课。

来津东街区之前，七哥已经锁定了两三家人气比较旺、口碑比较好的培训机构。而且机构里有从友联科技集团的工业科技项目开发部或科技设备质量检验部挖过来的精英，这样对于化学专业的授课才能更有针对性，考上的概率才能大大提高。

“您好考生，来我们‘新津东’培训机构看一下，都是名师级别的老师噢。”

“我们机构的教师是各行业最顶尖的名师，这些是去年考上的考生名单，我们机构的水平在行业里绝对是排在前三位的。”

“我们培训机构有推出一款套餐，考生可以享受一对一的辅导服务，多数是友联科技集团离职的精英进行培训，仅需 20 万友元。”

几家大型的培训机构附近站着推销员在推销他们的培训机构，而七哥看到几个学生模样的年轻人也像他一样正在寻找培训地。这里的培训机构也入乡随俗，没有像市中心那样硕大的电子广告招牌，也没有通过互联网络用详细精美的电子信息介绍吸引考生，只有一些用年代久远的海报做成名师介绍贴在大街小巷，由人工进行推销。他们知道，他们赚钱的群体就是那些为考上而放弃社交放弃娱乐的考生，他们一定会聚集在这个街区，接受他们的召唤。

七哥刚走进“友中”培训机构，就有前台人员给他介绍。这家培训机构七哥之前就有所了解，加上看到街边宣传的广告，他心中比较倾向于这家。前台给他提供了培训班的培训内容，每周 3 节的基础课和专业课讲解、名师课后讲解的视频资料、跟考试出题机构合作出版的试题集等。

敲定好这家培训机构以后，七哥也跟他们签订了电子合同，并把 5 万友元打入他们的账户。今天一天就把学馆和培训机构的事情都解决了，七哥如释重负地松了一口气，一路上哼着小曲，准备晚上回去和茉莉一起吃饭。

茉莉每次和七哥单独吃饭，都喜欢选在环境优雅且菜品略贵的地方。这次学校附近新开了一家日式料理店，茉莉认为她吃得精致，七哥吃得少，在那儿吃日本料理最合适。茉莉特地穿着冷色调的薄外套和灰绿色长裤，早早地等在预订餐厅的日式榻榻米包厢里等待七哥到来。她无聊地刷着手机，看着最近哪里有好玩的可以作为旅游的好去处。

七哥知道茉莉又要约他去对他来说很高级的餐厅，所以他默契地回到还没全部搬走的宿舍冲了个澡，穿了件茉莉给他买的一件浅色外套，套上牛仔裤和运动鞋，顺着茉莉用微信息给他发的定位，骑着新智能共享电动自行车过去了。

刚进入餐厅就被要求脱鞋，七哥有点不太适应。穿着袜子走到包厢里，正在聚精会神玩手机的茉莉马上放下手机，用笑容迎接他并对他说已经点好餐了，七哥说已经习惯两人出来吃饭茉莉点什么他就吃什么。

服务员很周到地把餐一一送到包厢里，并半跪着为客人介绍菜品和吃法。茉莉果然一口气点了好多的菜，餐前的牛油果三文鱼沙拉、胡麻冷豆腐、一大盘刺身、六贯寿司、炸天妇罗还有冷荞麦面和茶碗蒸。七哥很少吃日式料理，每样都尝了一些，然后微笑地看着茉莉细嚼慢咽地品尝。

“今天去源东街区怎么样？找到合适的学馆了吧！”

“已经搞定啦，培训班也报了，从明天开始，如果不上课我尽量都会在那里。”

“那里很破吗？你退宿舍了我过去找你怎么办？”

“条件是比较差，你这千金大小姐肯定觉得那里不好。要找我的话还是等我在学校宿舍的时候吧，反正舍友不退宿，我都可以偶尔借住在他那儿。”

“你是想故意避开我吗？”

“我可还没到那么老的年纪吧，我的美女小姐。主要是今年是我人生当中最关键的一年，我一定要全力以赴考上。”

“你尽力就好啦，以后我们结婚了我养你也可以的。”

“别开玩笑啦，你家条件那么好，从小被爸妈含在嘴里养大，我得靠我自己努力，没办法当‘10后’躺平族，我想成为一个出色的人，这样才能配得上你。”

“哼哼。”

“你不打算报个考研培训班什么的？”

“我爸妈又没有逼我一定要考上研。我不太想报班，看看书和免费的指导视频就行，钱应该花在享受生活的方面。本女子只要问心无愧，努力去考就好。”

“知道啦，大小姐。”

在这种安静的环境里用餐，可以听外面的流水声，茉莉用餐用得很愉快，把茶碗蒸都吃得很干净，还另外叫了一份鳗鱼饭。七哥虽然吃得少也吃得不太习惯，但看到茉莉吃得开心他心里就很满足。

“老规矩，吃大餐由本姑娘来付钱，平时去小饭馆大排档你来当老板。”

“小人明白！”

付完账后，七哥载着茉莉回学校往宿舍方向去了。路上迎面而来的依旧是那些小鲜肉、美少女成双成对地往校外奔去。茉莉笑嘻嘻地打趣着，说年轻人的夜生活好丰富。七哥没有转头，他是心里在发笑，因为嘴上笑的话会吸入太多的风。茉莉在七哥背后打打闹闹，很快就回到宿舍楼各自回房间休息了。

开学后的一个月，大三的学生已经陆续进入状态，该学习的发奋学习，该疯玩的尽情玩耍。七哥、胖狗和小白三位剑客已经完全进入友联科技集团选拔考试的备战状态。至于专业课的课程，胖狗偶尔逃课在宿舍睡觉或放松，七哥和小白就比较认真，每节课都会认真听讲，无论是考研还是友联科技集团选拔考试都要考专业课程。课后小白会把笔记用手机全息投影扫描发给胖狗，让胖狗坐享其成。

周末对七哥而言是最开心的日子，这样就不用忙着教室和学馆两地来回奔波。退宿的申请已经审核通过，费用也已经打回七哥的账户，七哥把大部分东西搬到了学馆。

友联科技集团考试经过改革，把原来的大综合科目拆分成了大友国论、英语和数学。这三门科目是所有岗位必考的，然后是专业考试，而七哥的专业是化学工程，对应的部门是工业科技项目开发部或科技设备质量检验部，专业科目是化学科技理论。如果想考其他部门也可以，但是没有经过大学的系统课程学习或导师指导的话要考上是难上加难。

七哥喜欢把每天的学习时间平均分配给各个科目，而不是一天集中学一个科目。在不同科目切换着学习，可以摆脱学习过程中产生的枯燥感。题海战术是任何选拔考试的必备策略，七哥认真研究过，考试的难度年年都在增加，出题老师根据世界的时事、科技的发展，紧扣着时代变换方式出了很多新颖的题目，想要应对这些题目，没有大量的做题积累是没办法通过考试的。

周六的早晨，6 点半天已蒙蒙亮，由于学馆房间隔音效果比较差，七哥一早就被门外考生们的匆匆脚步声所吵醒。洗漱、洗澡和上厕所都在每层楼的公共卫生区里。七哥是第一次考试备战，比那些饱经考场的考生们动作要慢一些，他们已经养成了将人类基本生存行为花费的时间压缩到最小的习惯。

有租住学馆的考生，在学馆配套的自习室里有对应的座位，不用再额外付钱。七哥在外面买了早餐快速吃完，就过来自习室学习了。自习室每个座位都有隔断，进去要脱鞋，走路、搬椅子、翻书的声音要降到最低，以免影响到其他考生而被投诉。

下午有培训课程，早上的时间七哥打算在自习室里度过。英语是七哥比较薄弱的科目，早晨坐下来的第一件事就是记英语单词，把小本子上的词汇重新巩固一遍。大学里有英语毕业等级考试，七哥虽然大一的时候就通过了，但是只比分数线多了 20 分。茉莉的英语成绩比七哥好，她总是能理解那些晦涩难懂的英语阅读，高出分数线 100 分是她的正常发挥。

由于在自习室不能发出声音，七哥只能在心里默念单词并记熟。友联科技集团选拔考试的英语可比大学里的英语考试难不少，为了让自己的英语水平有较大的提高，除了记单词之外，七哥还要求自己每天读10篇以上的中等长度的文章，有时间的话再做一套培训班发的模拟试题卷。早晨的英语备考，七哥基本上要花3小时，再加上耳机听着英文广播频道，看到大友文的时候他都想要翻译成英文。周末早晨的自习室人满为患，每个人都在低头学习。努力学完早上的计划后，七哥才稍微有时间扭头看看周围的情况。他扫视了一圈，发现考大型企业的人数比考研的人多，可能与考研的竞争力相对较低也有关系。认真学习的人中不乏穿着西装白衬衣的中年人，他们可能是利用周末充充电，也可能是某企业的劳务派遣人员，想通过考试成为友联科技集团的工作人员或在其他大型企业转成正式职员。其中，有一个接近中年的男人，七哥看到他戴着“津源市电池开发有限公司”的工作牌，但他看的书却是友联科技集团的专业备考科目。

七哥看过一则统计数据，截至今年，津源市的中小型企业的正式员工数，已经低于员工总数的50%，这就意味着每家企业中，每两个人中就有一个临时人员。

在预订学馆的时候，据房东说，今年搬走的一名租客，原来也是一家大型企业的临时工，他之所以辞职到这里备考，主要是对未来的担忧。他很害怕，在养家糊口成本很高的时代，在企业里办公的人员到了35岁有很大机会成为部门的副主管或主管。而他作为临时人员，不仅要听年轻人的话，还有被裁员的风险，他不想自己的后半生这么过，只有努力考试这一条路。

全球严峻的经济形势造就了今天残酷的就业竞争。离今年招考的网络公告还有一段时间，七哥心里也隐隐担心招考的职位会再次减少，离吃饭还有一点时间，七哥又抓紧时间看了一会儿英语文章。

津源大学占地面积很大，东区食堂靠近学校的东门，出了东门走一段路就能到源东街区。有时候怕在街区里吃得太油腻，想换换口味，七哥还是会多骑一会儿新智能共享电动自行车拐回学校食堂吃饭。

下午 1 点是数学科目的名师讲课。虽然数学是理科生七哥的强项，但培训班讲解的内容会涵盖所有科目，所以认真的他依旧会过去听讲。每年数学考试的范围会涵盖微积分、数列等，为了拉开学生分数的差距，高难度计算题出现频率越来越多，难倒了不少数学基础差的考生。

七哥搜索过数学科目名师的简历，发现现在邀请的名师和早些年前培训机构随便聘请的大学毕业生相比水平高了很多。据一些微消息报道，以前部分找不到工作的毕业生去应聘大型企业选拔考试机构，简单地进行教学培训就上岗了。

现在的培训机构，除了聘请友联科技集团等大型企业离职的精英，重点瞄准的对象还有一线甚至超一线大学的本科或硕士毕业生，他们本就是大学和研究生入学考试的佼佼者，虽然没在学历上进一步突破，但高薪的条件吸引他们投入这个行业中，而且如果讲得好，身价也会随之攀升，可能会受很多培训机构的哄抢。

七哥走到培训机构的门口，发现里面教室的门外已经聚集了好多人。这种情况是常态，好多积极的考生会在教室开门的一瞬间冲入前排座位，为课后第一时间能在名师面前询问题目做好准备。大家脸上基本没有微笑，都写满了焦虑，而且很多人互相不认识，只是不想让未来的竞争对手了解太多。

教室门一开，好多学生就已经蜂拥冲入，七哥站在中间的位置，被后面的人流推着前行。这时七哥的电话响了起来，是妈妈的电话。七哥接起了电话，背景夹杂着嘈杂声，和妈妈说了几句，然后眼神陷入了停滞和沉默。

这时候七哥突然转身，嘴里喊着什么，然后用力地往人流相反的方向挤。他使出全身力气，终于冲到了培训机构门口，快速叫了一辆的士，飞快地驶去。

第六章

出发

飞机的颠簸还在持续，恐慌的情绪一直在蔓延，偌雪斜前方座位上面的一个行李盖突然被打开，几个大件行李箱也随之掉落，重重地摔在了中间的走廊地带，掉落的时候还蹭到了坐在靠过道的一名乘客的头。

机舱一片混乱，有的人没有戴氧气面罩突然站了起来，想要冲到前面的驾驶舱找机长，被几个空姐合力拦住。一个孩子的妈妈紧紧抱着孩子，虽然不能让孩子止哭，但妈妈嘴里默念着："一定会平安回家的。"

"大家快看，窗户有了裂痕！"

"是啊，我这边也是。"

所有人的注意力都转移到窗户上，如果窗户裂开并且破碎的话，后果将不堪设想。偌雪戴着氧气面罩，努力地呼吸并想让自己镇定下来试图做点什么，但对眼前的一切她也无能为力。

"乘客们，我是本次航班的机长，飞机正在遭遇非常强烈的气流而严重颠簸。请大家保持镇定，相信我，我一定会带大家安全顺利返航！"

机长的这番话给大家带来了一丝希望，乘客中少许男士不由自主地说了声"好！"这时候飞机有些往左倾斜，偌雪能感觉到飞机正在掉头，应该是要准备返回津源市仙林国际机场。

飞机的颠簸并没有在机长讲完话后而停止，每个人心中都在默默地祈祷。经历的一小段时间左侧倾斜之后，飞机突然失重似的往下坠落一段距离，然后又升起，接着又落下。

乘客开始有失重和头晕的感觉，有的甚至出现了呕吐的现象。偌雪除了可以听到自己的呼吸声以外，耳畔还增加了更多的尖叫声。不知什么时候开始，偌雪的左手已经紧紧地抓住隔壁男士的手臂，像小孩子一样寻找安全感。

不一会儿，飞机的颠簸幅度逐步减缓，并慢慢平稳。过了一会儿，又开始了小幅颠簸，但这次幅度没有以前那么大。空姐们陆续从前方和后方出来，为旅客收拾好跌落的行李和随身物品，重新确认好安全带并协助戴好氧气面罩。

10 分钟之后，飞机再次逐渐飞行平稳，恐慌的情绪随着窗外的落日逐渐消散，还有好奇的小朋友问着妈妈说他们是否可以回家了。

听到“嘀”的一声，乘务长提示大家飞机正在下降。偌雪渐渐把手松开，往窗户望去，猛然发现那个年轻女孩还一直紧紧靠着中间的男士并用手抱着。看来第一次坐飞机的她吓得不轻，可能这趟飞行会成为她一生中的阴影。

“砰”的一声，飞机的轮子落地，滑行了一段距离，向着航站楼开去。此时，所有人都松了一口气，好些个乘客提前松开安全带，大喊着“我们安全啦！”虽然乘客们欢呼着，但一定心有余悸，空姐们也逐渐恢复笑容，其中一个年轻的空姐喜极而泣。

下飞机的时候，机长和乘务长特地站在出舱口，对每个乘客说抱歉并致以安慰。其中有一名乘客手指着他们大声地说要索赔，他们也只能苦笑着说抱歉。偌雪背上自己的挎包，匆匆地下了飞机，望着远方的落日，脑子里回荡着一句话：活着真好！她坐上了自动摆渡车。

所有乘客都坐上自动摆渡车后，车子启动出发。车里充满了议论声，大家都在怀疑飞机出现了故障，有的说是发动机，有的说是玻璃被击碎。偌雪并不在意他们在讨论什么，她望了望周围，在她的视线范围内没有看到那个年轻的女孩，也不记得旁边那位男士的长相，连对他说话的声音都印象模糊。

偌雪走出摆渡车，直奔行李提取处。很多人正围着机场工作人员要说法，并要求赔偿此次飞行带来的损失。偌雪迅速锁定自己的行李后，拉着行李箱，头也不回地走出机场一层。她知道纠结过去发生的事没有必要，只有当下立刻摆脱烦恼，才是幸福之道。

刚坐上太阳能出租车，偌雪的手机就响起了妈妈的电话。

“我的偌雪啊，刚刚我手机弹出消息，说飞往北江市的飞机因故障返航，机上有部分乘客受伤。我看了一下，是你给我发的那趟航班，你没事吧？”

“没事啦妈，飞机已经返航，我已经坐上了回家的出租车啦。”

“平安就好平安就好。你喜欢到处飞到处玩，出门在外一定要注意安全。”

“知道了妈，我在飞机上的时候是有些害怕，不过一切都过去了，我回去好好休息一下。”

“好的，赶快回去吧，到家的时候记得发个微信息说一声。”

“嗯嗯。”

指纹锁“叮”的一声打开，偌雪进门鞋一脱，行李一扔，独自躺在沙发椅上。屋子里的供电恢复，空调自动打开，提前预设的洗澡水也在自动储备。她的手机响了一声，大友航空公司给她发了一条信息，再次表示了歉意，并承诺免费赠送一张机票，后续会跟进相关赔偿的手续。

偌雪扔掉手机，走进厨房，想给自己做点儿吃的。厨房里的厨具大都是最新科技的产物：自动加料炒菜机、新智能速烤箱、营养煲汤锅等。偌雪看了看冰箱，又看了看厨具，本就食欲一般的偌雪又打了退堂鼓，重新躺回沙发上。

指纹锁再次“叮”的一声，一位穿着最新款运动服、戴着运动眼镜的中年男子走了进来，往四周看了看，朝偌雪面前走来。

“偌雪啊，我运动回去的时候你妈都和我说了，我立刻就过来看看你。”

“爸，我没事啦，飞机只是遇到很严重的颠簸，很多人就是受到了惊吓而已。”

“你这爱玩的个性真的是随我，就喜欢往外面跑到处旅游。”

“我是您亲生的呗。放心啦，飞机的事故率是最低的，我依旧相信这一点。”

“OK，OK。你饿了吧？爸爸给你煮点儿东西吃？韩国辣白菜泡面？”

“老爸万岁！但我只吃一小碗哦，为了健康！”

偌雪就像小孩子一样，撒娇似的跟爸爸回应，一点儿也看不出来她已经30多岁了。偌雪的爸爸是个教师，已经退休几年了，外表的年龄看上去至少会小10岁，正是从“80后”那代人开始就非常注重保养了。

不一会儿，一碗色香俱全的的韩式辣白菜拉面就做好了，香喷喷地端到偌雪面前。爸爸没有用新型厨具，而是用最简单最传统的工具给偌雪做出来小时候的味道。望着她发出的“siusiusiu”的吃面声，爸爸会心一笑。

在偌雪很小的时候，爸爸经常利用暑假带她到处旅行，从国内的城市，到周边中国、韩国、日本和泰国等。偌雪的妈妈也是教师，但体弱不宜常出门，所以爸爸就是偌雪假期里最好的玩伴。

等到了高中毕业的暑假，偌雪已经可以召集高中同学，带领他们一起到北方的韩阳市避暑。旅游全程偌雪就像导游一样，大家的身份ID、上飞机的流程、酒店的预定、旅游景点的门票、出行的路线等她都一手包办。她的同学只要跟着她，可以一个劲儿地无脑跟随，无限欢乐。

爸爸不希望女儿有什么很大的成就，只要她尽其所能地在某一领域努努力，空闲的时候彻底放松自己，找到工作与生活的平衡点。

偌雪自认为是天底下最幸福的女儿，吃着咸辣的汤面，和爸爸有说不完的话题，时间过得很快。欢笑一直在房间里回荡，仿佛今天飞机上的遭遇从没发生过。

看女儿平安无事，也知道大大咧咧的她不会有心理阴影，爸爸放心地下了楼，语音确认了一下偌雪给他买的最新型的运动手表屏幕，调整好心率，准备跑步10公里回到自己住的小区。

第二天，偌雪稍微起得比较晚，“新智能健身系统”也提示她今天无须做运动，让身体以放松为主。偌雪没有睡回笼觉，只是拿着一杯黑咖啡，站在落地窗前，遥望着周日还没有苏醒的津源市中心。

没有计划的日子里，在这个自己亲自打造的家中，可以和科技完美地配合，做自己想做的事情。偌雪打开了一部 20 世纪的恐怖老电影，用被子把自己裹得严严实实的悄悄看完。看累了，午休后的清闲时刻再看一本爱情小说，一会儿咬牙切齿一会儿默默流泪。

时间到了她那个年纪就过得飞快。偌雪总想把碎片时间利用起来，虚度光阴会让她有罪恶感。平时上下班高峰期她看到高楼下密密麻麻的汽车，心中窃喜自己能心安理得地在上面俯视他们，享受时间带来的充实感。

晚上的时间一到，偌雪把昨天的经历忘得一干二净，出门的躁动又在她的大脑里徘徊。打开手机全息投影，她又开始在那些知名旅游达人的微友圈里遨游，找寻下一个目的地。

飞机是暂时不想坐了，那就坐快速区际列车吧。近十年来，大友中立国的铁路高速发展，引进了中国高铁和日本新干线的先进技术，顺利完成了各市及重点街区的站点覆盖。想要从国内最南部到最北部，坐上区际列车只需要 6 小时。

由于天气比较热，短途的旅行偌雪想选择凉快的地方，她将目标锁定邻城津州市靠近群山森林的静谧之地。津州市是内陆地区，为吸引游客，许多的高山上或森林中建了好多各具特色的旅馆。因为这种旅馆房间数量不多，且价格比较贵，但服务很好，可以吃上优质的食材，体验空气中的负氧离子包围自己的感觉。

偌雪虽然执着追求科技的时尚，但与她的父亲一样，喜欢在科技和自然中寻找一平衡点。即使现代最新的科技给我们带来了很多便利，但只要身处在拥挤的地区，焦虑感很容易找上自己，没办法让内心得到持续的安静。

偌雪这次没有提前预订旅馆，因为明天是周一，像她这样工作日还去旅游的人并不多。她也想要随心而走，在目的地慢慢踱步，遇到合适的旅馆便住下。偌雪只订了一张去往津州市中心车站的车票，护理了一下皮肤就早早睡下了。

第二天早晨，周一的拥挤感像一股热流包围着大楼直冲而上。7 点到 9 点这个时段，偌雪正好利用这个时间坐在窗前看看新闻看看车流，简单打包衣物在一个微型行李箱中，对今天的旅程充满期待。

偌雪很少乘坐地铁出行，即使地铁站早就通到她住的大楼底部区域，她也不敢跟上班族拥挤在一起。照例收拾好东西，一身简单随性的夏装，用墨镜遮阳并做好了防晒，就下到大楼地下二层开车了。

偌雪的太阳能汽车是最新款的进口系列轿车，续航里程可以达到 1700 公里，且支持更换太阳能板。很少开车的她想把车停在津源市中心车站地下停车场，返程的时候如果心情好还可以开车沿着海岸线兜兜风。

偌雪驾驶着汽车在已经没有那么多车辆的公路上行驶，拐上车站快线，总共花费 13 分钟就到达了津源市中心车站的地下停车场。地下停车场每个车位上方都有太阳能充电装置，可以为停车的市民提供充电服务。

带着行李快速通过安检，偌雪进入了车站大厅。今天出行的市民不多，在这繁忙的工作日周一，大家都奔波在工作的忙碌之中，新科技 2.0 时代的人寿命越来越长，而且比以前更加地努力工作。除去穿着正式、准备出差的男女，很少有人像偌雪这样独自出行。

偌雪也有几个闺蜜，但闺蜜有各自的生活，想要聊天不用到哪个餐厅或哪个商场相聚，只要打开手机视频的全息投影聊天功能，对方的影像就会出现在自己的身边。而出门旅游这样的趣事，偌雪不喜欢他人相伴，以拍照炫耀为目的的旅游不是她的作风，她喜欢一个人静静地去体验这个世界，不迎合他人。

特等座位没有什么乘客，偌雪习惯性地戴上耳机，望着窗外市中心的街景。窗外的津源大学、源东街区老建筑、源北街区、友联科技集团项目开发分中心大楼、津湖生态公园等标志性地点让偌雪陷入了回忆，回忆中带有欢笑与苦涩，这些过去无论好坏，都已成为偌雪生命中的一部分。

津州市中心车站很快就到了，刚下车的偌雪感觉这里明显比津源市的温度低 5℃左右。偌雪早早预约好了“随行”出租车，坐上车后就直奔昨天选择好的鹿州森林区。

开往鹿州森林区的山路盘旋着，很多年事已高的大树把紫外线拦截在自己的叶子上。偌雪打开车窗，闭上眼睛，尽情地大口呼吸这里的空气，是湿漉漉且带有仙草的味道呀，偌雪很满足，想着看来是选对了地方。

半山腰地带是停车的地方，再往上就得选择步行上山或步行进入森林小道。此处森林被称为“灵物的森林”，运气好的话还可以看到小鹿。偌雪下了车，望着上山人流的方向，自己也拖着小件行李往那里走去。

每隔一小段距离，都有一家旅馆或民宿。偌雪记得《大友纪》杂志某一期上专门对津州市这里的旅馆老板做过专访。这里的老板基本是“00后”“10后”，他们大多用父母给的启动资金来经营旅馆，但他们不是现在流行的“躺平一族”，很多是爱旅行的背包客，接受过大学的教育，去过很多地方。他们想把自己在旅程中吸收到的文化精髓和自己的理念设计在自己的旅馆之中，听到旅客们对住宿的认可就会很开心。

“文化总在科技与经济的上方。”这是现代人提出的观点。带着这样的观点，偌雪慢慢走，时而驻足，观察着这些旅馆的独特设计。

刚上山不久，偌雪就看到一处类似北欧风格的小旅馆。除了中心主体建筑，外侧还有一条长廊，整栋建筑以白色为主色调，柱子选用原木色，从外面看过去还有几张咖啡桌让客人可以边欣赏绿景边品尝咖啡。偌雪每到一处都会用手机扫一下旅馆外貌，屏幕里面就会弹出旅馆的内部简介。

继续往上走，又看到一家日式风格的旅馆。旅馆一边是让人流连的树木庭园，另一边是绿植覆盖的大门，大门内两侧是住宿区。住宿区外有砂石堆起来的雕塑，线条柔和。据介绍这是老板邀请津州市一位著名的设计师所设计的建筑，水盘、柱顶、津州瓦，每一处的样式都让人心情愉悦到极致。

偌雪还想再看看，就顺着小道继续往上走。因为路程有点长，加上坡度有点陡，往上走的人越来越少。如果是年轻一点的单身女生走这条森林的小道，不免会担心两侧突然跳出来的小动物。

这时前方有一位年轻的男生脖子上挂着单反相机朝着小道的一条分岔走去。偌雪上前看了一下，路口边有一个原木的牌子，上面写着“心之居”三个字。

偌雪向前方走去，莫名就喜欢上了这片区域。只见旅馆前方是一大片绿植茂密的庭院，硕大的迎客松还有黑松随之映入眼帘。走道上铺满了鹅卵石，而在草地上正站着一位年纪很大的手艺人。偌雪和他打了声招呼，他跟偌雪说自己已经守护这片森林很久了。这家旅馆的老板和他是老相识，他没有把这里当作工作的场所，而是把它当家一样看待。

偌雪进入旅馆，身穿汉服的服务员立即跟她打招呼，并询问她是否有预订。对这里好有感觉啊，就住在这里吧！偌雪回复没有预订。因为客人比较少，服务员跟她说还有一间“梅之间”，偌雪欣然定下。

在进房间之前，偌雪参观了这里的主餐厅和茶室。这里的茶室有 5 间，每间茶室可以由“茶之女”来为客人服务泡茶同饮。茶室的设计融合了东方和西方的风格，最让人注意的是竹制的天花板和竹帘。

在茶室喝茶的人不多，恰巧有一对男女刚从茶室出来，偌雪与他们保持一定的距离，跟在后面并回到了自己的房间。偌雪房间外部的建材主要用的是泥土、石头和木头，与旅馆总体设计风格融为一体。桌椅和床是浅色的红木，没有烟火气，给人一种温润的感觉，再配上几盆梅花盆栽，偌雪迫不及待地融入这股中国之风中。

放下行李，没怎么吃东西的偌雪小睡了一会儿后，就准备去餐厅吃晚餐。晚餐有中国美食和西餐供选择，对美食充满无限期待的她自然是两样都点了一些，她要把一天消耗的能量都补充回来。

细心的服务人员发现偌雪是左撇子，因此在上餐前小菜的时候，已经把筷子、汤勺以及刀叉都调整在餐盘和小碗的左边。偌雪也发现了这个细节，满心欢喜地感觉这次选择的旅馆服务太细致了。

法式鸭肉沙拉是第一道菜，鲜甜的鸭肉配上蘸酱的生菜，让偌雪胃口大增。中国菜是主菜，有香气扑鼻的清蒸石斑鱼，有连西方人都喜爱的西红柿炒蛋，还有一份地三鲜。

餐后还有西式苹果派和中国甜汤，完美的甜度彻底地让偌雪产生了大量的满足感。在服务员的建议下，偌雪到隔壁的茶室喝茶，用汲取了“东方之叶”的茶汤来冲刷胃里的油腻之物。

刚才那位脖子上挂着单反相机的男生路过茶室时，看到偌雪一人在里面独饮，也走了进来，坐在偌雪的背后，用单反相机把她饮茶的优雅坐姿和精美的茶具都拍了下来，并主动和偌雪打招呼。

“你一个人来这里旅游吗？”

“是啊。”

“这么漂亮的女生怎么会独自出来旅游，不是应该跟闺蜜或男友一起来吗？”

“呵呵。”

“有兴趣一起喝杯咖啡吗？我房间里有我随身携带的咖啡器具，豆子是从非洲进口的，我还可以为你弹一首吉他曲，边喝咖啡边聊聊。”

“不好意思，我受不了咖啡的苦味。”

偌雪对面前的这位男生的外表还算不讨厌。他中分长发配黑框眼镜，留着络腮胡须，穿着很素，相机不离手，全身一副文艺背包客的造型。但偌雪对这种太过主动搭讪的言行特别反感，不再跟他搭话。文艺男自讨没趣，礼貌地说了声抱歉，就离开了茶室。

偌雪茶足饭饱之余，在大厅里望着外面幽静的森林，不一会儿略有一丝困意，然后就回房间泡澡了。“梅之间”里有一个半露天的浴池，水温正合适，偌雪迫不及待地下水享受。

浴池的水略微没过偌雪的肩膀，她的脸不一会儿就红通通的了。忘记点一杯香槟酒，刚想拿起手机闺蜜就来了微视频电话。偌雪语音指示接听，视频以全息投影的形式在她面前连线。

“又去哪里的温泉酒店潇洒了？”

“我来津州市一趟，前两天不是北江市没去成嘛，今天就来这里调整一下心情。”

“我看到你发坐飞机的微友圈了，还特地查了一下新闻，还挺危险的。”

“没事，估计是小故障，这事已经翻篇了。”

“那你就更应该考虑一下新男友的事喽。”

“切。”

“最近我老公公司有个新调来的同事，颜值差不多七八分吧，人还不错，挺内敛的，工作能力也很强，跟你一样也是研究生毕业，目前是单身状态噢。”

“别老随随便便把一些陌生的男士介绍给我，本阿姨想找自然会利用上天给的缘分去寻找，你不用老这么为我操心啦。”

“好啦，就知道你会拒绝，但我还是尝试着问一下你嘛。”

“谢啦谢啦，你最近怎么样呢？”

“现在有了我儿子，微视频连线的时候我哪次不是在家呢！每天都以他为中心。最近我好怀念和老公刚结婚那几年到处去玩的日子噢。”

“如果你们坚持做丁克一族，现在生活又是另一番滋味。”

“没办法，谁叫我老公说的话最后都是 piapiapia 打脸呢。”

“接受现在的生活吧，以后都会……”

“我儿子又哭闹啦，我要过去看他一下，拜拜。”

“好的拜拜。”

这几年和闺蜜的话题总是没办法绕开家庭和孩子，即使她们很关心偌雪现在的感情状态，偌雪也习惯这么被关心着，但她还是很喜欢过现在这样的生活。

今天的晚餐吃得比较多，偌雪打算再来一杯挂耳黑咖啡来舒缓神经。手机里的消息提醒明天津州市大部分地区有小雨，这正合偌雪的意。她喜欢在外面下着小雨的天气，自己舒服地睡着，即使醒着也可以与外面的一花一草感同身受。

偌雪计划如果是毛毛细雨，她也可以穿着轻柔雨衣在旅馆附近继续探险，如果是下大雨的话她就离开旅馆到津州市的中心，到古街道吃当地百年老店的美食，也可以在冷气开得充足的商场里看看养眼的年轻男女。

现在是 23 点 26 分，偌雪已经洗漱和护肤完毕躺在床上了，手机再次响起。偌雪看了一下屏幕，是一个女孩子在沙滩上玩耍的视频，并在屏幕上重复播放，偌雪估算了一下时间，语音确认了视频连线。

第七章
观光

“嗯……感谢李主管对我的信任。我的想法不知道对不对，我刚来中心不到一个月，对景区科技项目开发的业务还不太熟悉，大学里学的知识和现在的工作有点脱钩，在景区科技开发研究室的话能让我全面系统地上手业务方面的工作。我还想在业务办公室锻炼一下自己，希望李主管您多理解一下。”

“好的，我明白了，看来你心中已经有了工作规划。我们会再征求其他人的意见。没事了，你可以先回去了，好好干，辕泰。”

“谢谢李主管的鼓励！”

花了不到 1 分钟，辕泰的脑子里就跳出这条选择，不自觉地顺着这条思路跟李主管对话下去。辕泰也不知道这样的回答是否稳妥，会不会影响到他人对自己的看法，但他坚信一点，就是把办公室的业务掌握好，才能做到能独当一面，这条路是不会错的。

辕泰在内心说服了自己，带着复杂的心情慢慢地走回自己的办公室。一到办公室，立刻就得到林姐和芊美的询问，辕泰一五一十地把刚才的情况和她们说了一下，林姐觉得辕泰的选择没有错，太早去旅游综合管理室的话不一定是件好事情，而芊美也小甜蜜地说可以继续和辕泰待在一起了。

辕泰回到座位，内心长吁了一口气。虽然辕泰没有选择困难症，但碰到人生中面临的一些重大选择时，他也会回过头来思考自己的所言所行是否妥当。后悔是没有用的情绪，辕泰尽力克服一些负面情绪，强迫自己往好的方向去思索。

今天来办业务的中小企业比较少，所以芊美在柜台那边没有特别忙碌。临近中午，芊美柜台后方的工作人员活动区域走来了一个高个儿男生，年纪和芊美差不多大，穿着工作服显得高大帅，头发向后梳得油亮，脸上有点青春痘的岁月印迹，眼睛眯眯的，一副乐呵呵的面容。

“芊美，现在柜台没有市民办事，要不要进来喝个茶呀？”

“不要啦，谢谢，马上就要吃午饭啦！”

“我的芊美同学可要劳逸结合呀，中午不能吃太少哟。”

“不用你操心的啦！”

“今天我们有几个同事要去玩桌游，有兴趣一起玩吗？”

“我不喜欢玩那种烧脑的游戏啦！我没你那么厉害，总是能赢。”

“不要老是拒绝嘛，多出来活动活动大脑，而且那里有奶茶饮料供应，玩腻了还可以看 VR 电影打 VR 游戏机呢。”

“算了算了，我不想和你们那群人玩，谢谢！！”

芊美假装生气地回应着那个男生，而男生也知道自己是在逗她，笑嘻嘻地和她开着玩笑。林姐在里面听到了他们的对话，暂时放下手头的工作，跟辕泰悄悄地讲起来。

“这位帅哥叫周亚衡，是城市科技项目开发部的，年纪比芊美大 1 岁，很喜欢和女生开玩笑，跟我们办公室在工作内容上有一点儿交集。有时候他会过来找芊美，看着他好像对芊美有点儿意思，但听说他也经常和其他部门的女生开玩笑，可能他是那种广撒网的类型吧。”

“也许是吧，有一点儿自我感觉良好的样子。”

“林姐我的眼光分析还是很精准到位的。”

林姐又陷入了对八卦事件自我认可的状态，辕泰没有再继续接这个话题，一门心思转回到工作中，没注意到外面的亚衡和芊美正在聊他这位新人的情况。

时间过得很快，又过了两周，马上要到月底了。辕泰在电子消息系统中，收到一份关于与旅行社合作的文件，他把文件点开，大致了解了一下内容：部门跟津源市国际旅行社合作，协助接待外国来的旅客一天。辕泰刚想转身问同事，发现林姐已经在他的身边，准备跟他介绍这个文件的情况。

“我们旅游科技项目开发部的工作人员，按照中心规定每个月月底的周六，部门轮流派人当一回导游，协助旅行社接待一些外国游客。这个月是轮到我们办公室了，那这项重要的任务就落在了你和芊美的头上了。小伙子，你要好好把握和芊美独处的机会啊！”

“嗯……”

辕泰无奈地回应了一声，并没有把注意力放在林姐的玩笑上。他开始查阅之前每次协助旅社的工作报告，旅游科技项目开发部的工作人员要跟着导游全程陪同外国游客并做好景点卫生维护工作。跟外国游客接触也是很不错的体验呀。辕泰喜欢新的工作，愉快地做着此次旅游的准备工作。

“辕泰，你要提前熟悉一下旅游路线上的景点噢，可不能丢我们津源旅游城市的脸噢。”

“放心啦，我会好好研究准备的。”

“当然，交给我这个津源市中心人是没问题的，我是这里土生土长的，哪里我都很熟悉。”

“那就拜托你多多指导啦！”

“可以呀，为表示感谢的话你记得要请我吃饭噢。”

“那是必须的，吴导。”

中午，辕泰和芊美在同一张桌上一起吃饭，边吃边聊当临时导游的话题。芊美已经做过好几次协助旅行社的工作，每次都会有一个其他部门如城市科技项目开发部的人过来帮忙，芊美看到这次的名单里有城市科技项目开发部的人，说派亚衡过来的概率很大，芊美向辕泰表示很无奈。

芊美还跟辕泰解释说旅游科技项目开发部和其他部门一样，除了自己的业务工作要完成，还要额外为津源市的一些项目提供额外的合作服务。像旅游科技项目开发部要与旅行社合作当临时导游，城市科技项目开发部要带智能清扫机器人到街区提供免费清扫服务，医疗科技项目开发部要与其他公司合作并邀请该行业顶尖专家和市民代表来参与研究提供意见等。

下午，王主管出差，临走前将与其他部门沟通的工作都交给了辕泰，让他多跑跑腿，多认识一些其他部门的人，同时也可以多交朋友。而林姐也补充道，可以多认识一些其他部门的美女。

最近两周，辕泰的精力基本放在需要与其他部门沟通配合的旅游景区科技项目上。周一，他去了城市科技项目开发部与办公室的工作人员对接了解项目选址和科技设备配备的事项，并把一些手续上的细节记录下来；周二和周三，他去了山林科技项目开发部的办公室了解采伐和开发的问题，向办公室的主管请教一些项目上的注意事项及要求，避免在开发环节中出现问题。

这两天，辕泰都待在办公室里研究近几年来友联科技集团内部相关的开发资料，避免该景区开发项目走弯路，辕泰时不时地会和项目合作公司的技术人员沟通，请他们指出在项目中存在的问题并提供指导和帮助。一个完整的流程下来，辕泰学到了很多的东西。

有时候辕泰碰到一些没办法理解和解决的地方，林姐就像换了个人似的，变成权威人士为辕泰点出问题症结。她还会把以前的项目碰到的类似情况一一跟辕泰点出，让他知道这些问题是开发过程中必须重视的要点，力争把科技项目做到尽善尽美。

每次林姐头头是道地讲完，但依旧不忘调侃辕泰一番，顺便把刚才提及部门的哪个副部长或主管的女儿也详细介绍了一下，力求尽快牵线搭桥。她还把她们的微 link 私人账号要发给辕泰，最后辕泰都很无奈，只能一一接受。

下班时间总是到得很快，林姐一般是到点就下班，而辕泰依旧会多利用点时间学习。芊美下班前也会望一望辕泰有没有走，似乎想等辕泰发出一起下班或吃饭的邀请，但辕泰仍然埋头苦干，显然已经把工作放在第一的位置。

饥饿感是呼叫辕泰下班的唯一信号。从沉浸工作的状态回到现实中，辕泰慢慢地收拾背包，语音确认关好灯和自动门，就离开了办公室。为了经过部长室，辕泰会选择走楼梯，经过的时候还会望一眼。熟悉的灯光和高大的身影依旧在部长室里，张部长认真地看着文件和高秘书忙前忙后，这些都是辕泰下班时候最注意的画面。

今天是周五，大街区上热闹非凡，年轻男女在这灯光闪烁的科技中心尽情地享受美食与娱乐带来的欢快。辕泰这个细腻的凡人不能免俗，周末前的晚餐要让自己的味蕾也好好享受一番，也为明天的临时导游工作做好能量储备。辕泰找了一家精致的小吃店，吃起了猪骨牛肉拉面和中华煎饺，想象着明天当导游的场景。

旅游出发地点定在了津湖生态公园的大门口，早晨8点半，亚衡穿着白衬衣和牛仔裤，早早等在那里，手里还提着两杯拿铁咖啡，不时地看着金色的手表，期待着芊美的到来。芊美因为化妆的原因，稍微迟了一些，她穿着素雅的蓝色连衣裙，头发放了下来，美美地朝大门口走来。

亚衡看到她，高兴地抬起没拿咖啡的手向她挥手，芊美看到他也朝他微笑，并向他走来。亚衡刚低头要把咖啡给芊美，才发现芊美是在跟他身后的辕泰打招呼，只好乐呵呵耸了耸眉，为自己化解了一下尴尬。

今天辕泰也打扮得很休闲，黑色宽松的T恤配上七分裤和白色运动鞋，微笑着和芊美打招呼。辕泰和亚衡两人都很帅，一位是稳重的骑士，另一位是微笑的绅士，两人站在一起难分伯仲。

将近9点，津源市国际旅行社的导游也到了，她礼貌地和三位临时导游问了声好，和芊美确认了一下工作内容后，等待着住宿在附近豪华酒店的游客吃完早餐。

这次的游客大多是来自国外的老年人，以“70后”和“80后”

为主，日本、韩国和中国的游客居多。因为有科式翻译器这套实时翻译设备，大家只要戴上专属的无线耳机，就能实现同声传译。每个游客都会配备一副，导游自己还会多准备几副备用，以防游客丢失。

9点以后，游客陆续朝公园门口走来，辕泰观察了一下，虽然这些游客年纪比较大，但都是有一定经济实力且正在享受退休生活的老人，肥胖的人不多，看来在他们那个年代的外国人对于身材和体重的管理控制也已经很重视了。

导游点名人数到齐后，旅游团队就开始进入津湖生态公园游览参观了。津湖生态公园是津源市最大的公园之一，中心有一片很大的津湖，公园内有一条电动行车道和步行道盘旋环绕一圈，而且每隔一段距离就有一个空气净化设施。如果某个区域PM2.5、O_3、SO_2等指标升高的话就会自动开启降尘和过滤，保证在这里做有氧运动的人们能够呼吸良好的空气。

游客们纷纷拿起手机，拍着四季如春的津源市这个巨幅绿景。亚衡的主要工作是边走边帮忙清理周边市民遗落的垃圾或树上掉下的落叶。辕泰则是负责帮忙拍照，他拿着手机对着游客打开全息投影，游客就能从投影上看到辕泰手机上拍摄的画面，甚至可以让他调整好角度再次语音确认拍摄。芊美当起讲解员的角色，轻松地将公园引进的树种和周边的环境一一跟游客介绍。

徒步游完津湖生态公园以后，大家来到了公园的南门，太阳能大巴车已在那里等候。导游带着大家上车，准备开车环绕津源市中心及周边，沿途讲解城市的古建筑和特色景点。游客基本坐定后，辕泰刚找了一个后面的位置坐下，芊美紧随其后坐在他的旁边，让跟在后面的亚衡没有机会与她同坐。

“今天感觉还行吧？这项工作挺充实的，虽然今天的任务也算工作的一部分内容，但可以顺道再看看市中心的全貌，也当作周末不错的放松。”

“是的，我生活圈子比较窄，活动的半径很小，这次也正好让我再看看津源市的全貌，挺不错的。”

“你住的地方虽然也算津源市的中心，但不够热闹，而且那里是新开发的区域，很多娱乐商店都还没开起来。”

“我晚上比较少出门，有时候从窗外看看外面科技灯光下的市民来来往往喜乐悲欢，就感到很心满意足了。”

“那以后有时间我可以当你的导游，带动你一下，逛一些你从没去过的小街区和有意思的小店噢，有一些小吃店都开了几十年了呢。”

“噢噢……好。”

听到了辕泰和芊美的对话，亚衡的头从最后排凑过来，向芊美表示他也想求带。芊美又假装生气地拍了一下他的头，让他自己去就行了。旁边有个游客戴着耳机，听到他们的对话，眨眨眼笑了笑。

大巴车沿着津源市的环区路行进着，带着游客欣赏着该座城市的最繁华 CBD、娱乐中心、津御山寺院、津源大学和亚洲国街区等。很多游客认真地听着讲解，拍着照，芊美偶尔也会插几句讲解，分享一些有趣的历史故事。

临近中午，旅游团在津源市中心的一条“移民食街”停下，准备中午在那里用餐。这里的小店很多是生活在这里的亚洲外国人开的，全亚洲丰富的美食品种几乎都聚集在这里。芊美对这里印象也很好，有时候外地的同学来津源市的话也会选择来这里吃饭。

吃饭是自由选择的且时间宽松，于是游客各自在食街里闲逛找吃的，中午 2 点到大巴车附近集合。辕泰和亚衡在芊美的带领下来到一家集合了多个国家特色的美食店，准备分别品尝一下他国美食。

辕泰选了一份越南料理，牛肉汤粉配芒果卷。亚衡食量大，选了一份墨西哥卷饼和塔可，并配上薯条和冰可乐。芊美要了一份日式咖喱猪排饭，配上一小碗味噌汤，三个人愉快地吃了起来。

这时，辕泰看到了一位韩国中年大叔游客，他一手端着一份炸酱面，一手端着一份石锅泡菜拌饭，晃晃悠悠地朝他们三人这桌走来。他将食物放在桌上后，甩了甩手臂，深呼一口气后坐了下来，然后大口地吃起来，边吃着酱料十足的面条，边用翻译设备和辕泰他们闲聊起来。

“你们年轻人都是导游吗？”

“不是，我们都是友联科技集团的工作人员。这次当导游是工作的一部分，和旅行社合作的方式。”

“这样啊，你们集团的性质就和我们国家的三星集团一样啊，薪资高，工作稳定。我也是韩国大型企业的工作人员啊，去年退休了，拿着退休金到处走走度余生啊，哈哈哈哈哈哈。”

“大叔您这生活方式不错啊！听说在韩国大型企业退休金很高啊，是中小企业的几倍。您身体健朗，多出来到国外走走很不错的啊。”

“那是！年轻的时候一直拼命考试，就为了以后有很高的退休金。你们这里每个职位竞争有多激烈？”

“我们友联科技集团选拔考试每年招聘的岗位也在缩减，津源市按去年的录取数据平均50∶1吧。”

“那还是我们韩国竞争比较激烈。我们年轻的时候，都是以进入大型企业为荣，那时候都不愿意去小公司。大家为了追求高薪，都扎堆考三星、LG集团了。”

“那大叔您在那么激烈的环境中能考上真是太厉害了！”

“我们韩国大型企业考试的难度和竞争程度比其他国家都高。大叔我可是复习了5年！我在釜山市中心附近租了一个小房子，每天复习，那时候眼里只有参考书和试卷。”

“嗯嗯，我查过资料，您备考的那几年全球经济就已经有衰退的势头了，每个行业都或多或少受到影响，只有进入大型企业才能得到保障。”

“是啊，当我成功考上之后，我把所有参考书都烧了，后来朋友有了，爱情也有了，终于过上自己想要的生活。”

“厉害厉害！”

“你们几个年轻人也很厉害！在我们亚洲，多数国家级别的入职考试热度一直很高，你们也为自己的未来拼尽全力，来，我们干一杯！”

“谢谢！”

韩国大叔举起自己的烧酒小杯，辕泰和芊美举起汤碗，亚衡举起可乐，四个人开心地碰杯后继续畅谈以前考试时发生的趣事。能和外国人多聊聊也不错。辕泰边吃边听着他们的聊天，而他却很少说自己的事情，有时候听到他们的对话会联想到自己考试时候的艰辛。

2点整，游客准时集合，下午的目的地是津源市的源门。那里是一条很长的街区，每隔100米都有一座很壮观的源门建筑，是200多年前遗留下来祭拜的建筑。现在已经没有祭拜仪式，沿街区两侧搭盖了很多商店和餐饮店铺，可谓古老文化和现代文化的碰撞与融合。

游客们在这条街上开始游览，那个韩国大叔比较爱听历史故事，于是带着几个认识的好友跟在芊美的后方，听着导游和她的解说。爱热闹、爱买东西的游客独自潜入小店，购买着当地的民俗服装和纪念品。镶泰和亚衡依旧分工明确，拍照和清理洒落的垃圾。

两个人在路上走着，不知不觉并排走在一起，亚衡首先打开话匣子，和镶泰聊了起来。

“听说你是今年刚考上，工作还顺利吧？”

“嗯，还行，渐渐上手了。有主管和同事们的关照，我学习起来相对轻松一些。”

“本来我想当一名医生，后来准备友联科技集团选拔考试考上了，就放弃当医生了。我是前年考上的，刚来的时候也需要学很多东西。”

“那你挺厉害的，学医的背景考上城市科技项目开发部，我可是考了好几年才考上呢。”

“这个有点运气的成分吧。我现在是二级工作人员了，选择了这条路就努力工作，努力地向上走吧。”

“是啊，我也要加油了。”

“你觉得芊美怎么样？”

“什么怎么样？”

“就是想知道你对芊美有意思吗？她对我一直很冷淡，甚至在我面前有些拘束，而自从你考进来，我发现她对你的态度就很好。”

“还好吧，我跟芊美之间只有同事的情谊，我没有其他的想法。”

“噢，我了解了，谢谢你。”

辕泰和亚衡简单地聊着，各自的心思却不在同一点上。辕泰关注的是亚衡不到两年时间就晋升为二级工作人员，由此推测出亚衡工作能力得到了得分系统和上级的认可；而亚衡关注的是芊美与辕泰是否有交往的可能，当他听到辕泰的答案，自己也略微放心，感觉自己还有追求成功的机会。

芊美给游客介绍着源门的历史、值得购买的纪念品和当地特色的小吃，其间她看到辕泰和亚衡在聊着什么，好奇心很重的她想找机会凑到前面听一下，但总被游客的询问打断。

周六的傍晚，这里的游客越来越多，这是因为源门附近晚上7点有烟花晚会。烟花晚会会聚集很多情侣和游客，大家手拉手或相拥着，对着各种造型的科技烟花拍手叫好。每周的科技烟花晚会也是旅游科技项目开发部开发的一个项目，与烟花公司合作，给市民增添一个观赏游玩的好去处。

这时在源门最南端的一侧，一支穿着本国民族风格服装的队伍，吹着萨克斯，唱着国内人人都会传唱的歌曲，跳着舞，享受着欢快的气氛。当靠近津源市国际旅行社的这支游客队伍时，他们热情地相聚在一起，手拉着手，跟着旋律一起手舞足蹈。韩国大叔一手拿着啤酒，一手把芊美拉过来，示意让辕泰和亚衡也一起加入他们。

一起唱歌跳舞的人越来越多，他们摘掉翻译耳机，用大友中立国的语言与大家一起融入音乐的节奏中。内敛的辕泰和开朗的亚衡不由得加入进来，相继拥抱着芊美一起跳着本国的舞蹈。整个街区都传递着他们的音乐声，把源门的热闹度推向高潮。

音乐结束后，游客依然在回味刚才的欢乐。韩国大叔喝完啤酒，用右手敬礼的方式对辕泰三人表示感谢。导游确认人数后，准备带团队去源门附近吃饭后再回来看晚上的烟花。

而辕泰三人今天短暂的任务就结束了，明天游客们还会在附近游玩，导游向他们表示真诚的感谢，正是他们的协助才能让游客对津源市有着很好的印象和体验。而游客们也用刚学会的大友国语说了声谢谢，韩国大叔则是朝他们眨了眨眼睛，然后消失在繁闹的街区中。

与旅行团告别后，辕泰他们三个人站在一起略微有一点点尴尬，不知道下一步的行动计划，但各自又都有自己的想法。没等其他人开口，亚衡就先发话了。

“这样吧，接下来没什么事的话，我请大家去附近的中国美食城吃火锅，如何？”

“好呀好呀，我同意。辕泰，我们三个人一起去吧，吃完以后如果有时间的话还可以再回来看看烟花。”

“不好意思，我今天就不去了，晚上吃饭有约，你们两个去吧。”

“这样啊……不能改天吗？难得一起出来。”

“没事没事，辕泰你先去赴约吧，芊美就交给我照顾啦。”

“嗯嗯。”

说完这番对话，芊美的情绪就陷入了低落。亚衡暗自高兴，他认为之前和辕泰的一番对话让辕泰意识到应该主动退出与自己对芊美的争夺。而辕泰的确有约，看了看手机的微信息，继而朝马路对面走去。

亚衡示意芊美往另一方向走，芊美只能无奈地跟着。但没走一段路，芊美回过头就发现了令她伤心的一幕：马路对面停下来一辆太阳能出租车，从车里走出来一位身材高挑的美女，长卷发、眼睛很大，配上烈焰红唇，一身名牌格外引人注目。

辕泰替她关了车门，并露出了少见的微笑。美女看到辕泰，也像情侣般地朝他笑，很快与辕泰肩并肩同行，朝着不同的方向走去。因为穿着高跟鞋，美女走得比较慢，而辕泰自然地伸出左手，将手轻轻搭在了她的左肩。

马路对面的芊美和亚衡看到了这一幕，亚衡微笑着嘴里说着什么，而芊美眼神有点呆滞，嘴巴略微张开，克制着自己走向辕泰面前质问的冲动。

第八章
回乡

茉莉收到七哥的微信息后，立刻给小白和胖狗打了电话，告知他们七哥的父亲突发心梗去世了，小白和胖狗第一时间从自习室赶回宿舍。茉莉跟她爸爸知会了一声，叫了出租车赶回家，开上她爸爸的太阳能汽车，回到学校接上小白和胖狗后，随即往七哥的老家开去。

七哥的老家庆南街区在津源市的最南部，是一个经济落后的街区。那里的市民分成两类，一类是早早离开家乡到发达的地区或市中心工作的人；另一类是在街区做着零散的短时工，平淡地度日子，由于人口较少机会也少所以换工作是家常便饭，很多公司和企业在那里也发展不起来。

茉莉载上小白和胖狗后，以每小时 120 公里的速度上了津源市高速公路开始南下。茉莉因为七哥家里的消息，心情有点沉重，所以开车的时候时不时会分神，于是她打开自动辅助驾驶加 VR 辅助操作，可以缓解她紧张的神经。

“茉莉，如果你太累的话，还是我来开吧？”

“没事的，我已经开了辅助系统，只要在超车的时候稍微注意一下，其他时间右脚靠在刹车踏板上就行了。”

“七哥的父亲怎么这么突然就去世了？”

“我不敢详细问，他只是给我发了一条微信息，发的时候已经坐在回老家的出租车上了。”

“心梗的话是挺突然的，这类疾病有前兆。据我了解，如果能在早些时候植入一枚心脏微芯片的话就能及时预警问题，还能第一时间向周边最近的医院发出求救信号争取救援。”

“七哥家里条件比较差，很难能去看到这方面的专家医生。”

“好了，不和你闲聊了，你慢慢开，我和胖狗稍微眯一下，待会儿到那里就有的忙了。你到他家就好好看好七哥，其他事情交给我和胖狗了。”

“谢谢你们！”

太阳能汽车飞快地在高速路上向南行驶，由于是周末，路上的车辆比较多，而且绝大部分以太阳能车为主，有着辅助系统的协助调控，可以最大限度地保证道路畅通不会太拥堵。

一路上茉莉开车开得飞快，不到 2 小时他们就到了七哥父亲所在的殡仪馆。坐在灵位旁边的是七哥的母亲和妹妹，母亲眼泪已经哭干，眼角都是泪痕，穿着黑色服装瘫坐在角落；而妹妹眼睛红肿，倚靠在母亲的身边，无力地看着前方，安静等待下一位亲友的到来。

七哥每年的寒暑假都会带茉莉回老家住几天，在街区周围逛逛，吃吃当地小吃。七哥的母亲对茉莉印象很不错，茉莉长得漂亮，家教好，嘴巴又很甜，每次来都还会带很多礼物，她们总是有聊不完的话题。再加上茉莉家境比较富裕，七哥的母亲认为七哥能跟茉莉在一起是高攀，所以格外欣喜。

七哥的妹妹和茉莉关系也不错，她一直希望有个姐姐能倾听自己的想法。她在初中上学时碰到感情和学业上的问题都积累着等到放假茉莉来他们家的时候，一股脑儿地分享给茉莉，这是七哥解决不了的。七哥只会让她认真读书，处理问题时把事情看开而已。每次见面，茉莉跟妹妹都会聊一个晚上，有时候甚至会聊个通宵，每次分别的时候妹妹就会催着七哥要赶紧结婚。

茉莉进来看到憔悴的女人和女孩儿，眼泪也止不住地掉了下来。她没有多说话，也没有多问具体的情况，就跪坐在母女的身边，静静地陪着她们一起等待，熬过这个让人痛心的仪式。

小白和胖狗给七哥打电话和发微信息都没收到回复，他们只能在外面的宾客区域，帮忙分发餐食和啤酒，一起招待七哥家的亲朋好友。来吊慰的亲戚朋友不是很多，大多是七哥母亲一方的亲戚，七哥父亲跟自己的亲戚来往很少。

“怎么会突然就走了呢？我前几天还看到他挺精神的。”

“听说心梗来得很突然！你没看他现在特别胖，还经常去邻居家打牌打到凌晨两三点。”

“是啊，他老婆半夜的时候还听到他回房的脚步声，谁知第二天中午本想叫他起床，却发现他已经没气了。”

“可怜了他的老婆和女儿，他老婆其实生活得很辛苦，他如果没送货的话他老婆就要帮忙送，还要承担家务，时不时还要去隔壁街区照顾年迈的婆婆。”

“女儿今年准备考高中了，现在正在紧张的复习阶段呢。”

小白和胖狗在旁边招呼客人和收拾东西，听着客人们的交谈，也大致了解了七哥父亲的情况。小白拿起手机，依然没有看到七哥回电话或回消息，内心焦急，一直望着殡仪馆的门口期待七哥快点儿出现。

七哥其实比茉莉他们早到殡仪馆附近，他在一处没有人的地方提前下车后，手上拿着一瓶酒，独自坐在一棵树下，远远地望着殡仪馆进出的人，眼神有点迷离，脑子里一直回想着父亲的点点滴滴。

七哥的父母早年考上津源高等技术专科学校。虽然也是正经的大学毕业生，但专科生和本科生的就业差距已经在他们的那个年代凸显出来。专升本考试难度大，研究生入学考试考不上，大中型的公司在招聘的过程中又很注重学历，小型公司的技术人员虽然薪水待遇还不错，但父亲那个专业需要三班倒，生活很不规律；而母亲做文员工资太低，又有被裁员的风险。

父母双方的家庭条件都不太好，他们各自父母都只有老家一套房产，兄弟姐妹都住在一起。而父母的大部分同学在那个年代都有 2 套以上的房产，赶上了房价上涨的黄金时机。他们的同学大多留在津源市中心工作，只要稍微付出点努力，就在那里过上了安逸平淡的生活。

父母回到老家后，很快就结婚生子。七哥父亲在附近找了一份送货运输的工作，每天只要按时送货就能维持基本正常的生活。七哥小时候总能听到母亲对父亲的埋怨，因为父亲在老家的发展有点儿郁郁不得志，他认为自己应该能干出一番事业，但每要行动之前就退缩了。

后来父亲上了岁数身体渐渐发福，每天除了送点儿货，就是打打牌，到处闲逛聊天，喝酒抽烟样样不落下。那时候的外卖行业已经兴起，他并没有想着干点外卖能多赚点钱，而是嫌母亲做菜做得太少太清淡，就经常点外卖来自己吃，有时候还会点一些给七哥和妹妹，被母亲知道后骂得半死。

父亲虽然是典型的不上进、爱偷懒的躺平族，但对七哥和妹妹很少打骂，有时候还会关心他们的学习情况，偶尔偷偷给他们的手机转点零花钱。七哥对父亲又爱又恨，爱他的温和与鼓励，恨他不上进，没办法给他一个优越的家庭条件。

七哥从小就养成了省吃俭用的习惯。而他的几个同学在父母那辈生活已经很富足，房产和汽车都已备好，让他们衣食住行无忧。七哥很羡慕他们，但他很早就知道只有靠自己才能扭转自己的命运。

七哥还有个哥哥，与父母关系不太好，总是一副埋怨父母的态度。他学习成绩一般，从津源市一所三线本科大学毕业后，就离开了家，基本与家人断绝了联系。七哥也没有联系他但也理解他，他知道每个人有自己的选择和生活。

太阳已经下山，祭奠的客人越来越少。七哥整理好心情和思绪，扔掉酒瓶，慢慢地朝殡仪馆里面走去。

“妈妈，对不起，我回来晚了。”

“没事的儿子，回来就好，我知道你很心痛，快去给你爸爸行礼磕头吧。”

“好的。”

七哥跪在父亲遗像面前，磕完头，和母亲、妹妹还有茉莉拥抱了一下，然后在里面的房间换上了黑色的衣服和白色头巾。经过餐区时，小白和胖狗也看到了他，七哥向他们点头示意了一下，用无声的语言对他们表示了感谢。胖狗也朝他摆摆手，示意自己能够搞定宾客。

穿着丧服的七哥，脸色更加惨白无光。虽然他也开始例行接待亲朋、招呼宾客，但身体如行尸走肉一般，灵魂已经飘到小时候待的街区的每一处角落，寻找着儿时与父亲留下的足迹。

忙碌的一天一夜很快过去了，第二天最亲的亲人和朋友目睹七哥父亲的下葬。七哥母亲和妹妹哭着，七哥沉默着，茉莉扶着七哥，小白和胖狗平静地看着，大家心里小声地默念七哥父亲安息，然后才默默地离开。

所有的仪式结束后，七哥在家简单和母亲、妹妹告别。七哥的母亲坚强地撑着，抚摸了七哥的脸，嘱咐他要好好读书、注意身体，家里的一切她会继续努力维持着。七哥点了点头，强忍着泪水，用那坚强的背影和母亲告了别，便匆匆赶往津源市中心了。

回程的路上，小白开车，胖狗坐在前面，七哥和茉莉坐在后面，相对无言。小白从后视镜悄悄地看到，七哥脸上流下了伤感的泪水，只是没有哭出声音。茉莉也发现了，她从侧面看了看他，用手握紧了他的手，希望能给他带来重新振作的能量。

太阳能汽车开在往北的津源市高速公路上，车内四个年轻人各自都有自己的心事，他们努力在这个新科技 2.0 时代奋力学习，希望未来能有他们崭露头角的一席之地。

接下来的几天，七哥已经从阴影里走了出来。他吃饭的时候偶尔也会开始和朋友开玩笑，而其他时间很快也进入了高强度的学习状态，跟那些已经离校并全职备考的考生几乎没有区别了。

由于缺席了培训课，所以只能通过上课时机构录下的名师培训视频来学习。这些名师的视频已经和每个付费考生的个人身份ID绑定，供考生学习。在这个注重版权的时代，如果想把视频上传到网络或传输给他人，这段培训视频第一时间会被锁定，造成自己和他人都无法观看，而且会在“个人信用系统”里记录，对以后很多选拔考试都会有影响。

七哥在自习室里打开视频，戴上无线耳机，用手机的全息投影看着前几天数学和大友国论名师的讲课，边看边记笔记。这两个科目的难度也在逐年升高，数学的解题方法越来越复杂，即使一道选择题分值不高，也可能让你陷入两难的境地，很难第一时间判断到底是要继续算下去寻找答案还是放弃。

大友国论的题型也变得多种多样，很多考题会涉及大友中立国的历史事件和地理常识。最后的一篇论述文，还会涉及一些对于还没正式参加工作的考生相对陌生的社会方面的信息，有时候会让考生无处下笔。而现在的考生已经不像很多年前有万能模板或者套题答案，形势的复杂多变很考验考生的智力、处世应变的能力还有写作功底。

七哥认真地听着视频，他开启了1.5倍速的播放，这样可以节约一些时间，遇到需要记录的地方再摇头示意确认暂停。数学名师是大友国立大学的数学硕士毕业生，一个穿着西装的长发美女。她并不是纯粹地把每道题的解题方法告诉大家，因为很多参考书里都有答案。她很注重对题目的分析，并在视频里强调，每个考生在面对题目时，要感同身受地切换到出题者的角度，用心去理解他们出这道题的目的，一眼就会的思路和显而易见的答案应第一时间排除，应该找出题目中隐藏的细节，去推敲，多推开门看看，才能选中正确的目标。

七哥边学边回想大学入学考试前的高中生活，那时候的题目和现在差不多，需要大量的题海积累和多变的思维来应对考题。数学名师清晰的讲解，七哥就联想到她在高中时肯定是一个看问题很犀利的学霸。统计、高等函数、资料分析等题目，都会和现实中的例子相结合，七哥边解题边找出解题的感觉，渐渐地开始有所突破。

2 小时的数学学习后，七哥不会轻易让自己放松，而是马上切换到大友国论的名师，开始听课。大友国论的名师，是从友联科技集团离职的精英，曾经就职于早期的城市科技项目开发部，入职前还当过记者，有着非常丰富的经验。笑脸和玻璃瓶底厚度的眼镜是他的标志，考生都会对这样履历的人心生敬佩，一是他有能力考进友联科技集团的队伍；二是他有勇气，也有能力和经验离开集团，来这里授课。

对于七哥来说，大友国论是弱项，因为他对文字语言的组织不太敏感，所以他拿出 120% 的专注力去听讲课，希望能从中获取更多来提高自己的知识点。

这位大友国论名师在视频中也是表现出一种令人佩服的姿态。针对前面的选择题，熟悉历史的他都能引经据典，把每个历史事件讲得头头是道，并能分析每个人物的心理和行为；而碰到地理知识点，他又化身一名环球旅行者，仿佛世界的每一个角落都有他的足迹。这是平时刷旅游视频看资料总结所没办法掌握的，要亲身到当地体验才有这种见多识广的气息。

七哥暗自庆幸没有因为要省钱而放弃报培训班。这些名师的讲解是现在网上的免费培训视频没办法比较的。七哥一直紧跟名师的思路，默默记下关键的知识点，为后面做模拟题做好充分的准备。

不想在看视频期间中断的七哥，看完讲解已经是晚上的8点半。从视频中走出来的七哥才发现自己已经饥肠辘辘。他看了下手机，决定在学馆附近的小饭店来解决自己今天的晚餐加夜宵。

春天的味道已经有些消散，七哥感觉到一丝丝的夏意。他穿着短袖衫、短裤和拖鞋，走在源东街区的小路上。路边有很多小摊贩，店铺门口摆上几张简易小桌，很多客人围坐在那里小酌、吃饭、聊天。

走到凑近他们的时候，只听到他们对社会竞争太激烈的抱怨，还有选拔考试一直没法通过的无奈。七哥心里知道，虽然在源东街区复习的人很多，但想要考上大型企业的人数估计不到1／100，这是一个很残酷的现实。

晚上的餐食七哥选在了一家中国香港的小店，店铺不大但很卫生。七哥点了一碗云吞蔬菜面、一杯冻柠茶和一份西多士，快速地吃了起来。七哥打开手机，浏览起头条新闻来。“友联科技集团改革正式开始，预计5年内完成所有子公司的合并。”“大洋洲两个国家发生地震，部分地区出现火山喷发。”“全球经济衰退形势有望放缓，众多发达国家联合起来研究对策。”七哥默默地将这些信息收藏，以便日后复习中可以用到。

填饱了肚子，七哥就回到学馆，准备继续挑灯夜战。但一刚进房间，刚才的食物还没消化，一股困意就席卷而来。干脆休息半小时，学习的事暂且放在一边。戴上耳机独自欣赏起音乐来。

“咚咚咚”，一阵敲门声打破了耳机外的宁静。七哥关掉音乐，起身去开门，得到了一个突如其来的拥抱。

“哈喽亲爱的，这里好破噢，你竟然可以住得下去呀。”

“茉莉，你过来怎么没和我微信息说一声呢。这里条件是比较差，但适合学习呀，不会分心。”

“那也太差了吧，你看墙壁上很多地方都有点儿发霉了，空间那么小，洗澡上厕所都不方便。”

“这些条件我可以克服的，而且待在这样房间里我就只想着学习呀。”

“那你刚才在干什么？学习吗？我怎么没看到你把笔记本拿出来。”

“我这不是刚刚才到房间一会儿吗？你坐这里吧，我倒点儿水给你喝。”

七哥起身简单收拾了一下房间，赶忙倒了一杯纯净水，便坐下来和她聊了起来。

“你最近应该走出来了吧？我看你状态恢复得还可以，所以今天在图书馆自习室提早看完书，就过来找你。”

“我没事了，这些都是人一生中必须经历的事情，我已经看开了。”

“看到你没事我就放心了，我之前还很怕会影响到你复习的心情呢。怎么样，最近复习得还好吧？我们四个在一起吃饭的时候你都不怎么说话。”

“复习就一直按部就班地进行呀。这个培训班里的名师讲得很不错，我从中学到了很多，也希望让我一次就能顺利考上吧。”

“我相信你的实力啦。每年的研究生考试公告基本差不多，但友联科技集团选拔考试就不一样了，有时候会提前有时候会推迟，还经常改变招考条件是吧？”

“听培训班的权威名师说，今年考试的内容应该和前两年都差不多，但考试的岗位可能会再次缩减，岗位的竞争人数还会升高。”

“以前都是和你讨论研究生考试，现在你改考友联科技集团了，发现你还是这么认真地在研究备考。”

“那必须的，万事都要做好充分的准备才有胜利的把握呀！”

“那友联科技集团的考试公告什么时候出来呢？培训班名师有没有预测一下？”

“这个倒没说，按前两年的经验应该是暑假的第一个月，所以距离考试还有好几个月的时间呢。现在就专注于把每一科的科目复习好就好。”

“你想我了吗？”

“你这话题怎么转换得这么快……嗯……当然想了。”

说到这里，七哥的脸迅速红了起来，闷骚型的他还略微往后退缩，为自己刚才说出来的话感到不好意思。茉莉主动靠过去，送上了自己的香唇，用手抱住了他的后背。七哥也随之进入了状态，一只手轻轻地抱着她的背部，另一只手轻柔地抚摸着茉莉的头发，两个人慢慢地缠绵了在一起。

第二天又是新的一周，由于专业课老师下周要带大四的学生出远门实习，所以这两周的课合并在这一周全部上完。课堂上的学生们无精打采，习惯了每天只上两三节课，一下子每天上全天的课，睡眠严重不足。还有一部分学生前一天晚上玩游戏断杀到半夜，只能选择逃课，舒服地在宿舍补觉。

课堂上有一部分学生不怎么认真听课，经历过大一和大二的他们，凭经验就想着等老师最后一两节课画考试重点。如果碰到每节课都在讲重点的老师，他们在期末找到全班中学习优秀的同学，直接拷贝他们的笔记。

七哥每节课依然坐在后排，他会观察前面老师和同学的动态，来选择今天是否需要复习。新学期已经过去几周了，前面已经陆续有同学在课上看参考书。七哥扫视了一圈，看考研书籍和大型企业选拔考试书籍的人各占一半吧，七哥心里很清楚，有些同学是看舍友备考而跟风学习的，也有些是像他一样，提早准备迎接各种考试的洗礼。

胖狗坐在七哥旁边，无精打采地听着课，桌上也放着一本数学能力测试的参考书，有一页没一页地翻着，并没有完全把心思放在上面。听课也无聊，就悄悄地和七哥聊了起来。

“七哥，你最近复习得怎么样？”

“我还行吧，报了班，每天都会上培训课或者看名师讲课视频。”

“就知道你没问题。自从你去学馆那边学习，我就没有去图书馆学习的动力了，以前总能看到你在一间教室学习，我就不敢太放纵自己，现在你不在，有时候我在宿舍玩游戏玩得无法自拔了。”

“那你赶快回去继承家业吧，勉强坚持下去的学习很难换得好结果。”

“那可不行，我可是在爸妈面前立下了誓言，一定会考上友联科技集团给他们看看，否则没脸见他们。”

“不然你也和我一样，去学馆租一间房间复习吧。”

“那不行不行，茉莉说了，那里的条件太差了，我从小住大房子大房间习惯了，本来上大学住两人间就有点儿不太适应了，现在再让我去待在那个牢房，我肯定会疯掉的。”

“好吧，那我无能为力了。”

“咱们化学工程专业最有可能考上的就是你和小白了，我看集团的工业科技项目开发部或科技设备质量检验部两个部门你们是志在必得的。”

“那可很难说，你是没看到源东街区那里的气氛，每个人拼了命地往死里读，我们的战斗不仅要面对全市同专业的考生，还有往届毕业没有考上的考生啊。”

“唉……你越说我感觉自己越没希望了……”

胖狗知道继续说下去自己肯定会更加迷茫，得到了七哥的一点刺激，他就硬着头皮继续看书了。跟胖狗的这番对话结束后，七哥虽然说着挺淡定，但话后冷静下来，自己不免也会有点紧张，即将和那么多人竞争，能不能赢过他们实在是没有把握。

好不容易熬到了周五的下午，坚持天天上课的同学也都精疲力尽地听着课、记着笔记。好些同学已经放弃上课这件重要的事，在学校的操场上活跃起来，踢球的踢球，打球的打球，尽情地挥洒汗水，有时候还会刻意在观赛的女生面前竭尽全力地表现自己。

很久没有运动的七哥和小白依然认真地在教室听讲。大一的时候他们就已成为学院新生足球队的主力成员，还夺得了那一届学院杯的冠军。胖狗虽然长得胖，但在守门方面很有天赋，他为力保球门不失做了很大的贡献。

这三个曾经在下午说走就走去踢足球的男生，已经过了竞争体育荣誉的年纪，前途的压力让他们不得不坐在教室里埋头学习，压抑着自己的运动细胞在身体里肆意地躁动。下午最后一节课课堂上已经没什么人了，专业课老师也没有刻意地要求学生都到，他关闭了签到系统，耐心地跟学生讲解着考试的重点。他也是过来人，眼前的学生会比那些逃课的学生更有机会找到好工作吧。

七哥习惯性地环视了一番，这些人大概都是友联科技集团选拔考试的有力竞争对手吧，每次人少的课都是这些熟悉的身影。突然，他的手机“叮咚”响了一声，同班同学大多数人的手机都发出了声音，响了起来，大家上课的时候都会对手机不重要信息的提示进行屏蔽，而现在几乎所有人的手机都响了，这说明是很重要的信息。

七哥定睛一看，下午 4 点 50 分，友联科技集团向网络发布了 2036 年度的津源市友联科技集团选拔考试公告和报考事项，而这份公告比往年的发布时间提早了两个多月。

第九章

赴约

“妈咪，Are you at home？还是在外面吗？”

“是啊，妈咪今天出门在外面旅游呀。你今天有没有乖乖的呢？作业做完了吗？”

“这里现在是早上呀，我刚刚乖乖吃完早餐，待会 uncle 要带我去上学啦。”

“Sorry，妈咪又忘记时差了，你要好好上课好好听讲，不能贪玩儿啊。”

“Yes, Madam，妈咪我知道啦。不能和你说啦，我要去上学了，uncle 在喊我了，Byebye。”

“好的好的，爱你，快去吧。”

偌雪笑着跟女儿挂完视频电话，重新回到旅馆的房间。偌雪的女儿今年 7 岁了，自从与丈夫离婚后，女儿就跟着偌雪。偌雪的哥哥一家在美国定居生活，他们的孩子在那里上贵族私立学校，享受优质的教育资源。偌雪在她女儿还小的时候，就把女儿送到美国哥哥那里，和她的哥哥姐姐们一起上同一所学校。

刚开始偌雪有点舍不得，但那段时间偌雪特别忙碌，没有时间照顾女儿。偌雪爸妈因为要过自己的生活不帮忙带孩子，后来无奈之下，偌雪和爸妈商量后，又征得偌雪哥哥一家人的同意，加上女儿有同龄人的陪伴，所以很快地就融入了当地的生活。

和女儿聊完后，偌雪感觉到有一丝困意。她又在手机翻看了一会儿女儿的照片，回想了一下刚才的视频，感觉女儿又长高了一点，然后心满意足地睡去了。

第二天早晨，津州市下起了小雨，偌雪早早地醒来，窗外的森林里被一层薄薄的雾气笼罩着，看起来像仙境一般。偌雪的“梅之间”里有一张小餐桌和椅子，供客人早餐使用。这源于这家旅馆的理念，在早上惬意的时间里，客人可以在房间慢慢地享用早餐。

虽然旅馆有餐厅，但如果连早餐也要到房间外享用的话，那很多女性客人不得不提早花时间化妆，而且有些客人还会为退房提早整理房间而感到慌乱。旅馆用“房间＋小餐厅”的坚持是让客人在房间里看到森林的景色并享用美食，衷心希望他们能在此放松自己的身心。

服务员将早餐送到了偌雪的房间，早餐是西式的风格，烤过的吐司配蜂蜜，两片煎蛋上浇着番茄汁黄豆，一小碗水果沙拉，再加上一杯意式咖啡。偌雪早上的胃口不错，细嚼慢咽着，看着外面森林的几个游人撑着雨伞在徘徊。

吃完早餐时间还早，做完皮肤护理并稍加打扮后，偌雪就准备在森林里继续探索一番。刚出门走到小石子路，雨依然是毛毛细雨，于是偌雪撑着伞，往高处再走一段。由于下雨，这条路上的游客不多。

偌雪沿着路继续往上走，这时候回过头往下看就可以看到各式特色的旅馆静静地隐藏在茂密的森林里，默默地接受森林的滋养。其中，有一家旅馆还有一根硕大的烟囱，持续地飘出缕缕白烟，与早晨的雾气相融合。

路上还遇到了几只小猫，躲在旅馆大门前的小屋檐下，眼神盯着过往的游人，偶尔打声哈欠，与游人共享这里的慢生活。偌雪注意到了昨天的那位文艺男，他在她前面不到 50 米的距离，每到一处都会用单反相机拍摄，每拍完一张还会仔细看屏幕。

文艺男也用余光注意到偌雪，经历了昨天的小插曲，他刻意地避开偌雪，以此缓解心中的尴尬。偌雪假装没注意到他，往其他的小路继续探寻美景。

雨势渐大，偌雪感觉到了一丝凉意。她穿着提前准备的防水轻便登山软鞋，这样她上山下山能够轻松自如。偌雪看了一下表，已经是早上 10 点 25 分，她决定折返回旅馆退房，准备到津州市的中心逛一逛。

与“心之居”这家旅馆告别后，偌雪坐上了开往津州市中心的太阳能出租车。当出租车开下山后，街区的人间气息立马映入眼帘。津州市的街区没有沿海的津源市发达，小部分街区还保留着外露的电线杆和年代非常久远的房子，房子之间都挨得很近，很多小巷子里汽车是开不进去的。

从远处看，半山腰的房子并没有被年代的印记所遗忘。每家户主都对自己的房子爱护有加，涂上各自喜爱的颜色，整理好屋里屋外的私人用品，甚至在小路两旁种植了一些花花草草，偌雪很喜欢这种色彩缤纷的房子，有点意大利五渔村的感觉。

穿过小街区，驶入高速公路后，新科技 2.0 时代又回来了。高耸的大楼和繁华的闹市在一步步向自己移来，车外的雨势渐小，阳光悄悄在乌云后面露脸。偌雪打开车窗，感受城市的风和海边的风的区别。这时候司机开启了辅助驾驶系统，趁着轻松的时刻，和偌雪聊了起来。

“美女是一个人出门旅行呀，刚才你上车时听你口音，不是津州市本地人吧。”

“是的，我是津源市人，来这里旅游。”

“一看美女你就是有钱人，我也载过很多像你一样的年轻美女客人，她们大多喜欢来这里的鹿州森林区。”

“是吗？看来这里是很适合度假。”

“现在年轻人都很懂得享受生活。像我这种‘80 后’大叔，开了大半辈子出租车，还好那时候有手机 App 约车系统，叫车很方便，不然我真不知道要做什么。”

“司机师傅，你们开出租车收入应该也还可以吧？”

“唉，时代变了。自从进入新科技 2.0 时代，很多市民就更喜欢自驾旅行了，现在的太阳能汽车大多配备半自动驾驶系统，有的还可以全自动驾驶，充电又方便，路上又不像以前一样老是堵车了，我们出租车司机就越来越难赚钱了。”

“嗯，这倒是，科技的进步真的是有利有弊啊。”

“这都是年轻时吃了不读书的亏啊。我们那个年代大学虽然扩招，但毕业出来要通过考试找工作已经很难了，进小公司又赚不到钱，也没学到什么知识和本事，就只能做出租车司机了。”

“行行出状元嘛。”

“好羡慕你们这样含着金汤匙长大的孩子，至少可以少奋斗很多年。”

“……”

偌雪出门旅游，会适当地和陌生人聊几句，但不会深聊。她没有再接话下去，也不想解释，因为只有自己知道，今天能自由地过上想要的生活，也是自己在年轻的时候付出过很多努力，努力学习，努力准备考试，努力工作，每一样都没有爸妈的帮助，都是一点一滴用自己的积累换来的，很多东西都不是仅靠物质的关怀就能得到的。

太阳能出租车在津州市中心的“古友一番街”的南入口停下，偌雪手机自动扣款付费后，就开心地下了车。雨此时停了，看到热闹的人流，偌雪心情愉快地随着大流前行。

这条长长的小街道并不是一条平路通到尽头，而是蜿蜒曲折地通向小山丘的山顶，在山顶处绕一圈后再盘旋而下。小街的两旁是各式的小商店，装修风格偏日式，无论是玩偶精品店，还是小食冰激凌店，商户都会把它装饰得杂而不乱，这让拥有一颗少女心的偌雪开心得不得了。

虽然很多旅游地的冰箱贴或纪念玩偶网购就能买到，但偌雪每到一个地方旅游都会找寻那些能证明她到过此地的纪念物，所以她家的双开门冰箱已经贴满了冰箱贴，而电脑办公桌旁的架子上也塞满了很卡哇伊的小玩偶。

偌雪看到一家抹茶小店，全店的墙面、招牌还有柱子都是薄荷绿色，店里卖着各种抹茶相关的食物，有奶茶、青团、糖果还有冰激凌。偌雪看到食物就想到中午还没有吃饭，就点了一根冰激凌。

偌雪边吃边左瞧瞧右看看，生怕漏过任何一家有趣的小店。根据网上查过的资料，这里的大部分小店虽然都是“90后”叔叔阿姨的自家门面，但一点也没有古旧和过时的感觉。这条街的生意很好，是津州市的地标，店铺装修得时尚，并一心一意只做自家擅长的手艺，没有扩张，没有互相打压，而是一起撑起“古友一番街”的一片繁华兴盛景象。

冰激凌没办法填饱肚子，那就再吃点主食吧。偌雪一边想着，一边把注意力放在了散发出食物香气的小店。一个绑着白色头巾用着长条筷子做炸食的大叔吸引了偌雪，她凑了过去，看到大叔娴熟地做着葱油鱼肉团饼，香气已经扩散到周围好几家店。偌雪赶紧掏出手机，网上搜索了一番，原来这是家50年以上的老字号店铺，现老板的爷爷开创了这家店。

店铺很小，里面的桌子很多但没有椅子，主要让客人站着吃，但大多数的位置已经有人了。偌雪在前台点了一份竹荚鱼肉团饼、一份蔬菜团饼、一份花生萝卜小菜和一杯鲜柠汁，然后独自站在座位旁，看看周围的人，开启了“窃听”模式。

“我带你来的这家店不错吧？每次大学同学和朋友来这里找我，我都会带他们来这条街，也会来这家店吃点东西。”

“嗯嗯，这里味道超棒的，吃的品种丰富，离学校又近。学长，你在津州市理工大学这里读博士会很辛苦吗？”

“唉，是挺辛苦了，现在压力好大。我这个专业，论文不好写，想要发表文章更是难上加难，你看我的发际线上移很多了。”

“哈哈，我也还在考虑要不要读博士，如果读下去的话可能还要很多年才能毕业呢。”

“女生的话其实读下去也不错，毕竟现在硕士毕业竞争力已经不够了，如果读博的话还是有很大的机会在一线或二线水平高校当教师的。”

“嗯嗯，我之前也是这么想的，但想到还要发表好几篇文章，就有点退缩了。”

“没事的，为了更好的未来，付出这些努力也是值得的。来，不说这个了，我们干杯一下，敬未来！”

“敬未来！”

邻桌有一位头发稀疏的男博士和一位打扮得很朴素的女硕士在对话，他们以前是同校同学，趁余暇女生来这里找男生玩。偌雪听了他们的对话，也回忆起自己的大学和研究生的幸福时光。

偌雪点的菜品很快就上桌了，在她美美地品尝的时候，店里的人又多了起来，这时候有个年纪五六十岁，墨镜顶在头上，穿着薄薄、略微露胸的长裙，自信但又不失礼貌的女士，朝偌雪这边走来。她先用大友国语说了声你好，然后用日语说话。偌雪赶忙拿起手机打开科式翻译器，一边戴上耳机和她对话。

“不好意思，我来自日本，来大友中立国旅游的。因为没有空座了，我可以站在您旁边吗？”

“可以的，请。”

“谢谢您，那我就打扰了。”

“不会不会，您是一个人来这里旅游吗？”

“是啊，我在东京独自生活，工作也比较轻松，所以休假出来旅游。”

“那您来对地方了，大友中立国可是有很多值得去的地方哟，这条街我也是第一次来，但是一进来就有一股你们东京的仲见世商品街的味道了。”

“啊哈，您去过东京呀。是啊，经您这么一说，的确有点相似。”

“您有时间的话，可以在我们国家其他地方再走一走。相邻的津源市也不错，有很多充满文化气息的景点。”

“感谢您的建议，我这次请了 1 个月假，就是打算来大友中立国深度旅游的，呵呵。”

“您真是会生活，在日本工作压力大吗？经常要加班的吧？”

“噢，呵呵，也看工作啦。我在日本到点就下班，加班的话我会抗议的。”

“哈哈，看不出来。嗯，菜上来了，您也赶快趁热吃吧，我点的您也来吃一点，一起品尝。”

“那我就不客气啦，您也吃一些我的吧。”

偌雪和这位东京女士聊得很投机，出于隐私，偌雪自然不会问她的年龄和婚姻状况，但偌雪从她手上没有戴婚戒，皮肤保养得非常好，风姿绰约的身型等一些细节推测她应该是单身，和她一样过着没有金钱压力的生活，不会被亚洲国家集体焦虑所困住，这是财富和思想自由才配拥有的气质。

相谈甚欢的时间悄然过去，人与人之间的缘分总是美妙而短暂，偌雪微笑地和东京女士说再见，东京女士也用一个很标准的日式鞠躬向偌雪表示感谢，并欢迎偌雪能有机会再次去东京游玩。当然偌雪并没有和她交换联系方式，只是单纯地享受当下这种礼貌而有趣的对话而已。

偌雪补充了足够的能量后出了小店，伸了个懒腰，再次踏上寻觅乐趣之旅。“古友一番街”的街道不陡，可以轻松地往上走。偌雪没有吃得很饱，身体依旧轻盈，迈着有节奏的步伐在人群中穿行。

街道的山顶附近有一座不大的寺庙，不起眼，门口有座石碑，上面刻着“古友山 觉光寺”。偌雪收拾了下心情，严肃地走进了觉光寺。寺庙很安静，绿松和绿草郁郁葱葱，安放在最合适的位置。其中，一棵樱花树让偌雪感觉到一位纯净的美女子般的存在。

寺庙的西北角处有一块像靠背山的石头，石头上有座小台，上面立着一个戴着帽子、穿着红色衣服的小人儿，小人儿前有很多颜色各异的小花。石头旁边有一个小水池，水池上方有一只小雕像东方龙从口中吐水。偌雪上前用手掬了一口清水一饮而尽，甘甜的舒爽沁人心脾。

寺庙的庭园里还有一片小水潭，水潭旁是小石子路。路的尽头是一座小亭子。亭子里面有靠座，可以让人在那里摇着扇子休息。偌雪很开心发现了这里，外面的游客都沉浸在热闹中，而她却能发现这里的幽僻。

寺庙的正中央是正殿，门是关着的。偌雪从外面看，无论是柱子还是窗户都有最直最细的线条，把喧嚣都挡在围墙之外。偌雪闭着眼睛，想象着一位僧人在正殿里静坐。而里面的僧人在等待着有缘人发现这里，隔着门窗就能知道对方的身影，静默地为她送上真挚的祝福。

偌雪从觉光寺走出来，重新回到了充满嘈杂热闹的世界。再继续往前走便是下山的路，那里的店铺也很多，而从相反方向上来的游客也不少，两个方向的人群行走时互相避让又互相扩散。

下山方向的店铺也很有特色，有装修成学院风格的书店，还有夹杂民族特色的扇子店。偌雪在店外看到一对跨国情侣，女子是大友中立国人，穿着民族服装拿着扇子，摆着各种姿势；男子是欧洲人，手上拿着单反相机，正在为漂亮的女友拍照留念。

偌雪正要继续往下一间小店走去，手机突然响了，偌雪低头一看，是妈妈的头像。她叹了一口气，有一点点不情愿地接起了电话。

“妈，我正在津州市这儿，有什么事情吗？”

“你这孩子，才刚刚经历了飞机这件事，就又到处乱跑，就不能好好在家待两天吗？”

“您也知道我的个性呀。我闲不住，在家待不住的，一定要出来走走才安心。”

“还是你爸太宠你。你晚上能赶回家吗？妈正好没事，给你做点儿好吃的。”

“我下午从这里坐区际列车回去再开车回家，得要晚上了。”

“那没事，妈妈给你煮点儿夜宵吃。妈妈年轻的时候也爱吃外卖，到老了才切身感受到吃太多外面的饭菜对身体不好。夜宵妈妈给你做点儿营养健康的，符合现在健康饮食标准的。”

“我平时一直很注意健康饮食的好吧！好的好的，如果我太晚的话就不要等我噢，谢谢妈妈！”

偌雪年轻的时候会和妈妈时不时地拌嘴吵架，但生气过后她知道妈妈其实是很关心自己的。自从偌雪恢复单身后，回到独自一个人的生活与工作的状态，即使妈妈身体不好，但也偶尔过来帮一下偌雪，给她做很多营养可口的饭菜，嘱咐她少点外卖，念念叨叨一大堆。

偌雪看了看手机，时间已经是下午，今天也玩得比较尽兴，就坐区际列车回津源市吧。偌雪定好返程的车票以后，便往山下方向走。坐上太阳能出租车，偌雪心满意足地离开了。

到达津源市中心车站已经是晚上 7 点多了，偌雪并没有感觉到饿。所以她到车站地下车库取了自己的汽车，准备开车沿着海岸线的公路回家。这辆太阳能汽车功能非常多，偌雪却没有一一了解。她打开最常用的全自动辅助驾驶和杜比环绕音响，把声音调到很大，一边听着古典音乐，一边沿着海岸线向家驶去。

这会儿路上车辆不多，已经过了下班高峰期。车内的音乐配着车窗外的海景，让偌雪陷入了回忆中。偌雪的女儿去美国已经有 2 年多了，虽然她从小就很懂事，也很坚强，但在一个陌生的环境里生活，愧疚感依然会笼罩着偌雪，让她不自觉地纠结做出的选择是否正确。

每次和女儿视频连线，看到女儿的第一眼，偌雪的眼睛都会不自觉地湿润一会儿，女儿在她面前总是表现出一副早熟的样子，懂事中又带有一点依恋。偌雪分辨不出，女儿是不是一直强忍着自己的感情，在国外即使遇到很多困难也独自消化，不敢让妈妈和周围的人担心。

想到这里，偌雪眼角的泪水默默流下，又立刻被外面的海风吹干。她用手擦了擦脸，努力让自己走出当下的情绪。叮咚一声，偌雪的手机收到一条微信息，是一位男士发来的。偌雪看了一下发来的内容和地址，犹豫了一下，最终还是决定过去赴约。她把导航的目的地改成了家里附近的“梦境”酒吧，然后继续向前开着。

汽车进入津源市中心后，正好赶上了夜生活的开始。生活在新科技 2.0 时代的市民是幸福的，他们充分享受着时代产物所带来的便利，他们活在当下，活在这个现实又有点科技虚幻的世界中亦真亦假。很多建筑高楼有转动的探照夜光灯，各种颜色的灯光交织在一起，在马路上行走的市民也会跟着灯光的律动而嗨起来。

到了晚上，很多年轻人忘却了白天的忙碌、上司的教训、家庭的压力，他们聚在一起，吐槽、宣泄，吃着最香、最重口味的食物，豪饮啤酒和饮料，饭后又吃下医药科技公司开发的保健小药丸，让自己身体放纵的同时又将对健康的损伤度降到最低。偌雪的车经过源乐街区，这是她每次从外地回来的必经之地。

偌雪年轻的时候也喜欢来这里玩儿，一起感受热闹的音乐和欢呼声。这里和以前变化不大，旁边有几所本地的二、三线大学，人气的撑起有一半是这里的大学生。偌雪经过的时候，听到好几家大型的娱乐轰趴馆里传出来喧嚣声。

轰趴馆偌雪偶尔没事的时候也会去，它集合了很多年轻人喜欢的娱乐项目，聚餐、喝酒、K 歌和娱乐游戏等。聚餐自然是吸引很多下班的白领和金领，一起在这里团建。娱乐轰趴馆一般会和外面的餐馆合作，在 3 公里范围内可以及时做好菜品用无人机送餐，并让客户有多种美食选择。

K 歌的房间很多，所有的设备都是引进国外先进的音响，还能根据每个人的歌声进行调整，帮助年轻人在房间里一展歌喉释放自己。饮品的区域供应酒、咖啡、奶茶等饮品。玩家可以在这里喝点东西，聊聊天，甚至私下交流一些私藏的东西。

还有一大块区域和房间主要提供娱乐游戏。房间都是玩世界流行的桌面游戏，商家提供全世界最新款的桌游供大家选择。还有一大块的开放式空间的墙上挂着100寸以上的电视和懒人沙发，随着次世代游戏机的更迭，现在很多游戏玩家不仅可以拿着手柄打开全息投影游玩，还可以像偌雪在机场见过的那种戴上耳贴、头脑进入虚拟世界的游戏，让很多年轻人欲罢不能。

偌雪经过这片区域，就有想进轰趴馆的冲动。但此时她要去见一位男士，所以汽车就继续往家的附近方向前行。偌雪住的地方并不全部是热闹的，在CBD的南部，有一片区域是一些安静的小店。那里灯光比较昏暗，大多是低矮的住户，小店的灯光也都是用暗红色、暗橘色等低调的颜色。

将汽车停在车位之后，偌雪下了车，独自一人在源乐街区南边区域的小道上走着。这里的人比较少，大多数房子是有一定年代感的小平层。每隔一小段距离都有一家小店，有粉色系的情趣用品店，有黑暗系的纹身小店，当然还有橙黄色系的经典地下小酒吧。

这里的酒吧很多都开了很久，酒吧大多不大，招牌也不显眼，从店门进去并不是营业区而是楼梯，要走到地下，在一个略微狭小的空间里才是品尝世界好酒的天地。偌雪要去的是一家她常去的“梦境”酒吧，她熟悉地推开门，径直地朝楼下走去。

迎面而来的是年轻调酒师送上的微笑，他正在用白色干布擦拭着光亮的透明酒杯。吧台上坐着一个男士，从背影上看年纪大约30岁，身材略胖，头发梳得油亮，穿的是正装，衬衣的第一颗扣子已解开，领带也松开了，手上拿着一杯加了冰块的威士忌，头略低地喝着。

“你今天怎么会过来这里？嗯？你好像有点儿醉了。”

“今天正好有个业务……在你家附近谈……谈完正好想和你喝一杯……”

“你醉了，别再喝了，我送你回家吧。”

“我还……清醒着呢……偌雪……其实我一直和你保持着联系……我心里一直……”

“……”

“我喜欢你……偌雪……”

这位男士突然主动靠近偌雪，迅速又轻轻地吻了偌雪，偌雪眼睛睁得很大，却没有反抗，随后闭上眼睛，慢慢地接受了他的唇。

第十章
初见

辕泰左手搭着长发美女的左肩，朝着附近的一家高级西餐厅走去，路上经过几个染着黄发的年轻人，吹着口哨回头看着美女，被她的美貌所吸引。长发美女不为所动地朝前走着，并没有把他们放在眼里，只留给他们美丽自信、不屑的背影。

“妹妹，你今天怎么打扮得这么好看，我们就是去吃个便饭而已呀。”

“我见自己的亲哥就不能打扮得美美的吗？你是害怕别人误认为我们是情侣吧？”

“没有的事，只是我今天一身便装，和公主般的妹妹走在一起太不相称。”

“你就算穿着随意也很帅嘛！你要早点儿结婚的话，我就可以约嫂子出来吃美食，不用叫上你啦。”

“哈哈，好吧。”

“说！最近有女朋友了吗？我刚才在车里看到你和一男一女站在一起，他们是你的同事？”

“是啊，他们两个就是今天和我一起带旅行团的同事，其中那个女的和我在同一间办公室里办公。”

“哦！那她一定已经被你的稳重气质吸引了，没错吧？”

“是啊是啊，她已经爱上我了，你满意了吧？”

“讨厌讨厌！！”

辕泰兄妹两人一路上拌着小嘴快乐地走着，然后走进了一家“羽光”西餐厅。今天是周末，用餐的人比较多，辕泰提早预订了靠窗的位置，在服务员的指引下来到了自己的座位。辕泰主动给妹妹拉座椅，妹妹也不客气，美美地坐下，顺手将包放在旁边，轻拉椅子坐好的姿势非常优雅。

在新科技2.0时代，餐厅的服务也越来越人性化，特别是高级的西餐厅，会根据预定客人身份ID信息的位置，来准确提醒厨师做菜的时间。厨师会根据客人预定的菜品，提前输入餐厅的系统并进行自动提醒，系统计算好客人快到店的时间，在屏幕上显示出厨师应做菜的时间段，方便客人到达后能及时上菜，提高效率节约时间，也能让客人尽情享用。

和妹妹吃饭自然不能随便，平时吃中心食堂和街区小店的辕泰，想在今晚也好好地享受美食。法式面包、柠檬香煎鹅肝、清蒸龙利鱼、西冷牛排、俄罗斯浓汤，再配上香槟酒，这些美味佳肴彻底征服了辕泰的味蕾。辕泰和妹妹细嚼慢咽着，有着说不完的话题。

“最近爸妈怎么样？是不是还总催促你好好工作呢？”

“那还用说，我现在在市场部门当苦力，很多东西都要学呢。平时还都得穿正装上班，今天好不容易好好打扮一下。”

“那也是为你好呀，毕竟你这个千金大小姐将来可是任重道远呀。”

“臭哥哥，别老调侃我。不说这个了，聊聊你的感情问题吧。”

“我没感情问题呀。这才刚工作不久，暂时没有打算找女朋友的想法，我之前不是跟你说过很多次了嘛。”

“那你手机借我看一下，让我检查一下有没有女生的照片。”

镶泰坦荡地把手机解了锁，并交给了妹妹。妹妹拿着手机操作了一番，不知是输入还是下载了什么内容，然后将屏幕又对着镶泰的脸刷了一下。镶泰刚喝下一口汤，看到她这么做惊讶得被呛到了，赶忙要把手机抢过来。

“你刚刚做了什么？偷刷我的脸，别乱动我手机里面的东西啦。”

“我给你注册了现在最火的相亲软件 Love Link，只要把你的身份 ID 还有照片输进去，就能快速成为会员噢。”

“唉……你总是这么瞎胡来。嗯……这个软件怎么用？”

“嘻嘻嘻嘻。你看你看，你也想用了吧。现在是新科技 2.0 时代，我们每个人平时的活动都离不开手机，现在的大数据云系统会记录我们的生活习惯、家庭情况还有性格爱好等信息。”

“是啊，我们现在说是很注重隐私，但其实都没有隐私，隐私全被新智能系统记录下来了。”

“这款软件注册以后，系统会自动同步到网络的大数据云系统，全面地了解你这个人，但不会公开个人信息，只会参照相处和谐的情侣或夫妻的信息对你和其他人进行自动匹配。”

“现在的科技都发展到这种程度了，连恋爱和结婚都需要靠智能系统的帮助了啊。”

“软件只是帮助我们人类更高效地去做成一些事情啦。你看，匹配也需要一定的时间，匹配成功后就会有对象作为你的备选，如果你和她都同意见面的话就可以约会啦。”

“看来你也在用这款软件哟，难怪这么熟悉。”

“不告诉你！本大小姐可是只想恋爱不结婚的噢。现在离婚率这么高，对女生越来越不利。这款软件配对成功和恋爱幸福率达到45%，已经算很高了呢。”

“好吧，有机会我试试看吧。”

“你一定要用噢，不用的话我可是要告诉妈妈的。”

妹妹和辕泰聊起恋爱的话题，就异常兴奋，连服务员都以为他们是郎才女貌的是一对情侣。美好的晚餐时间过得很快，妹妹意犹未尽，辕泰却催促着要送她回家了。

妹妹的嘴巴噘着老高，不情愿地上了太阳能出租车。辕泰叮嘱司机要将她安全地送到市中心东部的别墅区，然后自己刷了一辆新智能共享电动自行车，慢慢地骑往租住的公寓，心里想着刚才聊天的事情。

周一一大早，辕泰比平时更早出发了。这个月他替换芊美坐在柜台，所以他要早点儿过去交接工作。好久没有穿正装，辕泰稍有点不适应，但他努力转移注意力，将自己身上的不适应感降到最低。

芊美也来得很早，辕泰看到她睡眼惺忪地朝他走过来，当她走近时，看到辕泰的时候，脸上露出一丝的不悦，一副不愿搭理他的样子。辕泰立刻反思周六的言行，哪里做得不好让芊美有点生气呢？

“今天起我就要坐在柜台这里啦，不懂的地方还请芊美前辈多多指教啦。”

“哼，你能力强，工作上手又那么快，柜台的工作自然是难不倒你的！”

“没有没有，我还有很多需要学习的地方，不懂的地方我还得进办公室请教你。对了，周日过得怎样？有没有好好休息一下？”

“还行吧，那天接待完旅行团，亚衡主动请我吃了一顿火锅大餐，让我从疲惫中活了过来。”

“不好意思，那天我正好有约了！我亲妹妹正好有事要过来找我，所以我下次再和你们一起吃饭哈。”

“哦……原来那个美女是你妹妹啊！我和亚衡都看到她了，她长得好漂亮啊，你们一定都遗传了父母的高颜值。”

辕泰微微一笑，他看到芊美的态度有所缓和，立马领会到芊美生气的缘由。他没有再继续和芊美闲聊，快速整理好自己的桌面文件和电脑系统，准备迎接柜台上班的第一天。

芊美走进办公室，坐在自己的座位。她泡好了花茶，打开电脑，透过办公室的窗户，花痴般地盯着辕泰的背影。精明的林姐扫了一眼芊美的举动就立刻明白了。芊美看窗外辕泰的眼神和次数都被林姐捕捉到，这样让她忍不住在座位后面偷笑。

接下来的一周，辕泰已经完全适应中心柜台工作人员的角色，那帅气、不苟言笑又办事认真的神情和态度，让来办理业务的人，尤其是女士，对服务满意度增加至少一颗星的评价。

自从每个城市的子公司都整合在一个中心大楼内，市民的办事效率和其他公司的合作效率也大大提高，这多亏借鉴了其他国家的先进经验和做法。市民来办理业务前可以提前在网络上或手机上的友联科技集团官网中心系统了解到需提供的材料，备好电子材料后储存起来，到柜台后可以用“新智能光速打印机”进行打印装订，最大限度地方便市民。

今天来办事的是一位上了年纪的大叔，他是一家小型企业——“津源爱旅广告有限公司”的工作人员。他没有按照中心系统对应业务部门要求的材料清单准备材料，导致来这里时材料不齐全。辕泰很耐心，先接过大叔的手机，帮他搜索需要补齐的材料清单。找到部分材料后，辕泰又让大叔联系他的同事，把缺漏的合作项目文件一并拍照后传输到旅游科技项目开发部的公共系统中，然后辕泰在自己的电脑上就可以确认。

还有一张基本情况的表格没有填写，辕泰主动将电脑屏幕移动到两个人都能看得到的位置，对照表格中每个空格所需填写的内容进行查找。如果大叔有不太确定的内容，辕泰就运用中心大楼最新的图片搜索功能技术，快速找到非文字表格图片中的文字，方便又快捷。

业务都办好后，辕泰随即在电脑上操作归档，通知大叔可以回公司等通知。如果中心这边合作项目通过了，会以微信息的方式告知他，纸质的签字文件也会快递寄到他提供的地址，不需要再跑到中心大楼一趟，中间如果出现什么问题也会电话联系他，指导他在手机上操作即可。

王主管在办公室里忙碌着，他看到辕泰如此能干，当面和林姐夸赞说办公室这么两个年轻人来得真是时候。而林姐也接了他的话，认为两人如果能在一起的话那工作效率 1+1 就远远大于 2，一定会非常和谐、更加完美了，说完后立马遭到了芊美的白眼。

又一周充实的工作很快过去。由于在柜台的缘故，辕泰这周很少和同事讲话，而且每天接待的市民比较多，有时候即使在短暂的休息期间还会想着工作上的事情，中心大楼的空调开得很足，加上神经会绷得比较紧，一天到晚喝不上水，到了周五这天辕泰感觉有点口干舌燥，现在是略微上火的状态了。

下午下班后，辕泰还是办公室最后一个走的。他平时放了一套便装在自己更衣室的柜子里，换上宽松的短袖短裤后，将正装交给中心大楼的后勤工作人员，然后背上背包，心情舒畅地骑上新智能共享电动自行车，往吃饭的地方去了。

今天辕泰的高中同学微群又在组织小范围聚餐，来的几个人都是辕泰比较熟悉的，所以他决定小酌一下，也听听他们上班的故事。辕泰将电动自行车停在一家烤肉店门口，循着喝酒碰杯的声音进去了。

辕泰是最后一个到的，不是被罚吹瓶啤酒，而是帮大家烤好所有的肉，这正合辕泰的意，他喜欢倾听大家的声音，也尽量少透露自己的事情。今天到场了三个男生四个女生，和辕泰一样都在津源市中心工作，每个人的职业都不相同，各自吐槽并哭诉起来。

“我在这家建筑设计小公司上班好几年了，工资没涨多少，职位也没提升，我结婚最早，回家还要听老婆的抱怨和孩子的哭闹，唉……人生怎么这么了然无趣的啊。”

“你还好啦，房子、妻子、孩子都有了，我还辛苦地在津源大学攻读博士学位，能不能毕业还是个问题呢。”

“你这个高学历人才就不要和我们比啦，如果顺利读完博士的话找工作就很有保障了呢。”

“早知道当年我也继续读书深造好了。你看现在，全球经济不景气，像我这种在小公司待着每天都在担心被裁。我是挺想结婚了，如果被裁的话，身边还能有个人可以养我吧。”

“辕泰就可以呀！你看他考了很多次友联科技集团选拔考试，最后终于考上了，志得意满啊！虽然他默默地低调帮我们烤肉吃，但我们当中的人生赢家非他莫属了。”

“是啊是啊，像我们女生，只想追求安稳平淡。进入大型企业就是完美的选择，当教师也不错，可惜当年没有那么努力地读书，现在只有辕泰考上了，太厉害了。”

“大家都别取笑我了，我考上也有运气的成分，现在就是一名普通的工作人员，每天为各种业务奔波，和大家一样要努力地活着。”

“好怀念大学的日子啊，没有压力，我们高中同学还经常聚在一起，不考虑未来的事，就是想着怎么谈恋爱、吃好吃的、玩好玩的。”

“现在聚餐的话题都变了，电视剧里演的爸妈那个时代的大学和工作生活好像也和我们现在一样了，看来进入新科技 2.0 时代，人们生活的细节是变了，但人生的轨迹却没有多大改变啊。”

“干杯干杯，希望未来大家都会变得更好！”

“干杯！”

今天辕泰吃得挺开心，虽然嘴上低调谦虚，但被高中同学赞美和羡慕，心里产生了一点点骄傲。大家只是小酌，都没有喝醉，喝完之后也不会像以前一样再进行 K 歌节目，而是各回各家，各自在这个时代扮演好成人角色。

辕泰回到家，用洗衣烘干一体机洗掉一身烧烤味的衣服，又舒服地冲了个澡，就一跃到床上看起手机新闻来。这时候他突然想起前一段妹妹给他注册的相亲软件，好奇地打开了它，想看看这款 App 有什么有趣的功能。

软件的右上角是他的头像和网名，妹妹给他取了一个“灰夜骑士”网名，让辕泰无奈地笑了一声。辕泰看到右下角的匹配选项，点开后，发现已经有 5 个女生跟他的信息完成了配对，恋爱适合率都达到了 95% 以上。

辕泰看了下那些女生的照片，其中一个网名叫“鱼之心”的女生，五官很好看，是辕泰一看就有点感觉的类型。不张扬的美丽瞬间吸引了辕泰，让他不自觉地点了一下匹配关注。手机“咚”的一声，两个人的头像同时出现在屏幕上，进入了可以打字聊天的模式。

看来鱼之心此时也在线上，辕泰就客气地跟她打起了招呼。鱼之心也很礼貌地回应，表达自己想结婚的意愿，既然软件有匹配且双方都有意愿点击关注的话，那就约个时间见见吧。辕泰觉得合适，就把时间定在了周日下午 3 点。鱼之心说想喝咖啡，于是约在了津源市中心 CBD 的一家连锁咖啡店。

关上手机后，辕泰回忆着自己的恋爱经历。虽然辕泰多次和大家说自己暂时不想考虑恋爱结婚的事情，但当夜幕降临，独处的时候，正当壮年的辕泰，不免也会被体内的雄性激素所影响，毕竟异性相吸，对异性的憧憬也是人类的本能。

辕泰再次想象了一下与鱼之心见面的场景，很快就进入了梦乡。忙碌的一周让他身体感到疲惫，而通过周六一天充足的休息，调整一下自己，就可以把自己最好的状态展现在相亲的对象面前。

根据天气预报，受副热带高压影响，周日的最高气温可以达 40℃以上，整个津源市就像火炉一样，蒸烤着大街上的市民。2040 年全世界碳中和计划正在稳步地推进中，大多数的燃油车虽然已经被电车和太阳能汽车所取代，但酷热难耐的天气依旧可能会影响人们很多年。

辕泰对选择这么热的大下午时间出来见面有点愧疚。稍作打扮之后，为了防止骑新智能共享电动自行车的时候被太阳暴晒导致出汗，他罕见地选择叫太阳能出租车，直接从公寓开到了咖啡店。

辕泰提早 15 分钟到了咖啡店，店里客人不多，辕泰按照自己的习惯选择坐在一处可以看到门口的角落，既可以注意到鱼之心进来的情况，又可以在这里聊天不被周围的人所打扰，这是一向追求安全感、追求安稳的辕泰式作风。

辕泰虽然拿起手机看新闻，但注意力一直放在门口，脑子里回忆着鱼之心的照片和对她的些许印象，迎面过来的人和照片不太相符这种情况也是有可能的。随着时间临近 3 点，不太擅长与女生打交道的他内心开始有点小紧张。

3 点 05 分，咖啡店的门推开了，走进来一个行色匆匆的女生，短发、很干练，穿着格子无袖长裙，大眼睛小嘴唇，眼神里没有精明也没有呆萌，一下子给辕泰一种纯洁、直率、好相处的感觉。辕泰的心从紧张变成了超级紧张，还夹杂着小心动。看来科技的力量已经能窥探人心了吗？她给人的感觉真的很好。辕泰站起来的时候差点儿没站稳，然后又刻意地表现出镇定的表情，朝鱼之心招招手，她看到辕泰抱歉地低头致意一下，然后朝座位走来。

“非常抱歉，由于家里有点儿事来晚了，你是不是等很久了？”

“没事，我也刚到一会儿，你就是鱼之心吧，我叫简辕泰，请多关照。”

“好的。你以后就叫我鱼之心吧，我很喜欢这个名字，并把它作为我的网名，那我就不用叫你灰夜骑士啦。”

“哈哈哈，当然不用。先点杯咖啡吧，你想喝点什么呢？”

“冰美式，谢谢。”

辕泰打开手机连接上这家咖啡店的地址，点了一杯冰美式和一杯焦糖玛奇朵，然后和鱼之心愉快地聊了起来。刚开始跟她对话时，辕泰的声音还带有一点点嘶哑，这是他紧张的反映。而鱼之心好像是那种乐天派的性格，没有注意到辕泰的紧张，辕泰在心里默默地安慰自己没事的。

“我们的信息在相亲软件里是看不到的，只能在见面的时候问你。冒昧地问下你是做什么的呀？”

“我是津源市友联科技集团的工作人员，目前在旅游科技项目开发部工作，才刚刚入职不久。”

“哇！你好厉害，我还没毕业那会儿好多同学在准备友联科技集团选拔考试，最后考上的没几个。这也是我羡慕的职业，能遇见你真好。”

“啊不不不，我们能匹配上，是因为你是既优秀又美丽的女生，能跟你见面才是我的荣幸。”

“哈哈哈，你真会夸人。我是研究生毕业，目前在一家大型培训类的企业上班，过着朝九晚五的生活。”

“嗯嗯，那很不错呀，津源市的大型企业并不多，但每家公司无论是薪资待遇还是升职空间方面，都是很多优秀毕业生的选择，而且对女生有结婚生育、探亲等福利的照顾，基本会让你们做文员或后勤等适合女生的业务。”

“你知道得挺多的嘛。你刚入职工作应该比较忙吧，平时有没有经常去哪里逛逛呀？”

“刚入职的确有很多东西要学。工作之余，我是个比较宅的人，喜欢待在公寓里看看电影玩玩游戏什么的，没有什么不良嗜好。”

“我一眼也能感觉到你是个善良正直的好人，哈哈。我可是挺好动的噢，有时候在家里闲不住，会约上几个闺蜜到处逛，享受青春人生。”

“那你周围应该有一些优秀的男生在追求你吧？你条件这么好。”

“辕泰大哥，这都什么时代啦，你还会问这个问题。现在的男生无论优不优秀，都不太愿意主动追求女生啦。而女生无论优秀不优秀，想和好男生恋爱结婚的就必须和别人竞争，不想恋爱结婚的只要自己有工作有房子，这一辈子也可以过得非常好，这就是新科技 2.0 时代的现实呀，供需链都断了。你看，像你这样的男生会主动追求别人吗？”

“你这么一说……嘿嘿……”

“我周围没遇到也不了解什么好男生，反倒相信这款同事推荐的相亲 App，你可是我见的第一个匹配的男生噢。”

“我也是，我打开软件看匹配的人，不自觉地就选择你啦。”

简单的对话以后，辕泰和鱼之心对对方都有一些了解，彼此也有一点好感，并且好感度也有上升的趋势。喝完咖啡聊完天就下午 5 点了，鱼之心并且因为有事要先走，他们互相留了真实的微 link 私人账号，然后带着满意的微笑互相挥别，各自期待着下一次的见面。

又是周一一大早，然而辕泰早晨起来精神特别爽朗，看来爱情的萌芽给人无限的力量。辕泰迅速吃完早餐，带着满足的饱腹感，能量满满地出现在了办公室的柜台处。今天连林姐从外面走进来，看到辕泰的腰挺得比平时还直，都嗅到了爱情的味道。

芊美今天来得比较晚，但她照例会带一些家里的养生花茶给大家，还特意给柜台的辕泰泡了一杯。辕泰接过茶的时候，对芊美露出了笑容，这让芊美有点不知所措，红着脸回到办公室，过了许久才把脸上的热气散去。

林姐精准地看出来辕泰并不是对芊美有好感，想跟芊美提醒一下，但又怕芊美伤心，所以打算找时间探探辕泰的口风。

最近是由辕泰在柜台处理业务，与别的部门沟通的工作就交给了芊美来做。这两天有两个很重要的专题会议，虽然都不是景区科技开发研究室的主要业务，但都和景区科技开发研究室有业务上的交叉。王主管忙得焦头烂额，芊美也跟在王主管后面到处跑。

高秘书来办公室里找资料、问情况的次数也多了，而辕泰忙着在外面填表格给办事人员讲解材料，也来不及和高秘书搭上话。但高秘书每次进来办公室的时候，都会和辕泰对视一下，或者互相点头打个招呼。

今天下午下班时间比较晚，辕泰等王主管忙到最后一刻离开后，自己也连忙收拾东西准备要走。这时高秘书从隔壁办公室出来，经过柜台的时候看到辕泰，打了声招呼。

“辕泰，明天有个对旅游区酒店科技星级评价的专题会，涉及你们办公室，你可要做好充分的准备。”

“啊呀！我最近都在忙柜台的事情，现在都是芊美在帮王主管的忙，我都没有接触过这个业务。”

“噢，是吗？那么这个会议的议题你至少要做好一个系统的了解，也许会问到你噢。”

果不其然，还没等高秘书说完，辕泰的手机办公微 link 账号收到一条信息，通知明天早晨 9 点的旅游科技项目开发部专题讨论会议，景区科技开发研究室除了王主管以外，简辕泰也要参加。

第十一章
审核

下课铃声响了，老师离开了教室，大家却都在看着手机，前排的同学已经开始激烈地讨论了起来。七哥仔细地浏览起这份公告，发现今年友联科技集团的公告提及的内容比往年多很多，资格审核的项目内容新增不少。

七哥拿出做题时练就的本领，把最重要的审核点罗列了出来。第一个是要提前审核“个人信用系统”中考生是否存在未按时偿还贷款或失信的问题。第二个是父母是否存在失信或违法犯罪的问题。第三个是考生在大学期间是否存在违规和挂科了 5 门以上的情况等。

然后是岗位的报名情况。在所有的审核程序都走完以后，考生就可以根据自己所学的专业进行报名，而化学专业的岗位，今年工业科技项目开发部没有招人，而科技设备质量检验部只招 2 名工作人员，其他部门都不招化学专业的学生，竞争可谓相当的激烈。

七哥估计了一下，仅仅津源大学化学专业的毕业生就达到了 200 多人，其中还不包括其他二三线大学的毕业生，还有那些正在源东街区全力复习的往届考生。七哥想到这里，不免冒出一身冷汗。但他冷静之后，觉得自己应该先过审核这关再说。

七哥暗自庆幸符合所有的条件，大学期间努力学习保证了不挂科，父母虽然没什么积蓄，但应该都没有存在借债或欠款的问题。但七哥想到这里又犹豫了一下，收拾东西后走出教室，又给妈妈打了个电话。

“妈，您最近好吗？”

“很好的，孩子，妈妈最近虽然辛苦一些，但都挺过来了，你妹妹也快中考了，熬过这段就会好一些了。”

“那就好，您一定要注意身体。今天友联科技集团选拔考试的公告出来了，我应该可以报考科技设备质量检验部。”

“妈不太懂这个，只要你能考上就好，妈相信你的付出一定会有回报的。”

“妈，你和爸爸有没有存在欠款失信的情况呢？这个您查过吗？”

“这个之前倒是查过。你爸去世的时候，他个人征信情况我这里都能看到，我们两个都不存在这方面的问题。”

“那就好，现在报考前都要审核父母的情况，不然会影响考生的报名。”

“爸妈虽然过得不好，但也不至于去找人借钱。你爸几次想投资做点儿生意，我一直拦着，我知道他并不是做生意那块料，也不指望赚什么大钱。”

“好的，那我就放心了，谢谢妈。我一定会努力备考的。”

“加油，你和你妹都是我的乖孩子，你们一定都会如愿以偿的。”

挂完电话以后，七哥就和小白、胖狗和茉莉一起在食堂吃晚饭，吃饭的话题自然离不开今年的考试。胖哥无奈地表示这两个职位非七哥和小白莫属了，自己是没戏了。小白说自己准备得没有那么充分，可能还要来年再战了。七哥则比较沉默，安静地大口吃饭，一门心思地思考着审核材料。茉莉很懂七哥，知道七哥的心事，于是岔开话题聊些其他事情。

晚饭后，七哥送茉莉回宿舍，茉莉手挽着七哥，等着七哥说些什么。七哥走了神儿，脑子里在担心着审核不通过的可能性。茉莉突然拍了一下七哥的脑袋，七哥"啊"的大叫一声，没好气地用力摸了摸茉莉的头。

"不要再想啦，把审核的材料准备好，我知道你在担心这个喔。"

"是啊，我脑子里时不时地就冒出和考试相关的事情，我都没办法控制，你没拍我我会一直沉思。"

"看你神经绷得这么紧，等你把审核材料准备好，再复习一段时间，咱们一起去哪里玩一玩好不好？"

"嗯……再说吧，等我弄好材料你再提醒我一下。"

"再说就是不想去，你这个人我太了解了。不行，这次你一定要和我一起出去走走散散心。"

提到玩儿，七哥自然是没有什么心思，他认为等自己考上了，什么时候玩儿、想玩什么都可以尽情地去玩，带着考试的焦虑去玩儿会让自己的好心情大打折扣。而茉莉的理解是要通过玩儿来转移自己的注意力，把不开心的事和不确定的想法都抛之脑后，才能把自己的状态找回来。

说完这个话题茉莉有一点点小情绪，七哥没有发觉，只是有一句没一句地讲他最近在学馆有多么辛苦。茉莉反而不想听，他说一句茉莉讽刺一句，想表明这些都是七哥自找的，如果状态不好想通过笔试都难。到宿舍楼下茉莉头也不回地上去了，七哥僵硬地微笑目送她，看着她消失在宿舍一楼大厅。

为了节约时间，七哥骑着新智能共享电动自行车回学馆了。女人有时候真是麻烦啊。在路上，七哥觉得很舒服，吹着海风，想着自己事情，偶尔瞅着前方的道路和周围的商店和行人。到了房间，以最快的速度冲凉和洗漱，又抓紧复习一会儿今天学的知识，然后上床睡觉了。

周末基本是被复习占满，茉莉没有打扰七哥，七哥也愉快地享受着没有人打扰的学习生活。新的一周，周一早上学校没有课，学馆也没有培训班的课程，七哥拿着笔记本电脑回到原来退租的宿舍，那里连着学校的专网而且还有打印机，所以在那里准备材料是最合适的。

七哥已经提前把需要提交的材料罗列了出来，打开电脑依次填写。关于家庭情况的信息他已经和妈妈确认过了，自己的情况也没问题，依次附在后面。接着是大学期间的考试成绩，七哥把大一到大三的成绩从学校的考试评分系统中导出来，也附在了后面。

还有最关键的报考申请表，这份表格是友联科技集团会重点审核的，七哥很认真地填写。其中，一栏是要求填写奖励情况，七哥在大二的时候参加过全市的科学实验技能竞赛获一等奖；担任职位情况，七哥在大一期间加入学生管理团体，担任信息主管一职，以上这些七哥认为都是自己报考的加分项。

现在这个时代报考友联科技集团等大型企业并不是要求考生

学历和家庭情况满足条件就可以，已经拓展到对考试者要进行全方位的考察。审核人员也会跟大学沟通，包括入系统进行考生身份信息的核对，必要时还会委派友联科技集团的工作人员到学校了解考生情况。

在报考机构一栏，七哥点开后拉到了科技设备质量检验部这一选项，他犹豫了一下，这个是唯一的选择，也是最好的机会。这是人生最关键的一步！七哥长吁了一口气，然后点了下去。

所有材料基本准备齐全，要求提供纸质版的，七哥已打印出来并手写签字；要求提供电子版的，七哥每份也已通过人脸识别确认，并在电子文档中印上自己的电子签名，整理打包确认无误后，向学院的辅导员的微 link 学校账号发了过去。

快到 11 点了，七哥拿着纸质材料跑到学院的辅导员办公室，准备递交材料。来交材料的人还真是多啊。七哥不免被眼前排队的人数所吓到，才发出公告后的第一个工作日，已经有 30 多个考生来交材料了，辅导员一个人忙不过来，还找了几个大二的学生过来帮忙整理材料。

七哥发现其中两个来报考的考生是他大一时候认识的大三学长，他们现在应该是在全职备考。他们两人穿着宽松的白 T 恤，篮球短裤和人字拖，没有刮胡子且头发蓬松，与大一时候看到他们意气风发的外表有着天壤之别。

七哥想起来那时候的两位学长，学习成绩一直名列前茅，也曾获得一些市级的竞赛奖项。在给大一新生介绍经验心得的时候，神采飞扬，让底下的新生听得如痴如醉，让大家对大学毕业就业形势的一片光明无比憧憬，并且相信两位优秀的学长在未来一定有非常好的前途。

看到两个人现在的状态，七哥不禁唏嘘感叹，他们也不得不被套在现实的环中，被竞争枷锁所困。七哥耐心地等待在队伍后方，跟着人流慢慢前进。两个学长提交完材料，从七哥的面前走过，七哥朝他们注视了一下，他们却没有看见而是走向门口。

等排到了七哥已经快中午 12 点了，辅导员详细地检查着七哥递交的纸质和电子材料，结束后对七哥说，资料准备得很齐全。七哥眼睛从始至终也没有离开自己的材料，盯着辅导员埋头审核。辅导员对七哥说可以了，然后用自动塑封机将七哥的材料进行封存，等着下一步友联集团工作人员审核或直接提交上去。

后面排队的已经没几个人了，七哥拿起背包一转身，被站在辅导员工作室门口的茉莉吓了一跳。茉莉一下子就逮住七哥，然后开始宣读她今天的计划——跟她去周边玩一天。七哥被她强拉着，一想到今天重要的事已经办成，何不就和茉莉出门消遣放松一下呢？

因为已是中午，所以茉莉就和七哥在食堂简单吃了午餐。午餐吃得很愉快，一句都没有提到报考的事情，茉莉一直在说着自己想去哪里看看、想去哪里吃东西之类的。七哥心情还不错，倒也想跟茉莉去一些有趣的饭店，源东街区的小饭馆已经让他有点腻了。

吃完饭茉莉说不再回宿舍，看来她已经是有备而来。七哥一改往日姿态做出绅士的态度，半屈膝地挽着茉莉的手，态度温和得像猫咪似的说今天就由她安排了。茉莉喜欢七哥这种能伸能屈的样子，微笑地点了点头，昂着头往校门口行进。

出门必搭新的太阳能出租车，车内干净整洁且噪声又小，虽然价格比较贵，但茉莉大小姐从不委屈自己。出租车开到了津源市的CBD，这是茉莉常来的地方。

车刚停稳，茉莉就打开车门拉着七哥直奔新开的“奈嘟嘟”奶茶旗舰店。这里的奶茶口味应有尽有，制作工序已经全自动化，客人只要在手机下单，就可以在15秒内取到一杯透心凉的冰奶茶或者一杯热乎乎的热奶茶。茉莉提前点了一杯雪奶冰咖奶茶，七哥则是选择了生椰冰拿铁。

两个人坐在位置上立刻就喝了起来，瞬间将中午在胃里还没消化的食物都迅速融化了。来店里消费的基本是年轻人，因为今天是周一，大部分人还在上班，所以看到了很多穿着中国汉服、日本和服还有cosplay的美女们。每个人耳朵里塞了一对耳机在全息投影看信息玩游戏，还有的在店里摆拍和录视频。

茉莉也拿起她最近买的爱珀28 ultra手机，将全息屏幕投到玻璃窗上，和七哥一起拍视频，记录生活的点滴。两个人摆出萌萌的姿势，跟旁边的小年轻玩得一样嗨。

茉莉带着七哥，在商场里闲逛着。茉莉虽然喜欢网购衣服，但逛实体店才是她最大的乐趣。七哥也很喜欢和茉莉一起逛，不像其他男友一样一进店门就瘫坐在休息区的沙发上玩手机看视频，而是跟着茉莉一起挑选她喜欢的衣服，偶尔还会提一些建议，茉莉认为七哥审美上的提高完全是她的功劳。

逛了几家连锁衣服店，茉莉试了一些夏装，正在为夏天的穿搭犯愁，经过服务员的推荐，茉莉最终挑了一件浅色的花领衬衣搭配浅黄色的布艺短裤。七哥每次看到茉莉试衣服，都觉得她就是个百搭衣架，穿什么都很好看，自己实在看不出她穿不同衣服会影响到多少颜值。

茉莉虽然挺能花钱，但买衣服这个事情她也不会随便地大手大脚。看中意一套衣裤之前，她会试了好几套搭配的款式，最后决定下来。茉莉选好之后，蹦蹦跳跳地要自己去前台埋单，这时候七哥主动上前想买，但都在去柜台的路上被茉莉拦住。

面对此景，七哥总是暗下决心，一定要通过选拔考试，不能再让茉莉在金钱方面总是让着自己。走出衣服商店，茉莉说自己有点累了。商场的通道里，每隔一段距离就有一排新智能按摩椅，茉莉毫不犹豫地选择坐一会儿。

20 分钟的按摩时间，两个人闭上眼睛享受着舒服柔软的新智能按摩椅。现在的按摩椅能调节温度制造冷气，还会根据每个人的身材体形进行伸缩，已达到最佳的按摩效果，七哥被按摩得有点困了，茉莉却突然睁开眼睛说。

“喂，你说我们以后还会不会牵着手，每周一起来 CBD 这里逛街吃饭聊天呢？”

“嗯……会的，等我考上了友联科技集团，我就有更多的时间陪伴你，和你一起做你想做的事情。”

“我也要好好准备考研，争取考个中学或小学老师，这样我就有寒暑假了，即使你不陪我，我也可以享受自己的生活。”

“以后你可能要把时间都花在咱们的小宝宝身上噢，说不定我们会在 CBD 附近买房，这样你也可以带着他感受这里的热闹。”

“讨厌，谁说要嫁给你啦？谁说要给你生个小 baby 了？我都还没有玩儿够呢！”

“好啦，那这个事以后再说喽，我们一起努力生活自然就会更加幸福啦！”

简单的几句甜蜜的对话，两个人又重新闭上眼睛，享受全身彻底放松的舒适感。时间一到，茉莉就立刻坐了起来，大喊一声："我又活过来啦！"然后吵闹着要去准备觅食了。七哥也饿了，想打开手机寻找口碑好的餐厅，但又想起吃饭这个精致又复杂的事都是由茉莉主导，然后就主动关上屏幕，听候茉莉安排。

茉莉又再次拟定好了觅食作战计划，轻车熟路地把七哥带到了一家花园餐厅。餐厅的前面是一个将绿树和花丛修剪得很整洁清爽的迷宫式花园，如果再扩大几倍的话，客人可能走进去就出不来了。花园的小道两边各有一个小喷水池，池中央有小孩嬉戏玩耍的雕塑。

中间有一条长廊，长廊的顶棚有一圈圈颜色各异的花朵缠绕，花香引导着客人来到这伊甸园里就餐。七哥和茉莉手牵着手走了进去，到了餐厅底下，就被这个餐厅所吸引。这家餐厅是由一个别墅改造的，别墅的前主人是津源市资产排名前 5 位的富人。30 年前由于他的爱人不幸意外去世，他就把别墅卖了，并离开了这里。

这里的餐厅几经易主，最后被一个年轻的老板改造成了这个花园式的餐厅，据说这位富人还曾回故地用过餐。七哥和茉莉在预定好的位置坐下，等待着茉莉点好的菜品送上来。

茉莉点的菜品少而精，笋干四季豆、生腌黄金虾、几块牛排和猪排的组合搭配、河豚浓汤。这里的厨师长是混血儿，从小就待在欧洲和亚洲的国家，长大了一直在研究菜品。当七哥和茉莉吃到一半后，厨师长亲自过来问他们是否合口。健谈的茉莉边吃着牛排边竖起大拇指连连称赞，让中年厨师长笑得合不拢嘴。

菜品吃完以后，七哥和茉莉各来了一杯白葡萄酒，静静地摇晃着高脚杯，听着餐厅里放的钢琴曲。夜幕已降临，几百米之外的商业步行街热闹非凡，但这座环形的花园把嘈杂声挡在了花围墙之外，街上的声音只是星星点点一般，与周围细细的萤火虫的叫声混在一起。

用餐完毕，微醺的七哥依旧牵着茉莉离开，此刻他觉得他自己是津源市大学生中最幸福的一个。茉莉没有醉，依偎在七哥怀里，闹着他要抱她走。七哥很听话，把茉莉抱起，呼的一声奔出了花园。

半天多的 CBD 之旅以欢笑告终。茉莉满足地回到了学生宿舍，而七哥疲惫地躺在了学馆房间的床上。他双手交叉着放在头底下，打开手机的新闻快讯，听着时事新闻，让自己对一些可能考到的时事要点有个印象。

这周因为老师要带学生出去实习，所以大三的学生都没课。七哥就把时间全部投入学习，学馆的自习室很早就有他的身影。上周上的专业课比较密集，七哥这两天重点把上周学的知识梳理了一遍，以便以后全面系统地回顾复习。

早上半天的复习，正好为下午的培训班专业课做准备。来参加培训的大多是自己的竞争对手，虽然化学工程专业和分子科技工程、新材料工程等专业考的内容大体相同，但化学工程的考生人数应该是比较多的，下午的专业课要着重听。

七哥吃完饭就去排队前排座位了，到了以后才发现来得还是太晚，进教室后只能坐到中间位置。七哥看了下前排考生的背影，然后转头扫视了一下后方，又见到几个同专业的同年级同学，而先前报名的两位学长其中一个也来听课。

今天讲课的是一位高校离职的教师，一个干练的女强人，戴着时尚白框大眼镜，波浪卷头发和黑色大长裙，有种要拿化学试剂考验考生的感觉。专业课女名师对题目很有研究，她把近几年改革后的专业课考题所涉及的内容全部罗列出来，还有很多考题是借鉴历年考研究生的题型，她在课堂上重点讲这些内容。

七哥很喜欢这种研究考题的专家型名师，这样可以最大限度地把学习的火力集中在要点上，能省去不少时间。培训班一堂课持续 4 小时，课堂上讲的内容都会有电子版同步到考生的手机全息投影上。

讲到最后，有一名考生对一道题的答案产生了质疑，跟女名师讨论了好久。七哥本想也在课下跟名师问问题，但之前没有坐在前排，想跳过前排考生请教到名师更是难上加难。最后他放弃提问，离开了教室，回去继续备战学习。

周末有一场“大友模考”App 线上考试，这是整个大友中立国所有的大型企业培训机构联合组建的模拟考试，考生可以周六登录自己的账号，在自己家里按照考试的时间进行模拟考试。有一半考题出自友联科技集团等大型企业选拔考试的题库，另一半是培训机构联合名师出的考题。考生进行模拟考后，会在网上显示所有人的用户名和成绩及排名，系统还会根据考生平时做的网络题目进行一个综合的评价，分析其是否具备通过考试的能力。

七哥提醒自己从现在开始要重视每一场模拟考试，接下来的三天，他把时间分配给了四个科目，全力进行备战。这三天他尽量减少进食量，怕自己吃得太饱产生困意影响复习进度，拒绝了胖狗的夜宵邀请，也提前告知茉莉这几天他不想被打扰。

三天的学习七哥全身心地投入了进去。早晨6点就起床了，准备好三包速溶黑咖啡，还有提前准备好的沙拉鸡腿肉面包，就可以让七哥坚持到晚餐之前。晚餐时七哥也为了节省时间，只选择在学馆旁边的小店用餐，至于饭菜好不好吃，他完全自我过滤掉。

周六一大早，为了营造考试的气氛，七哥把考试应准备好的所有物件都整齐地放在桌上。待手机App全息投影上显示考试开始，考题就会投到上面，七哥在头上绑上“必胜”的头巾，聚精会神地作答。

考试要在一天内完成，中间的休息时间七哥以面包和牛奶来解决。每个科目结束后七哥只是在房间里小走动一番，也没有翻书，默默思考，等待着下一科目。答题时间过得很快，早上的英语和数学七哥感觉答得还算顺利，八成以上的答案他都比较有把握。下午的大友国论和专业课，七哥在做一些时政题和历史题的时候耽误了一些时间，他心里感觉常识和历史知识积累得还不够，导致后面论述文的题目时间有点紧。专业课本是七哥所擅长的，但一部分题目出得比较新颖，如果没有对题目提到的一些化学现象或材料组成有所了解，那么整道题的解答方向就会有很大的偏差。七哥感觉在一些题目上失分比较多。

自我加压的模拟考试下午4点半结束，七哥做完题目后松了一口气。现在成绩出得是比较快的，除了选择题和判断题，其他题型的改卷都可以交由“新智能改卷系统”去评判，这项技术已经非常成熟，在不断地试错中已经达到了 100% 正确率。大友国论的论述文题可以由人工介入，但基本也会和新智能改卷评判标准一致，且出入不大。

连续几天的高压学习，七哥也给了自己一个舒展的机会。周日的下午，他穿上足球服，独自去学校操场跟大一大二的学生踢一场野球，让汗水排出自己身体里的毒素。

好久没有活动，七哥刚开始带球的动作有点僵硬。随着在场上身体逐渐适应，七哥很快找到了大一时的状态。带球过人，护球，再加上一脚精准的远射，虽然技术比以前略有下降，但在十多个踢球的学生中算佼佼者了。

才踢了半小时，七哥一方已经多进了好几个球。七哥这方越踢越有劲，在七哥的中场组织下，后卫越来越敢拿球和倒脚，前锋很会根据七哥的传球路线来跑位接应，对方基本很难抢到七哥方的球。整场比赛七哥一方的控球率达到 70% 以上，对方不得不疲于奔命。

经过一个多小时的鏖战，大家都踢得很精彩，没有定什么输赢，只在意踢得舒不舒服。七哥整个身体都很痛快，跟学弟们招手示意一下，然后喝着矿泉水、拿着手机准备回学馆洗澡了。他边走边打开手机“大友模考”App，昨天的考试成绩已经出来。

七哥的账户名叫“秋歌”，考试满分是 600 分，他的成绩是 476 分，专业在全国排名第 46 位，算是比较好的名次了。而综合评价这一栏是 81 分，里面的考试合格率给他定了 66%，也是不错的成绩。七哥擦了一把汗，认为自己还应该加把劲。

七哥继续往上划拉，看那些成绩比他高的考生。这时他眼睛一愣，定格在第二名的成绩。账户名“白色之殇 gb”，成绩 513 分，专业在全国排名第 2，综合评分 92 分，合格率达到了 89%。而七哥知道，这个网名，正是他的死党小白的账户名，与他微 link 的账户名一模一样。

第十二章
品酒

调酒师看到偌雪和那位男士在接吻，略尴尬但又不失礼貌地侧身，半对着他们继续擦拭酒杯，给这两位男女独处的氛围。偌雪发现自己很久很久没有体会到这种感觉了，全身有点酥软，享受着嘴唇和舌头交织在一起的快感不能自拔。

这位男士叫陆河，比偌雪的年纪小一点，与偌雪的关系可以说是介于朋友和情侣之间，可以是亲密知己也可以称兄道弟。陆河家里是做生意的，但他没有进入父母的公司，而是自己创业，要闯出自己的天地。

深情接吻后，偌雪用手托住陆河的头，眼睛笑着望着他，仿佛在问他是否满意了。陆河脑子里的酒精已经消散了很多，比刚才清醒了。他没有多说什么，牵起偌雪的手往楼上走，准备出门透透气。

两个人第一次手牵手走在街上，相对无言，陆河把偌雪的手牵得很紧。偌雪偷偷地瞟了一下陆河，又别过头，嘴角上扬，内心一笑。陆河呼吸到了新鲜空气，脑子还不够清醒，想着怎样与偌雪展开话题，又实在想不出要说什么，内心有点着急。

“你……最近生意做得怎么样？今天跑来这里真的是在谈业务吗？”

“谈……业务是真，想见到你也是真的。本来想给你打电话，怕你拒绝，给你发微信息，是给你考虑的时间是否想来和我见个面。”

“想的还挺多的嘛！我们不一直是朋友吗？跟你见面肯定是没问题的呀。”

“噢噢……”

很短的一段路程，偌雪问一句陆河答一句，偌雪觉得陆河害羞的时候很可爱，陆河碰到了偌雪这么从容的状态，心里就又增添一分胆怯了。刚才的酒后壮胆达到了自己想要的目的，身体冷静下来后内心夹杂着开心和紧张，疲惫感一下子涌了上来。

走到路口，偌雪叫了一辆太阳能出租车，点击定好目的地后嘱咐司机把陆河安全地送回去。目送车辆远去后，偌雪重拾心情，步行回自己的 CBD 高层公寓。

回到公寓推开门，就闻到了饭菜的香气。偌雪外出旅行时，会把自己的手机定位同步发送给爸妈，爸妈也能在手机上及时看到偌雪的动态点位。偌雪的妈妈背对着偌雪，加热着最后一道菜，看来她也还没吃晚餐，就等着女儿回家一起吃饭。

“偌雪啊，看你定位不是已经到附近了吗，怎么在附近徘徊了那么久，妈妈有几道菜都早就提前煮好了。”

“噢，我正好去见一个朋友，他喝醉了，我拦下出租车送他回去。”

“噢。我女儿进来的时候就感觉有点儿不太一样，我从猫眼摄像头看到了，你脸上有幸福的感觉。那个人是男的吧，你是不是开始谈恋爱了呢？”

“你猜！”

“你从小就爱和妈作对，不跟妈说实话。妈妈又不是你奶奶那辈的人，宣扬什么女孩一定要嫁个好男人永不分离。你还年轻，又这么漂亮，谈恋爱是好事，妈可是从高中的时候就支持的呀。”

“我知道啦，虽然老跟您拌嘴，但我心里知道自从离婚以后您一直关心我的感情状态。我现在好着呢，我已经活得很潇洒了。”

“妈还是希望有人可以在身边照顾你，你前几天飞机遇到危险妈就很担心你。如果你恋爱了，妈会非常开心的。”

“好的啦妈，那咱们就一起开心地吃饭吧。”

“快吃吧，妈年轻的时候也是经常外卖、奶茶、方便面什么的。现在老了，知道养生的重要性了，所以就静下心来研究厨艺。赶紧的，趁热吃。”

偌雪刚才去酒吧没有喝酒也没有吃东西，现在坐下来真是感觉饥肠辘辘了。“妈妈牌”的饭菜永远不会过时，偌雪现在除了自己做饭或在外面吃，就是吃妈妈做的菜了。妈妈的祖辈是中国人和新加坡人，妈妈做的菜跟中餐很像。喝着海鲜粥，吃着香喷喷的烧鸡，偌雪吃得饱饱的。

吃完后，妈妈把碗筷拿到全自动洗碗机去洗了。偌雪给妈妈也冲了一杯咖啡，和妈妈坐下来闲聊起吃喝玩乐来。妈妈聊起来也是滔滔不绝，想出去旅游但受限于身体不好，不能出去的她向偌雪打探旅行地有趣的景点和小吃，偌雪知道她总不行动，会添油加醋又夸大其词地描述当地多好多好，就为了让妈妈心动。

聊到晚上 11 点半，妈妈有点困了，和偌雪告别后就下楼开车回家了。偌雪舒服地泡了个澡，洗去今天的疲惫，但又有点小开心，因为得到了一个恋爱的惊喜，被人表白总会让人感到幸福。躺在床上兴奋了一小会儿，偌雪就睡着了。

接下来的几天，偌雪的活动轨迹又回到了客厅—厨房—运动室—游戏室—卧室。在新科技 2.0 时代，足不出户也可以享受到美食和美景，新鲜的食材可以通过网购加无人机的运送，半小时之内即可送达。为了让更多的人体会到旅行的乐趣，很多旅行 App 支持全息影像云旅游，能够让用户在家里体验身临其境的感觉。

偌雪一次性采购了大量的优质食材，营养师根据她最近身体状况的评判，建议她早上吃 2 个煎蛋和一点蔬菜水果。中午和晚上，偌雪应摄入较多的牛肉和鱼肉，补充优质蛋白。

午餐和晚餐，只需将牛肉或鱼肉放入新智能自定义烹饪机，设定想要的七分熟，不到一分钟就可以出炉新鲜的溢出蛋白质味道的牛肉或鱼肉，淋上黑椒汁或番茄汁，再搭配少量的有机食蔬，撒上一点盐，丰富又美味。

因为没有出门，所以偌雪又刻意增加了一些运动量，在运动室里举哑铃，做卧推。“新智能健身系统”会根据她增加的运动量来计算，并控制在合理的范围内，若超量的话还会报警提醒。如果遇到摔倒或被重磅压到的情况，“新智能健身系统”会连线大楼安保系统，就会有保安和医护人员上来救援。

这几天偌雪在运动间歇或餐后，会主动联系陆河，跟他聊些有趣的话题。陆河在不忙的情况下都会及时给偌雪回复信息。前几天已经捅破了这一层感情窗户纸，陆河每次收到偌雪的微信息都很开心。这跟以前的聊天已经不同了，现在是情侣之间的对话。

偌雪倒也默认自己和陆河有了感情上的依恋，很久没有谈恋爱的她又找回了当初恋爱的感觉。偌雪虽然聊天主动了些，但她还在等待，等待着陆河约她一起出门，享受只属于他们的时光。

周六的早晨，偌雪没有起得很早，睡眼蒙眬地看着玻璃外的天空。赤着脚丫，偌雪开始一天的计划。在家休息了好几天，健康饮食每一餐，今天就要去外面找找可以让自己获得新鲜感的食物了。

偌雪刚刚从卫生间洗漱完毕，出来后看到手机上有一条未读的微信息。陆河邀请她到他的酒厂里去看看！看到陆河终于有了行动，偌雪开心地笑出了一声。陆河的酒厂在津源市北面的庆光市，坐区际列车的话很快就能到达。

匆匆订了车票，偌雪简单地收拾了一下行李。今天化个淡妆吧。20 分钟后，偌雪还穿上无袖丝绒上衣和牛仔超短裤，搭上褐色的小包显得更年轻。涂好防晒霜，轻装上阵，偌雪美滋滋地出门了。

坐上太阳能出租车，迎着太阳在大道上奔驰。陆河今天不会把我灌醉吧？带着对见面时候的想象，偌雪的内心有胆怯有激动。她其实千杯不醉，在男士面前还是会给足他们面子，适当地装醉也是一种合适的行为。

坐上一路向北的区际列车，偌雪闭目养神了一会儿。今天是周末，车上的乘客大多是要去周边游玩的一大家子，小孩子特别多，说话声比较大。偌雪内心其实是不太喜欢带小孩子的，尤其是别人家的小孩。她把遮阳帽盖在头上，打开一等车厢座位的按摩功能，座椅略微朝后放低，听着舒缓的音乐休息着。

到终点站庆光市中心车站只花了 1 个半小时，偌雪等大多数乘客下车了她才下车。刚刚走出站，就看到远远的一位男士向她一直挥着手。

略微炎热的天气，陆河穿着一件蓝色的薄外套和黑色的布裤，里面是白衬衫，俨然一副蓝领工人的样子。偌雪嘲笑他的打扮，陆河说他在酒厂里就是这么穿的，和大多数工人都穿一样的制服，显得有正式感。

而在他旁边是一辆与他的衣服完全不协调的红色敞篷轿车。陆河说这是 20 世纪五六十年代的老古董汽车，当时都是汽油车，经过他朋友专业的改造和翻新，增加了电机助力，油耗大大降低，排气量也符合国家标准，被允许行驶在公路上。

偌雪坐在敞篷汽车的副驾驶上，一起吹着迎面而来的凉风。古董车发动机的声音比较响，因为敞篷的关系被周围环境的声音所盖过。偌雪还从来没有坐过这样的敞篷车，很新奇，还可以站起来，跟随着车上放的爵士乐舞动了起来。

陆河开着车，身体也不自觉地一起摇摆。路上一直有行人往这里看过来，笑着嘴里说着什么指着这边。偌雪有些不好意思，就坐下来闭上眼睛，两手向后伸直，嘴上大声喊着“好舒服呀”。

汽车行驶了一小段距离，就进入了一片拥有老旧气息的建筑群。里面有一些已经关闭的工厂，外面的铁门已经生锈，里面大多只有一个老人和一条忠犬在厂里转悠。

汽车开到一棵桃花树下后停下，陆河就带着偌雪进入了眼前这个拥有现代科技气息的工厂，大门上是四个大字“陆河酿酒”。陆河带着偌雪走了进去，迎面而来的还有一幅画框，上面写着“品酒可以与微笑共鸣”。这句话激励着工人们竭力酿出好酒来。

陆河不知什么时候拿了一条白色头巾绑在自己头上，这样就更像匠人了。陆河先带偌雪进入一个偌大的房间参观。里面有很多工人戴着白色帽子，他们正在不断地用手揉搓铺在白布上的大米。陆河说蒸好的米会被送到这个大房间，在揉搓的过程中，让在米上的曲霉菌繁殖，使淀粉转化为酿酒所需要的糖分。

工人都认真地做着自己工序上的工作，即使老板陆河带着美女在旁边，他们也心无旁骛，一心扑在大米上。陆河介绍说他的员工都是很有经验的酿酒人，他们靠自己的双手就能与大米对话，感知手底下米所处的状态和温度的变化。

偌雪好奇地用手轻轻触摸了一下大米，还问了一个年轻工人他们这样揉搓是什么感觉。工人笑着说他们一直守护着大米，而双手的敌人是微生物，要时刻用手去抚摸它们，去与微生物进行对话。

偌雪看到房间的墙上有一个大的温度计表，指针显示的是28℃。陆河说为了让曲霉菌顺利繁殖，必须排除杂菌的干扰，合适并恒定的温度有利于酒曲的制作完成，还可以散发出诱人的香气。

再往里面走，偌雪看到很多带有红色和绿色按钮的大型机器，每个按钮上都有备注一些操作功能，便于工人更好地操作。偌雪假装好奇地想去按一下，陆河吓了一跳，知道她在开玩笑后也哈哈大笑起来。

陆河的理念跟其他有百年历史的酿酒工厂不一样。他认为在新科技2.0时代，先进机器必不可少，加上人工的传承和执念，综合起来，就可以让酒的品质更上一层楼。陆河很放心厂里工人的酿酒技术，而他现在的主要工作，就是要把“陆河酿酒”这个品牌往全国高端的顶级市场进行推广。

偌雪被陆河这个占据天时地利人和的工厂所折服，看着陆河介绍的样子，一直保持着最美的微笑。陆河把她带到后面的休息室，休息室里是简单的布置，一套竹制的桌椅。陆河与偌雪相对坐着，一位员工给他们端上了两杯用绿色玻璃透明杯装的酒，还有自家制作的米饭团。

偌雪轻轻地抿了一口，瞬间就露出了微笑。她闭上眼睛，说她已经感受到了大米的丰满和圆润，而清新温和的香味从她的嘴里一直流向她的胃里，然后融入自己的血液中。陆河也小口地品着，称自己一直也是这种感受。偌雪用手打了他一下，两人四目相对笑着。

品完自家的美酒和美食，陆河说想带偌雪去参观他师傅的酒厂。他师傅的酒厂离这儿不远，走路就可以到达。偌雪看到除了陆河拥有高白墙的工厂外，他师傅的工厂竟然是拥有很长历史的木质建筑。

知道陆河要来，师傅端坐在会客室里等待着。偌雪见到师傅礼貌地打了声招呼，而师傅看到偌雪也满意地点了点头，无声地夸赞陆河的眼光。

师傅的酒厂可谓百年的老字号，他从小被父亲培养锻炼了敏锐的嗅觉，大学时学的是酿酒专业，还曾经到很多地方采购当地最好的酒，造访过全世界各地著名的酒厂，只为在父亲年迈时顺利继承家业，酿出人们最喜欢的酒。

师傅介绍说他家工厂的所有酿酒工序都由人工完成，工人也是好几代酿酒师的传人，无论是给米加水记录量和感受温度，还是静静等待加入曲霉菌的过程，工人都是用工匠精神，去完成酿酒这个伟大工程。

从休息室可以看到酿酒室的动态，偌雪时不时地往里边张望，但又有点担心影响到他们工作。师傅招呼他们两人一起品酒，然后话匣子就此打开。

“美女跟你介绍一下，陆河的爸爸是我的好友，当年陆河大学毕业来我这里喝酒，就喜欢上酿酒的过程，极力说服他爸要做酿酒的工厂。”

“陆河虽然看上去憨厚微胖，但是还有爱拼敢赢的闯劲呀。”

“是的，他在我这里学习了三年，我都被他的毅力所折服。能在这里做酿酒的人，祖上三代都是酿酒师。而他是从零开始，自己创造了一个奇迹。”

“师傅过奖了，主要还是师傅您的教导，让我能有今天的一番作为。”

“我生的是两个女儿，她们都早早地嫁人了，我把陆河当作自己的儿子和继承人看待。我还记得他为了学习曾经连续 4 个通宵，后来生病住院了一周，发高烧的期间还不忘看酿酒的视频。”

“是吗？看不出陆河你还是个对酒痴情的人啊。”

“见笑见笑，师傅说得太夸张了。”

“哈哈哈哈哈哈哈哈，来，年轻人一起来品酒吧。”

陆河与偌雪一起喝着师傅酿造的酒，偌雪感觉到大米浓缩的甘甜沁入自己的口中，虽然有些辛辣，但辛辣度不高，是正好被人接受的感觉。偌雪小声喊了一声，这不愧是师傅酿造的酒啊。三个人一起把酒言欢。

品完酒参观完酒厂后，来接陆河他们的汽车已经停在了门口，这次是一辆老派的运动越野车，司机是个年轻人，陆河说他很像刚毕业时候的自己，来陆河这里也是为了学习酿酒技术，算他半个徒弟吧。

告别了师傅，汽车载着陆河和偌雪回津源市。由于喝了酒不能开车，所以他们两个人开心地坐在后座，谈论着他的酒和师傅的酒孰优孰劣。

偌雪的手放在座位上搭着，陆河趁着酒精的作用，悄悄地把自己的手放在了她的手上，偌雪说话的时候感觉到了陆河的温度，可她没有停顿，而是继续讲着开心的事情。开车的年轻人从后视镜看到了这一幕，瞥了一眼又继续专心开车。

越野车行驶在高速公路上，到偌雪家大约需要 2 小时，聊了一会儿天，他们两个就都睡着了。偌雪失去意识地靠在陆河的肩膀上，陆河将自己的身体摆成可以让偌雪舒服倚靠的姿势后，也放松了自己，迅速进入了睡眠的状态。

一觉醒来，他们的车已经停在了偌雪高级公寓的楼下停车场。这个时候偌雪原本想邀请陆河上去坐一坐，还未开口陆河倒是抢先一步，说让偌雪先上去休息吧，改天他再来找她。

酒醒后的偌雪察觉到陆河不是一个冲动的人。很多好时光的确应该慢慢度过，而不是一次性消费，把所有的激情都燃烧殆尽。

告别了陆河和那个年轻司机，偌雪略有点意犹未尽地上了楼。

一回到家，偌雪躺在沙发上继续回味着今天的旅程。虽然参观酒厂的时间比较短暂，但爱捕捉新鲜事物的她，心里对陆河的事业是赞赏有加，而感情方面又增添了几分好感。

回想起之前两人的状态，偌雪认为陆河一直是一个比较贴心的好朋友。他们没有一遇到什么有趣的事就马上分享，也不会因为遇到困难或伤心事而向对方吐槽。偌雪回顾他们之间情愫可能是在一点一滴简单的问候、短暂的聚会还有相互的气质所慢慢吸引而逐渐产生的吧。

陆河是独生子，家里把他照顾得很好，但他给偌雪的感觉是很会体贴人的暖男。这几年他一直致力于事业上的突破，但和很多各方面都很突出的优秀男士不同，陆河给人一种安稳前进、中规中矩的印象。这种印象是这个浮躁时代最需要的。

偌雪离婚很多年了，她的情况陆河是知道的，陆河未婚，估计有很长时间没有谈恋爱了。偌雪坚定地认为陆河是不会和她结婚的，而偌雪也只想得到恋爱的恩赐，只要和陆河一起享受当下的恋爱就足够了。如果在一起没有感觉了，那就各自悄然分开就好。万一陆河对自己求婚，那自己一定会主动提出分手，希望陆河去找一个适合自己的人。想到这里，偌雪认为自己想得太多了，然后调整思绪，开始准备晚餐。

吃过晚餐，偌雪继续愉快地躺在沙发上。今天酒精的作用，让偌雪的脸蛋更加红润，美容的效果真是显著。慵懒地玩着手机时，偌雪爸爸的电话过来了。

“偌雪，听你妈说你谈恋爱了。今天是不是和男朋友一起出去玩啊？”

“妈就爱乱说。今天去看一朋友的酒厂，看他们怎样酿酒，傍晚就回到家了。”

“看来你这个男性朋友生意做得很好嘛，那我就放心了，有这经济实力，肯定能把我女儿各方面都照顾得很好。”

“我还用他来照顾吗？我现在只需要好好地生活就好，不用男人来照顾我啦。”

“老爸我知道你的个性啦。恋爱是世界上最美妙的事情，你做好你想做的事情就好。爸看到你定位到家了，就想问你一下而已。”

“好的。爸您也尽量少跑步啦，运动要适量，不要动不动就每天10公里以上，您要注意膝盖，膝盖！我可不想您老了还得靠人工植入什么东西来走路。”

“我会注意的，爸爸也有意识到这个问题，过几天就是每年的例行体检，爸爸会遵循医生的建议的。”

“那就好，那就先这样啦，晚安爸。”

“晚安。”

和爸爸聊完，偌雪就去卸妆，然后洗澡洗漱。睡前躺在舒服的床上，偌雪想到一件很重要的事情，但她又想到明天是星期天，还有一天的时间准备，又立马安稳下来，戴上眼罩进入了梦乡。

周日天气预报有雨，果然天还没亮外面就传来淅淅沥沥滴落在玻璃上的雨声。由于睡得不太安稳，偌雪半夜就把闹钟撤掉了，让早上来个自然醒吧。早上10点半，偌雪才从床上起来，给自己做了一个brunch，然后吃完就精神了，而且中午可以不用午休。

下午，偌雪戴上自己很少戴的金丝框眼镜，认真地读着桌上的报告书，一看就是一个下午。晚上的时间，她主动和上次要给她介绍对象的闺蜜聊天，告知她不用给她介绍了，自己已经有潜在的发展对象了。偌雪对陆河的情况持保密状态，只透露了一点信息，这吊足了闺蜜的胃口。

晚上睡觉前，偌雪给在美国的女儿打了一个微视频电话，女儿很高兴，周日的早晨她要去找朋友玩，说她在当地交了很多外国好朋友，大家会一起分享玩具，一起开家庭party，自己还学到了很多东西。

偌雪一个劲儿地夸赞女儿，感慨女儿变得越来越懂事了。偌雪和哥哥嫂子也聊了一会儿，告诉他们爸妈就在自己身边，她会时不时照看。哥哥还反嘲笑道，其实是爸妈在照顾偌雪。偌雪只能无奈地承认哥哥的观点是对的。

聊完天，偌雪看了一会儿周末欧洲的足球赛，为支持的球队欢呼了一下，就赶紧睡觉了。

周一一大早，偌雪突然不再是那个爱吃爱玩的年轻女孩了。她早早地穿上白衬衫、包臀裙，然后套上一件黑色轻便西装，拎上一个奢侈品包，华丽地变身成OL女白领，自信地坐高级公寓的电梯往地下停车场走去。

电梯出口已经有一部太阳能奔驰商务车在那里等候，戴着白手套的司机还为坐在后排座位的偌雪开了车门。偌雪优雅地上了车并感谢了司机的礼貌，然后商务车就以既稳又快的速度向公司驶去。

不到10分钟，商务车停在了公司的楼下。偌雪从车上下来，望了一眼头顶那个巨大的招牌“津源奥雪信息技术股份有限公司”，然后踩着高跟鞋“噔噔噔”地进入公司大厅。

进入大厅后，离她有一定距离的员工有的窃窃私语，有的站直小声地对着她说着什么。偌雪如果有跟他们眼神的交集，都会依次微笑点头致意一下。进入电梯，电梯直达大楼的顶层会议室。

一出电梯口，接待人员看到偌雪往会议室这里走来，一起朝着偌雪鞠躬，用一致的语调说着：“欢迎蔡董事来参加2048年下半年的第一次董事会，请您这边走。”

第十三章
参会

接到要参加明天早晨9点专题讨论会议的通知，辕泰内心既紧张又兴奋，紧张的是自己对旅游区酒店科技星级评价项目不是很了解，只是一小段时间协助过王主管而已；兴奋的是这种主管级以上工作人员开的重大会议，偶尔才会让辕泰这种普通工作人员参加，至于能参加一定是有某种原因起了作用，至少是积极的因素吧。

晚上回到公寓，辕泰把其他杂事都抛之脑后，一心扑在了对明天议题项目的研究上。辕泰把旅游区所有的参评酒店列了出来，把每个项目项目书的电子版都详细地看了一遍，还把不太清楚和理解的地方做了备注，查阅了很多相关的文件，确保自己心里有底。

到了晚上11点半，辕泰发现自己的头有点痛，是大脑发出让他休息的信号了。吃了几粒治疗头疼的药丸之后，辕泰赶紧冲个澡并简单地洗漱一下，然后躺在床上逼自己赶紧睡觉。

按照以往辕泰只要望着黑暗的天花板，控制自己的思绪不要去想别的事情，然后从头到脚放松自己，基本上5分钟之内就能睡着。而今天晚上这招有点不管用了，挣扎了半个多小时，辕泰脑子里都是明天会议的预演，虽然自己在副部长们的眼中是不起眼的小人物，但明天如果碰到跟自己有关的情况的话，自己还是会有点压力的。

镶泰双腿夹着被子躺在床上翻来覆去，一会儿起来上个厕所，一会儿语音控制手机知道一下时间，就是没办法安心入眠。他辗转反侧了许久，然后进入了梦乡。

睡前定的6点半的闹钟，镶泰在闹钟响前的6点28分醒了。他没有赖在床上，大大地伸了个懒腰，在床边坐起来让自己保持清醒。每逢遇到重要的事，镶泰再怎么晚睡，早上也一定会在约定的时刻前醒来，镶泰很感慨自己有这种危机意识的基因。

早餐不敢吃得太饱，镶泰特地给自己泡了一杯红茶，坐在茶桌边喝完，为尽快消化刚下肚的香肠面包。刮胡子、剪鼻毛，给头发抹一点发蜡，在镜子里看上去神采奕奕。今天毕竟还要在柜台上当值，镶泰就继续穿上正装工作服。

到中心大楼的时候是7点35分，镶泰经过部长室，高秘书已经早早地在那里打印材料。张部长没在办公室，而他桌上的茶杯里已经装满了一杯冒着热气的绿茶。高秘书没看到镶泰，镶泰就独自走过办公室不打搅他。

镶泰在自己的柜台上先登记了开会的状态，中心系统立刻核对通过了。参会人员每个人都会分发到开会讨论议题的文件纸质版和电子版，镶泰做了更全的准备，把昨天晚上对会议中要提及的酒店的情况还有评分细则和自己画出的要点打印出来，以备参会的时候能参考。

芊美也知道镶泰今天要参会的事情，早早过来准备替他在柜台协助办事。王主管也到得比平时早，一脸严肃地坐在位置上，把要上会的材料也放在包里。

早上 8 点 50 分，辕泰已经坐在二楼旅游科技项目开发部大会议室的后排。会议室中央是个大圆桌，看放在圆桌上面电子桌牌的名字和职务，是部长和副部长的座位。圆桌旁的前排，电子桌牌已经写好了各办公室的名称，主管们基本就座了。

每个座位的桌面除了电子桌牌，还有一个电子话筒，如果要发言的话只要按下按钮，座位上的声音就会被放大。辕泰和一两个其他办公室的一、二级工作人员坐在后排，而高秘书也是坐在后面，正拿着手写笔用手机全息投影操作着屏幕，准备记录今天专题会议的情况。

8 点 58 分，副部长们陆续到了会议室然后坐在座位上，张部长是最后一个到的，刚坐下来高秘书就过去他旁边在耳边说些什么，张部长点了点头他才离开。坐在圆桌上的这几位部长，无形中给辕泰一种无限尊敬夹带崇拜的感觉。

辕泰在后面仔细观察，有两位副部长看上去比张部长年纪大，都是满头白发，其中一位戴着度数很深的眼镜，俨然一副非常严谨的做派。有一位副部长比较年轻，看上去只比高秘书年纪大一点，听说是北江市的旅游科技项目开发部过来交流任职的。

还有一位是女副部长，年龄和张部长差不多，穿着正式讲究，从侧面看她，辕泰觉得她年轻的时候一定是位美女。剩下两位副部长背对着辕泰，据说是近几年才刚从主管升任副部长的。

9 点钟，专题会正式开始。张部长亲自主持会议，他先让“酒店科技开发研究室”的赵主管汇报议题的内容。赵主管打开话筒，半脱稿地讲解项目的概况。主管首先对旅游区的几家待科技星级评价的酒店进行基本情况的介绍，简述他们的所处地理位置，建成时间，建筑结构、房间数量、面积等条件。

接着，赵主管汇报了由分管的副部长带头，其他几个办公室的主管及工作人员组成的科技星级评价小组对这几家酒店的评分进行一一的解读。其中，有 1 家可以评到 5 星级，2 家可以评到 4 星级，另外 5 家评到 3 星级。而评价的汇总分数完全按照《友联科技集团科技星级酒店评价办法》文件中的评定标准进行，每个分数的得失都有现场照片还有参考的依据。

最后，赵主管把其中 1 家酒店对评分表扣分情况有异议的事项在会议中做了详细的汇报，请示各位副部长及以上领导讨论研究决定。汇报完毕后，副部长们各个埋头仔细看文件，分析情况与对策。张部长也陷入了片刻的沉思，不一会儿，他就让各个副部长对这个结果一一点评。

女副部长先发言，她对评价小组的工作进行了肯定，而其中的 1 家酒店因差了 1 分就可以达到 5 星标准提出的异议她也表示可以理解，但评价小组对其的评定是客观且公开的，不能因为任何主观的因素存在而改变。点评过后，那位交流的年轻副部长和那位带头评定的副部长都表示对评分结果没有异议。

接下来是一位资格很老的副部长，他将手上的材料方方正正地叠好，然后表达了自己的观点，这个观点与赵主管汇报的情况正好相反。

“我认为评分项目里有个地方被多扣了 2 分，正好是那几天酒店的那一小块区域出现罕见的断电。我住在那块区域附近，那里维修花费了很长时间，新智能备用大电源虽然可以满足酒店需求，但一小部分酒店应急供电设备没办法使用，造成这个地方被扣分。我认为可以再斟酌给分，毕竟这家酒店各方面都相对优秀。”

“副部长，我个人认为，一家5星级的酒店必须具有突发应急处置的设施能保证客户需求的能力。如果因为这样的情况就认为要重新给分，那其他酒店也会因为类似的情况而提出异议。”

“我看过报告了，那天区域电力的维修，维修公司通知过酒店必须关闭一部分电源系统以保障维修的通畅，如果在那种条件下被扣分，那换成我来说是件很冤枉的事情，因1分之差错失提升星级要再等几年才能重新评级。”

“每家酒店都会碰到这样或那样不利的因素，不能因为差一两分的情况就来提异议，如果是差3分或4分呢？”

“这观点我不同意，每家酒店的评价应该是在同等的条件下进行，你在人家停电的时候去评价，那说不定哪天你又在人家旁边的工地施工时候去评价，那说不定会收到客户的强烈投诉科技隔音玻璃不合格而影响评定呢！”

“这种情况和之前我们汇报的情况是两码事，不能把它们混为一谈。而且我们这个地方的评分有理有据，不怕酒店提出异议。”

“这你就说得不对了，万一他们认为我们特意挑选周边停电的时候去评定呢？你们去评定的时候知道那里会出现停电的现象吗？”

……

见老副部长和赵主管有点争论得眼红起来，底下的其他主管及工作人员都有点紧张。辕泰第一次见到这么激烈的讨论，有点好奇这种情况怎么收场。辕泰望着张部长，他没有抬头看副部长和赵主管，而是低着头看材料并认真听着对话，心里正在酝酿怎么解决这个事情并准备发言。

“好了，刚才副部长们还有赵主管都提出了自己的观点，我这里说两句。这家酒店我去看过，对他们的科技设备配备情况还算比较熟悉，评分是很客观公正的。至于碰到酒店提出异议这个情况，我们是要给他们一个满意的答复。被扣分的点，的确有客观因素的存在。鉴于提出异议并反应很强烈的情况比较少见，我看过评价办法的第 86 小点，写着如果存在不可抗力因素且存在较大争议时，可以再重新评级一次，最终以第二次评级的结果为准，不得重评。所以我建议这样，由原来的评定小组在本周之内重新对该酒店再进行一个评分，不能只针对原来有争议的点重新评分，而是所有的项目重新打分，这样之前本该得分的地方分数可以争取回来，但如果酒店其他地方哪里做得不好、有疏漏，那原来的高分点也可能会被扣分。所以我们重新对酒店进行一次评价，做到全面客观公正，让他们不再对此有异议，这家酒店的评分结果下次专题会再讨论决定。”

张部长用着成熟、权威性的语气表达完自己的观点。他转头看了看各位副部长还有什么异议，几位副部长还有刚才一直没有发言的老副部长都依次点头，赵主管也心服口服，不再发声，那这个议题就以张部长的决定作为结论。

辕泰第一次参加专题会，对会议的议程有了一个初步的了解。坐在正中央的张部长，他能坐在这个位置，一定是经历了很多棘手的事情，而跳出各自观点的层面去看待和解决问题，这样的大局观真的不是一天两天能养成的。

两个议题的会议结束后，辕泰意犹未尽地走出会议室回到自己的办公室，他还在回想着会议时的情况，脑子里还出现了自己坐在圆桌的正中央的情况，设想如果碰到这类情况是否能像部长一样冷静地处理。

芊美看到辕泰开会回来了，也抽空进到办公室，问他今天的会议情况。辕泰把流程详细地和芊美说了一遍，还加上自己对张部长解决问题思路的称赞。王主管回到办公室，说又有好几个事要接着忙了，看来他对开会已经司空见惯，没有和辕泰再多说什么。

中午在食堂吃饭的时候，亚衡特地跑过来和辕泰芊美凑成一桌，聊一聊身边的八卦趣事。辕泰和芊美聊的时候，亚衡很爱插话，急于表达自己的观点，还爱把自己认为对的事情强加在别人身上。辕泰看出了亚衡的思维习惯，于是尽量少接他话，而芊美心里有一点不悦，只是没有表达出来，任凭亚衡在那里说得天花乱坠。

下午工作的时间过得很快，中午的时候鱼之心给辕泰发了微信息，说晚上想看电影，辕泰和她约好晚上 7 点 30 分在中心大楼旁边的“幻想电影城”见面。下班时间一到，辕泰很快收拾好，去更衣室换了一套早晨路上穿的便装，和芊美开心地打了声招呼就出中心大楼了。

炎热的夏季，只有到了晚上才有降温的条件。辕泰骑着新智能共享电动自行车，在小巷里穿梭。到了一家小饭店，辕泰点了一份卤肉饭和一份海鲜汤，额外又加了一瓶冰镇饮料，就快速地吃起来。他想到晚上可能会和鱼之心一起吃夜宵，所以没敢点太多，还让老板不要加蒜，害怕口里留下异味给鱼之心不好的印象。

吃完饭离约定的时间还有半个多小时，辕泰决定骑着新智能共享电动自行车继续逛逛。天刚刚渐渐暗下来，辕泰不知怎么的，以往注意力都放在路上互相依偎的年轻男女的身上，而今天在他眼中，路上到处都是骑着电动自行车载着孩子的年轻妈妈，还有带着孩子进入晚间培训班的年轻夫妇。

难道我这么快就想结婚了吗？想到这里，辕泰摇了摇头，还在怀疑昨晚的头疼药起了什么副作用。调整了自己的注意力后发现，津源市友联科技集团项目开发中心大楼附近，有一座细高的大楼，大楼的外墙贴满了广告招牌，上面全是不同培训班的名字。

单从这些花样与颜色显眼的招牌上看，培训的内容涵盖了很多，有东方跆拳道、围棋、拉丁舞蹈、各国绘画、书法等，培训的对象是从 3 岁到十多岁的小朋友。辕泰将电动自行车停好，发现大楼的入口处，进出的人中有几个穿着中心大楼工作人员的正装，他们都带着自己调皮可爱的小朋友，一家人拼成了一张很温馨的画面。

辕泰 7 点 20 分到达电影院前，脑子里还一直是结婚生子带娃的 PPT 播放状态。等鱼之心出现在他面前，他才缓过神来。今天鱼之心打扮得很好看，确切地说她即使穿得普通，在辕泰心中也是美美的。

他们在卖票的地方驻足，挑选想看的电影。辕泰本来想跳过恐怖和血腥的片子，挑一些爱情片或剧情片来看，鱼之心却说这几部片她看过介绍，觉得剧情都很俗套，所以她令人意外地选择和辕泰一起看恐怖片《惊恐变异》。

对电影十分钟爱的辕泰和鱼之心进了放映厅，戴上了 ND 眼镜。新科技 2.0 时代，电影业的发展也十分迅速，从普通地观看，到3D眼镜的普及，现在的ND眼镜已经拥有全景加触觉和嗅觉的功能，戴上眼镜后观众就看不到周围其他的人，眼前所有的视线都会被影片所覆盖。

眼镜上的鼻套会提供嗅觉，而整个座椅也会根据剧情的推进而时刻摇摆变动，做到接近真实的效果了。镶泰很久没有看过电影了，今天才知道现在有这么先进的设备，而鱼之心帮镶泰戴好眼镜，自己也熟练地套上装备，紧张地等待电影的开始。

《惊恐变异》讲的是在2098年，由于K病毒传播变异，感染者的大脑会失去一些认知，逐渐被病毒控制，感染者的行为会变得偏激，甚至会做出超出法律范围的事情，比如，跟别人打架斗殴致死，开车突然冲撞行人，开会的时候与别人争执后在会后伤害他人等。

后来D国的研究者发明了一种仪器能探测到人类是否感染K病毒，且发现感染了该病毒的人会感知到同样感染的对方，而不会互相伤害。K病毒感染者甚至感染了几个国家的总统，他们进而发动了战争，导致很多国家各个地方都瘫痪了。

主人公是一名医生，因他找到了消灭K病毒的方法，所以一直被感染者追杀。在逃命的途中，他结识的很多伙伴跟他一起逃亡，只为协助医生到D国的某个地下研究室找三种病毒，要合成它们成气体扩散到空气中才能消灭病毒。

在主人公逃命的过程中，每一步都很惊险。镶泰看得很入神。他不知道鱼之心现在的状态如何，在他的思维中，这时候她应该倚靠在他身旁，弱弱地紧张地看着电影，通过身体的接触来增进感情。镶泰用手去盲摸相邻的座位，却没有摸到鱼之心的手。

接着剧情推向了高潮，很多同伴牺牲的情况下，主人公医生在到达地下研究室的入口时，却被最后一个同伴从背后刺伤。他之前通过调整仪器参数，巧妙地躲过了对他的病毒探测。还好医生留了一手，他害怕同伴里有想破坏他计划的内鬼，进入的并不是地下实验室的真正入口。

他给自己做了简单的伤口处理，拖着受伤的腿打开另一扇门，坐电梯达到地下的最底层，打开自己隐藏的三种病毒并将它们按一定比例合成，最终形成的解药用小型的火箭弹从地下发射出去，通过水雾向一片区域泼洒，让这片区域的人得到了解救。

成功后，主人公医生联合本国有志之士，一起重建家园，并通过联合其他国家的医生，把解药推广。但感染 K 病毒的人群还有很多，与他们的长久对抗还在继续。

影片结束后，辕泰摘下眼镜的时候，发现鱼之心已经摘下了并热泪盈眶。她激动地朝着辕泰说太好看了，还期待着明年的续集，嘟囔着说明年还要和辕泰一起看第二部。

意犹未尽的两人从电影院走出来，重新大口呼吸着外面的空气。辕泰开玩笑说不要吸太大口，不然会感染 K 病毒的。鱼之心故意更大口地吸，调皮地与辕泰唱着反调。他们看到影院对面有家面食餐厅很热闹，立刻决定空着肚子过去探店。

这家餐厅经营的是夜间浓汤面，可以加很多料如卤肥肠、菌菇、牛羊肉、大牡蛎，还有各种小海鲜和蔬菜。两人各自点了一份并加了各种料的浓汤面，发出“siusiu”声响吃了起来。当然，旁边再来一杯冰可乐，和热浓汤面是冰火绝配。

“今天这部电影还挺好看的。不过我还真难想象有女生爱看这类型的电影。”

“我以前是不敢看但又想看，后来每次去一个人把围巾盖在头上看，看多了渐渐就不害怕了。”

“我也算是半个电影爱好者，喜欢看各种类型的电影和电视剧，如果下周还有空的话我们再一起看电影吧？”

“嗯！”

电影与美食，这是年轻男女感情升温的助推器。两个人品好相同，又有共同的话题，在下班后的夜晚，两个人共同演奏着爱情的序章，把各自最有魅力的一面展现给对方，互相期待着有一个幸福的未来。

不知不觉，辕泰已经在柜台当值3周了，他由于优秀踏实的服务能力和认真负责的工作态度受到了市民和中小企业的好评，他连续2周获得每周之星的嘉奖，嘉奖牌放在座位醒目的位置。周五上午快下班了，亚衡来到了办公室，看到辕泰的柜台没有市民办事，就和辕泰聊了起来。

“辕泰后辈，你的工作能力不错嘛，连续2周获得了每周之星。”

“过奖了，我只是做好自己的本职工作，尽力站在对方的角度去解决问题。”

“哈哈，不好意思说，去年我可是保持着3次连续4周获得每周之星的纪录噢。”

“厉害！看来我得更加努力了，不然跟亚衡前辈的差距就越拉越大了。”

“哪里，你也是很优秀的。只是我比你来得早一点儿，不然你可是我最厉害的竞争对手了。”

“不不，我可是费了九牛二虎之力才考进来的，光把工作的内容学习好就很不容易了。”

“我们现在年轻人都是想说啥就说啥，你还真是过分谦虚啦。你这个朋友值得一交，以后有工作上的交集我们得坐下来好好讨论，一起合作把工作做好。”

“那是一定。”

“怎么样，中午一起吃饭吧？我看你经常和芊美一起吃，那今天我也加入你们呗。”

“OK 啊，待会下班我收拾一下东西咱们就一起过去。”

芊美在里面听到了他们的对话，朝亚衡做了个假生气的鬼脸。亚衡一脸笑眯眯，辕泰则是以无奈回应，而林姐则在旁边哈哈大笑，她喜欢看也很期待这出三角关系的发展。

中午在食堂吃饭的人不多，芊美点了一点冷面和馒头。辕泰最近胃口比较好，点了好几样菜。亚衡的胃口自然不必说，5 个以上的小菜是标配，还要多加一碗汤和一杯饮料。

芊美有一口没一口地吃着，抱怨自己在办公室坐太久，最近又胖了。亚衡说自己个子高身体壮，平时非常注重锻炼肌肉，芊美胖一点也没事，他保护好芊美一点问题都没有。说完后，亚衡还享受着被芊美打的一拳。

他们三个人各有自身的优势，且正好达到一个平衡。亚衡能说会道，经常开玩笑。芊美爱泼冷水，总是和亚衡唱反调。而辕泰总处于待机状态，遇到“危机”时刻才会出来灭火，平息话题的过分拓展。

亚衡这个人朋友也多，消息比较灵通。他和林姐一样，平时喜欢到其他部门“串门”，知道很多部门的工作人员的家庭趣事，还有一些主管和副部长们的子女情况。芊美吃着吃着，问他为什么不去和他们的女儿相亲，想着肯定也有很多人给他介绍。

亚衡倒是回答得很直白，他认为通过别人介绍的对象目的性太强，而且自己相信缘分，眼睛看着芊美，提高声音说自己认识的人总比那些不太了解的人靠谱一些。芊美说了声“切”，辕泰则是嘴角上扬一笑。

吃完饭后，三个人一起走下楼回办公室，经过城市科技项目开发部，亚衡给他们介绍自己的办公室、几个同事及平时主要做的工作内容。辕泰认真地听，他发现亚衡谈工作的时候，思路清晰表达清楚，不愧是优秀前辈。

亚衡回到他的办公室以后，辕泰就跟芊美下楼，芊美问他最近过得怎么样，辕泰只是简单地回答她还行，没有过多透露自己的生活。芊美不敢进一步多问些什么，听到辕泰的回答感觉有些失望。

他们经过部长室的时候，高秘书正好坐在外面柜台的位置。因为这里是领导的办公区，所以柜台不对外，而柜台的位置自然就给了高秘书办公。辕泰看到他，停了下来和他聊天，芊美则先回办公室去了。

“高秘书，最近依旧很忙啊！有时间要抽空多休息，我们年轻人可不都是铁打的呀。”

“现在哪有时间休息，我可是跟在‘铁血’上级的手下工作的呀，平时倒是很注意吃点儿新款营养药丸什么的，不然有时候忙不过来，饮食不规律，很容易疲惫。”

“辛苦了。张部长今天在呀，好像听到他在办公室里面的会客室讲话。”

“是啊，今天有个公司的董事长来找他，好像是津源市最大的茶叶公司，名字叫津源简轩茶叶股份有限公司。”

“啊！”

辕泰吃了一惊，怪不得感觉里面传来了一个熟悉的声音。这时候，一个理着整齐发型、穿着朴素却又正式的男子从办公室里走出来，他见到辕泰开心地笑了一笑，然后回过头对张部长说道。

“张部长，这就是我的儿子简辕泰。辕泰，我本来想待会儿过去找你，你们的张部长是我多年的老友，他从津州市调过来我是最近才知道的。今天正好有点儿私事过来找他，你也进来坐吧。”

第十四章 妹妹

回到学馆后，七哥在公共浴室把水开到最大，手扶着浴室的墙壁半依靠着，脸朝下，尽情地让温热的水冲着自己的头发和身体。自己这么拼命地复习，竟然和小白有这么大的差距！七哥努力思考小白平时的表现，感叹自己竟然没发现他在友联科技集团选拔考试上有这么大的潜力。

七哥和小白的认识可谓有点志同道合。两人都喜欢踢足球，很快都成为新生足球队的队员。两人也都不爱玩网络游戏，平时在宿舍就是看新闻找资料，有空的时候也会看看电影、看看球赛，两人还是有很多共同的话题。

小白在大学的学习成绩顶多算是中上，每学期的期末考试成绩他都能稳定在 70 分以上，不会因为挂科而影响报名。自从大二开始学习专业课，小白的专业课成绩就一直还不错，七哥想到小白应该是为了准备友联科技集团选拔考试才这么认真学习专业知识的。

好友终有一天要成为竞争对手。唯一能报的岗位，同样的专业，同样的学习背景，自从七哥看到成绩的那一刻起，就把小白认定为最必须赢过的对手。他暗自下定决心，在前途面前，一切的阻碍都应该抛之脑后。

洗完澡后，头发还有点湿，脖子上挂着毛巾的七哥若有所思地走回房间。因为还在走神儿的缘故，刚进房间就被里面的茉莉吓了一大跳。茉莉说他进来前应该就知道门没关，七哥则说他都没注意到开门的时候门是半掩着的。

"七哥，你模考的成绩出来了吧，怎么看你情绪有点儿低落，难道是没考好吗？"

"考了本专业的全国前50，但想要通过考试的话，合格率只有66%，我还得抓紧时间认真复习考试，不然这次真的考不上了。"

"你又把你自己逼到角落里啦，我过来看看你，要不我们明天再出去外面走走玩玩吧。"

"你不要老想着玩儿！我可是没有退路的，我没有你那么好的家庭条件，从小含着金汤匙长大，我必须在毕业之前这个最黄金的复习时期考上友联科技集团才行！"

茉莉被七哥的态度吓了一跳，本来她听到成绩后，以为七哥只是谦虚说自己努力不够，自己的本意想让他劳逸结合，毕竟现在做什么事压力都很大，自己也明白计算机专业要保研的同学为了竞争几个保研名额而钩心斗角，甚至都互相不说话。她觉得适当地看开才能有所突破。

七哥不敢说自己知道小白的成绩，心里有一个声音告诉他不能说，也不能让别人知道自己已经在不自觉地嫉妒小白了。他想继续默默努力，在下一次的模考中战胜小白。他心里莫名地生气，只是内心的另一个自己找到了茉莉这只替罪羊。

茉莉有点生气，脸憋得通红，对七哥这种语气态度实在不能理解。七哥说完后也没再说什么，只是站在原地盯着墙壁，浑身散发着热气。茉莉拿起小包，看了一眼七哥就跑出了房间，七哥没有解释也没有追她，他觉得是时候给自己一个冷静的空间了。

第二天早晨，叫醒七哥的依旧是梦想。他在洗漱的时候才发现，自己的近视度数又加深了，这几个月估计加了近50度。这段时间七哥一直在比较昏暗的灯光下读书，自习室提供的台灯也没有护眼功能，视力下降是必然。

早餐依旧简单，他直接到学馆对面的一个比较破旧的早餐店买了小包子和豆奶，草草地在店门口吃完，就回到学馆自习室了。进入夏天，天气常常下阵雨又闷热，学馆会开着一点冷气，七哥会倒满一大瓶凉水，口渴了就大口大口地补充水分。

之前网上买的新题海书还有培训班发的新资料已经到齐，七哥立即开始做起来。为了营造考试的氛围，只要做一套试卷的模拟题时，七哥就把手机调成勿打扰模式，开启科目对应的考试时间提醒，精准按照考试的时间和标准来答题，不管手机的微消息和电话。

今天，七哥做了一套数学模拟卷，答题不是太好，可能受到昨天心情的影响。100分钟的答题时间，七哥答题后再对答案批改，只能得115分，七哥不是很满意，还用笔泄愤似的戳了一下桌子。发出的声响有点大，旁边有几个人看过来，他才意识到，赶忙把卷子收好，换成另一本参考书看了起来。

下午和晚上的学习，为了调整状态，七哥改看参考书不做题。这次模考的成绩，大友国论依旧是弱项，每个科目的满分是150分，这科七哥失分最多，只得了104分。七哥重点看了名师对这次模考的讲评，对每一道错题都认真分析。

培训班的名师在视频里说道，这次的模考是培训班名师对全国大型企业选拔考试的考生提供的一个全新的思路和方向。有些新的题型很有可能会继续出现，培训班的名师中，或多或少与将来的出题人有交集，所以考生一定要把这些重点牢牢记住。七哥很认真地把名师讲的重点记了下来。一天的时间就又这么过去了。

周日的上午，七哥把模拟卷的做题留给了英语和大友国论，他依旧将手机消息屏蔽，连续鏖战了 200 分钟，额头上都有点微微出汗，做题的时候过度思考也耗费了很多的精力。当他拿起手机要对答案的时候，发现妹妹给自己打了 5 个电话。

等到他回电话，赶到学校的食堂的时候，茉莉和妹妹已经点好午餐坐在食堂的小桌上等他了。七哥和茉莉已经有一天多没有发微信息讲话了，当她见到七哥来的时候，就像个没事的人，让七哥赶快坐下，和妹妹一起共进午餐。

“你怎么突然跑到我学校来了？妈妈知道吗？”

“她当然知道呀！我们学校已经放假了，中考还有一个月，让大家提前在家里准备复习，我想放松一下，就来找你了，还好之前留了茉莉姐姐的手机号码，不然我可不知道怎么办了。”

“你这孩子，都快考试了还乱跑。你自己坐区际列车过来的吧？下午带你玩一玩，然后把你送回家。”

“茉莉姐你看，都还没带我走走，就想着送我回去了。”

茉莉微笑着摸摸妹妹的头，自己说要来照顾妹妹。茉莉在家里是最小的，很希望有个弟弟妹妹可以照顾，所以把七哥的妹妹当作亲妹妹一样看待。七哥也很开心，因为茉莉能完全融入他的家庭。

吃过饭的下午，三个人一起到学校附近的“学生一条街”逛了逛。妹妹很少离开老家庆南街区，来到市中心很是开心，见到什么都有新鲜感。好多学生穿着 JK 制服，画着精致的妆容，看得妹妹也很想跟她们一样，七哥赶忙说她还小，可不要因为追求二次元而影响学习。茉莉责怪了他一声老古板。

妹妹说这里的奶茶和老家的奶茶不一样，这里有各种新式口味，一杯奶茶可以让自己喝到三种以上从没吃过的水果口味。茉莉的奶茶还让妹妹吸了一口，妹妹说这是她最幸福的时刻。

学生街还卖很多小玩偶纪念品，妹妹想买都被七哥给拦住，而茉莉狠狠地瞪了七哥一眼，说买不买是妹妹的自由。妹妹挑选了一个很可爱的土拨鼠动物玩偶，这个玩偶挂饰是前两年津源市举办全国大学生运动会的吉祥物，茉莉毫不犹豫地买下来，把它挂在了妹妹的手机皮套上。

七哥他们在逛街的时候遇到了几个同班的同学，他们半开玩笑地跟七哥说他和茉莉约会还让妹妹当电灯炮，七哥朝他们伸了一脚，以示警告。妹妹活蹦乱跳地逛着，茉莉倒是很配合，耐心地给她介绍。七哥有点累了，但只能默默地跟在她们后面。

傍晚的时候，茉莉带妹妹去一家美国连锁餐厅吃比萨，妹妹从来没有吃过，一手戴着手套抓起芝士连着的海鲜比萨，一手拿着已经包好牛肉块、青椒丝、红椒丝和土豆的卷饼，大口地吃起来，七哥怕她的胃撑大，连忙叫她慢点吃。

餐厅的美式风格妹妹也很喜欢，红色格子桌布，深咖啡的墙面背景，男服务员还戴着牛仔帽。妹妹天真地问可以去美国上大学吗，茉莉立马回应可以的，如果妹妹想去的话，茉莉第一个支持。

吃饱以后，七哥怕妹妹回家太晚，就想送妹妹去中心车站了。在是否留夜这个问题上，七哥赢了茉莉，最后他们叫了一辆出租车，把妹妹送到中心车站并送她上了列车。

在回学校的路上，茉莉偷偷拿出了一个新的未拆封的平板电脑，递给了七哥。七哥知道这是茉莉给妹妹的礼物，以茉莉的性格她买了就一定要送出去。茉莉跟七哥说，等妹妹中考考完了再拿给她，无论成绩如何，希望她能在暑假里好好放松放松。到了高中，学习的压力可是成倍地增加。七哥不知道说什么好，说感谢的话太难为情，只是把手搭在茉莉的肩膀，用力把她拉到自己身边，两个人静静地在出租车的后座上听着司机放的音乐广播。

又经过一周紧张的上课和学习，周日是第二次全国模拟考试，七哥感觉自己最近复习得还可以，所以他打算周六去图书馆的自习室和茉莉一起学习。他想到茉莉和自己一样原本都是考研究生的，自从自己改变计划以后，就再没有主动关心过茉莉的学习。

周六早上，茉莉很早就到了自习室，给七哥带了一份早餐。茉莉特别喜欢吃三明治，所以她昨晚特地在学校附近的美式三明治店买了两份加了牛肉酱、培根、鸡腿肉、生蔬菜的三明治放在自己宿舍的小冰箱里，等第二天一早和七哥一起吃。

七哥肚子空空地来到茉莉的座位上，喝着她泡好的黑咖啡，吃着三明治，两个人在自习室的后排也聊了起来。

“你终于知道来关心我的考研啦？”

“是啊！对不起，我一直都在为自己的考试备考，忽略你了，本来之前我们约好要一起复习的，是我爽约了。”

“没关系，我理解你的。我就算考不上也有爸妈养我呀，你就不同了，你现在是一家里唯一的男子汉。”

“我明白，如果考不上，那你就要成为两个家庭的女子汉来养我们啦。”

七哥偷偷在后面亲了茉莉一口，把嘴上的酱料都沾在了茉莉的脸上。茉莉连忙把七哥的手背拿过来，在自己的脸上猛擦。这时胖狗罕见地也来上自习了，在门口看到他们俩在后面打情骂俏，从门外凑过来鬼笑着。

七哥招呼胖狗进来，把还有一半没吃的三明治给他，他毫不犹豫地接下一口吃掉了，虽然他早餐已经吃得很饱了。胖狗今天好像心情还不错，还没到 9 点钟他就来自习室了。

“你们俩怎么没好好复习，在后面卿卿我我起来了？”

“关你屁事！你还是赶快学习吧，不然又要跟你爸妈吵架了。”

“唉，我是没办法，老是被他们唠叨。前两周的模拟考，我竟然只排在全国化学专业的第 620 名，合格率只有 5%。这太悲惨了，我都不知道接下去该怎么办了，七哥，你应该考得还不错吧。”

“我还好，也就全国前 50。当然，这只是模拟考，以后还有更多的模考要经历，那时候总的综合评价才是关键。”

“小白最近挺神秘的，上次问他只是说考得还行，最近连专业课都很少见到他，他好像一直在发愤图强啊。”

“是吗？这么一说咱们四个好久没一起吃饭了。”

简单地聊了几句，茉莉就把胖狗赶走，让他赶快回到自己的座位上去自习，然后她打开书，看起考题来。七哥坐在他旁边，也拿起自己的专业书，看着平时老师讲课时做的笔记。

七哥看书时也会看下茉莉，茉莉侧着脸，精致的五官从哪个角度看都很好看。茉莉的考研书上也用红笔做了大量的笔记，其中有一本英语阅读书好像都有点儿翻烂了，书页都有很多的折痕。精致爱玩儿的茉莉，学习时也是很认真的。

七哥还拿了一本茉莉的数学参考书，里面的习题茉莉大多做过了，而且做错的不多，看来她的逻辑分析能力还是很强的。里面有不少分析大题比友联科技集团选拔考试的数学科目要难很多，学习这些也是要下不少功夫的。

学习到一半，七哥又趁机亲了茉莉一下，茉莉说了一声讨厌，依旧没理他，继续做着计算机专业的考题。周末来学习的考生渐渐多起来了，很多男生女生都穿得比较清凉，七哥不免多看了几眼。

当七哥再次朝门口刚进来的一个美女多看了一眼的时候，被旁边的茉莉重重地打了一下，疼得他直跺脚。七哥没想到茉莉盯着他，赶忙继续低头看书。

晚上四位死党聚在一起吃饭，胖狗说个不停。小白比较沉默，只是偶尔附和一句两句，茉莉还是不避讳地跟七哥打情骂俏。七哥试探性地问了小白一句考得怎样，小白只是回答还可以，还得继续努力，就没再多说什么。

胖狗问大家说暑假是不是都要留校。七哥毫不犹豫地说会留下，毕竟这是最关键的时期，茉莉说她要陪七哥，但中间可能会回家住一小段。小白也表示会留在学校复习，回家的话肯定会分心。

胖狗有点儿失望，本来打算邀请他们一起去家里一套海边的小别墅避暑，那里房间都是朝着大海的海景房，可以让他们体会到夏威夷的感觉。小白倒是说有点儿兴趣，看大家如果有时间想放松的话就一起过去。

吃完饭，小白和胖狗各自先回宿舍了，七哥则是和茉莉在校园里散散步。即将入夏的校园比其他季节要更加的美丽，到了傍晚以后风吹在脸上凉飕飕的，很舒服。大四的学生已经开始拍毕业照了，无论是在操场，还是在教学楼，都有三三两两的学生在那里拍照留念。

操场上的毕业生最多，有的美女是手捧着花，在跑道上秀大长腿；有的是整个班级一起拍，他们坐在操场高处的观众席上，在大家集体扔帽子一瞬间按下快门，仿佛照片里记录了他们大学四年的时光。

七哥和茉莉在操场一圈一圈地走着，有时候会有毕业生找他们帮忙拍照，七哥拍照水平欠佳，常会被女生要求重拍，茉莉一把把相机接过去，给她们拍得美美的，七哥不好意思地说他女朋友拍照技术比自己好多了。

走着走着，茉莉问七哥明年这个时候，应该也会在这里拍照吧。七哥说当然的啦，他可是这所大学里最幸福的男生，到时候一定要和茉莉把青春四年做成一本充满回忆的相册，作为一生的留念。茉莉笑着，然后甜蜜地向七哥的脸颊亲了一下。

逛累了，七哥送茉莉回到了学生公寓，然后自己就骑着新智能共享电动自行车回了学馆。进了房间，他没有马上洗澡，而是打开手机，简单地翻阅了一下时事信息，把有用的信息记录下来。这时候，他看到一则消息，内容很震撼，他浏览完以后，又重新仔细地看了一遍，然后萌生了一个他不知道对不对的想法。

晚上，他没有打开书复习，而是取出了一个信封，还有一张纸。写信的这种方式在20年前已经很少见了，大多已经被电子邮件的方式所替代，现在的邮差都已经很少见了。

七哥思考了很久，心里斟酌着要怎么写才能让收信人准确明白自己的意思，且会保证对自己有所帮助。他一边打着草稿一边写了下来，有时候感觉写得不妥，于是把纸揉成一团又重新写。

最后他还是选择用打印的方式，边看草稿边在手机的全息投影里编辑，然后到学馆前台的电脑打印出来。打印出来后，七哥立刻就把电子文件删掉，然后把信件装进信封，用胶水粘好，趁着晚上校门口没什么人，把信件投进了东校门角落墙上的那个已经有点生锈的红色信箱里。

晚上睡觉的时候，七哥一直在反复想这个事情，他希望他做的有效果，能起到一定的作用。明天的模拟考试又是对自己的一次考验，要把每次考试都当作真正的考试来看待。两个事情七哥来回地想，不知什么时候，他察觉到天已经微微发白。

周日早晨8点55分，七哥已经坐在学馆的自习室座位上。他转头看隔壁和后面的座位，大多数考生也像他一样挺直地坐着，等待着这场没有硝烟的战争打响。

四个科目的战斗就此开始，虽然昨晚睡得不好，但七哥感觉今天状态还行，奋笔疾书。早上的数学题他都应付自如，最近他把很多题型的快速解题技巧和公式都倒背如流，加上培训班导师的指导，每个选择题的选项他都第一时间感觉到哪个是正确答案。

英语也不错，每天早起背单词，渐渐让七哥阅读的理解能力和速度有了一个大幅度的提升。对于英语短文中的一些生僻词他也能根据原文的语境猜到意思，那文后的问题自然也不在话下。

短暂的休息后，来到了大友国论。七哥这次吸取了上次的教训，最近大量的时间都放在了这门科目的学习上。单单历史的题目，他前一段找到一个网上历史名师的视频，花了 20 个小时把他讲的课都看了一遍，进而把整个大友中立国的历史脉络又重新熟悉了一遍。

在今天的考试中，七哥感觉很多时事题目他都知道，历史地理的题目他都能回忆到知识点，而最后的论文他也能写得有理有据，把作为一个大型企业工作人员，在工作中碰到项目突发情况应该怎么处理、怎么汇报、怎么做事、怎么收尾，一条一条地写得很清楚。

带着三个科目良好的状态，七哥又继续征战最后的专业课。这次专业课考试七哥也是志在必得，随着本学期已过三分之二，专业课老师已经都把课程讲得差不多了，而七哥总是比别人想得更多，他早早地把整本书都学习过了。今天考试中除了几道题目由于公式复杂，思路比较绕，七哥没有太大把握以外，其他感觉都还行。

总共 500 分钟的考试，再次让考生都精疲力尽。当手机同时响起考试结束的铃声时，在自习室参加模考的考生几乎在同一时间舒了一口气，全然忘记自习室里还有其他没有参加模考且正在认真复习的考生。大家注意到后纷纷低头说了声抱歉。

模考结束后，七哥把参考书都放回了房间，准备独自出门吃饭，放松一下自己。他也不想去打扰茉莉，最近考研的模考也开始了，虽然研究生考试比友联科技集团选拔考试晚，但准备时间的跨度也相对长，七哥只是和茉莉微信息简单聊了一下，知道彼此最近的复习情况。

接下来几天，七哥除了例行的早起背单词和培训班的上课以外，已经不怎么需要去上专业课了。七哥感觉最近复习的效果还不错，成绩也会很快出来了，他想去其他地方走走，换换环境。

七哥很少去学校西边的街区。那里有好几家大型的娱乐游戏厅，里面有很多早期的街机游戏或者玩弹球的地方。七哥难得放松，骑着新智能共享电动自行车到那一带逛一逛。

有富裕的地方就必定有贫穷的地方，学校东边是考生们吃苦的地区，而西边就是学生们享乐的地区。这里聚集着形形色色的学生，不仅有津源大学的学生，还有附近高中或者是大专学校的学生，很多学生染着黄色爆炸的头发，文着文身，叼着烟在那里骂骂咧咧地玩着，一看就是辍学或混社会的年轻人。

七哥有时候挺羡慕他们，可以把自己的个性毫无保留地释放出来，不介意世人的误解。经过他们的时候，有一两个坐在大型电动摩托车上的不良少年给七哥递名片，嘴里笑着说些什么，希望七哥能拿去看看。

七哥礼貌地拒绝了他们，然后匆匆进入了一家游戏厅。游戏厅的外面区域大多是玩打斗、射击、投篮等游戏机，而里面是弹球、投币等有奖励的游戏机，同时里面吸引了一些抽着烟、戴着骷髅项链的年轻混混们。

七哥没有再往里面走，而是找了一台格斗的游戏机，买了几枚电子币，就投入地玩起来。七哥小时候就喜欢玩这种游戏，虽然手机上也能玩到，但和小伙伴一起来实体游戏厅玩儿才更过瘾。

七哥的记忆力很强，每个角色的招式都记忆犹新，大招的使出要怎么按，都是小时候就学会了，一进入角色，他就变成了里面的人物，专心地攻击对方，直到对方的血槽为 0。

玩得正起劲，七哥的肩膀被别人拍了一下，原来是一个 30 多岁满嘴黄牙的小混混在问他话，特地调高声音说想找他借点钱。七哥发现这里可能是摄像头的死角，而自己长得白净有点像初高中生，可能要面临被这种混混威胁。

七哥急中生智，赶紧亮出自己的大学生证，然后说了声不好意思，立马快步冲出游戏厅，怕跟这种社会人有所交集。走出游戏厅后，七哥还时不时地回头看那人有没有跟出来，然后赶紧逃离这个区域。

玩游戏玩到忘我，出来时已是饥肠辘辘。七哥走到学校的南门附近，找了一家烫烧店，给自己加了很多料，大口喝汤大口吃起来，嘴唇不知是被辣味辣得，还是被滚烫的汤给烫得，红红的。胖狗本来微信息约七哥晚上一起吃烧烤，七哥刚才在游戏厅时候没看到，吃饭的时候才注意到这条信息，想到今天吃得很饱，就没去赴约。

晚上胖狗和几个老乡朋友吃完烧烤以后，酒足饭饱地回到了学生公寓。胖狗一身酒味，衣服上也都是烧烤味，本来想回自己房间洗澡，但舍友召集了好几个人在里面打游戏，一回宿舍肯定会被他们拉进来，所以他打算去小白的宿舍蹭浴室。

电梯来到小白住的楼层，他对小白的房间很熟悉，知道小白的舍友在一家公司做兼职，很少回学校，所以胖狗可以经常到他那儿去找他聊天。离小白宿舍还有一定距离的时候，胖狗发现他宿舍的灯里是有人影的。而快到他门口的时候，灯突然闪烁了一下，从他房间里走出一个女生。

是茉莉从房间里走出来，胖狗一再确定自己没有看错，茉莉没有看到胖狗，一出来就朝另一方向的楼梯走去，头发有一点点乱，右脸颊微红，脸色很不好看，消失在胖狗的视野中。

胖狗一再想着到底是什么原因，他不自觉地拿起手机，走到隔壁公共阳台的角落，拨打了七哥的电话。

第十五章
出国

津源奥雪信息技术股份有限公司的会议室很大、很奢华，无论是墙壁还是桌椅都是最先进最环保的材料，而里面的电子设备也都是国内最顶尖公司的产品。公司的名称用全息投影的形式在董事长座位的后方滚动显示，名称的背景是循环播放的公司发展历程的宣传片。

高级圆桌上已经坐了1位董事长、1位总经理、3位副董事长、3位董事。每个人的桌面上都有一块小屏幕可以全息投影，桌上整齐地放着纸质材料的报告书，还有放着可加热坐垫的上等红茶和精致水果。

偌雪从容自如地在桌牌写着“蔡偌雪 董事”这个位置上坐下，将电动调节椅调到自己最舒服的坐姿，戴上自己的高级金丝框眼镜，认真地看起材料来。秘书、服务员清点好到会人数，各部门的经理及具体业务负责人都已经坐定等待，董事长宣布会议开始。

首先，由技术部负责人做上半年的工作汇报以及下半年的开发计划，他表示上半年技术部成功研发了几款改款的产品，其中，最令人期待的是下半年即将推出的网购全息投影实体2.1版本。该版本不仅能让足不出户的市民在网购衣服和鞋子等可试穿戴的产品时，利用该技术将原物100%投屏到手机前方的范围内，而且还比上一代版本更能满足触感、气味等买家的需求。

2.1 版本支持购买食物、液体等可食用、可接触皮肤等产品，能准确还原食物和液体的特性，买家靠近全息投影的产品，经过虚拟咀嚼或接触也可以 100% 体会它们的原汁原味，以促进产品的销量。

听到这个软件产品的更新改良版本，董事长包括几个副董事长和董事都纷纷表示不错，技术部经理还让项目负责人全息投影了一个苹果的产品，并在每个董事会成员座位上的小屏幕投影出来，他们各自咬了一口投影的虚拟苹果，都立马体会到那种香甜脆爽的感觉。

技术部门汇报完毕后，接下来轮到财务部负责人汇报上半年的财务决算。她表示上半年津源奥雪信息技术股份有限公司实现收入 521 亿友元，同比减少 88 亿友元；净利润盈利 24 亿友元，同比盈利减少 7 亿友元。1—6 月，固定资产投资完成 288 亿友元，投产新产品 6 款，互联网新型软件呈现持续向好态势。

截至第二季度末，津源奥雪信息技术股份有限公司的负债率为 39.11%，较去年底小幅提高，主要是负债增加。公司负债是软件开发的负债，与维持生产的经营性负债有着本质的不同，其对应的是优质的市场前景。

听完了财务报告以后，董事长及各位成员均对汇报情况表示满意，偌雪脸上略带微笑，一言不发。听完各个报告以后，她轻轻地喝了一口红茶，然后默默地坐在位置上看着前方，脑子里思考着什么。

秘书们忙着收集董事会成员会议的签字，收集完后董事长宣布会议结束，每个人跟旁边的人互相握手致意后纷纷离开。偌雪和几位董事简单地叙了一会儿旧，然后拿起包包和小外套，径直往自己办公室的楼层走去。

出了 8 楼电梯，偌雪回到自己的办公室。自从她卸任董事长以后，身为董事的她就很少来办公室了。只有召开董事会，或临时有什么重要的事情她才会过来。公司又来了很多的新面孔，她现在已经没办法对每个人的情况了如指掌了。

虽然自己的办公室许久没有来过，但每天都会有固定的保洁人员打扫。刚坐下来，偌雪的秘书就端了一杯黑咖啡敲门进来，把一小部分的文件递给偌雪，跟她简单汇报，并让她签字。签字完以后，秘书整理好文件，跟偌雪聊起日常来。

“蔡董事您好久没有来公司了，看您精神很不错，保养得很好，感觉您又年轻了几岁呀。”

“你就别夸我了，我还是老样子。提前过上了退休的生活，到处走走玩玩，要么就是宅在家里。”

“那很好呀，只有我们这样的打工人还在公司里努力地工作。您今天的这番成就，是公司每个员工都很羡慕的呀，而且您没有把我看作下属，而是当朋友一样看待。”

“哈哈，我就是这种年轻人的心态嘛，什么都要向年轻人学习嘛，你们‘20 后’可比我们‘10 后’更有前途呢。”

“您不用夸我啦，我们这种‘20 后’打工人，能在津源市中心安身立命就已经不错啦，现在经济衰退，生活成本都很贵，谈恋爱结婚生子那是奢望，我们能做好工作就是人生的目标啦。”

“哈哈哈哈，你们真是太有趣了。来来来，跟我说说最近公司来了什么人，有没有什么有趣的新闻呀。”

偌雪和秘书的关系很好，两个人不像上下级的关系，而更多像朋友。她俩坐在办公室的沙发上闲聊起来。秘书跟着她好几年了，从她当上董事长后就看中了这位年轻干练的外地女生，亦师亦友的感觉，偌雪打算让她在这儿磨炼几年后，推荐她去当部门的项目负责人。

偌雪是这家公司的创始人，当年大学毕业后她当过教师，进过两三家公司，最后辞职跟几个很要好的大学同学一起创业。偌雪公司逐渐壮大的时期，正好赶上新科技 2.0 时代发展的黄金时期，网络科技的全息投影时代的脑部 VR 和实体真实投影快速发展，全面开花。

偌雪赶上了这趟时代列车，开发出了很多顺应时代的新产品，与几家大型网络购物平台签订了合作协议并推广运用，顺利地在几年之内积累了大量的财富和经验，而且两年前公司成功上市。

当上董事长的偌雪，在被母校或者其他科技论坛等节目邀请谈成功经验的时候，都婉言谢绝了。她心里清楚，就算自己再成功，事业达到了顶峰，就必定会有往下落的一天。

公司不仅在津源市快速发展，最后还跃居大友中立国科技大型公司排行榜的前 30 位。而偌雪在收获鲜花和掌声的同时，工作越来越忙，更没时间带孩子和享受生活。生了一场大病之后，偌雪不顾众人反对，毅然辞去董事长职务，只做董事，退居二线，把一手创立的公司交给自己的创业伙伴继续把持。

以生活为重心的偌雪，推掉了大多数的应酬，卸下了几年来工作沉重的包袱，给自己放了个长假，而且自己是名义上的董事，实际把权力都给了董事会其他成员，自己只是同意他们的所有投资和发展的意见。

跟秘书聊完以后，很快就到了吃饭时间。偌雪让秘书带着，到公司的大食堂一块儿吃个便饭。秘书以为偌雪要像其他董事会成员那样去专门的包间吃午餐，偌雪告诉她自己在大厅吃一点就好，感受一下员工吃饭的气氛。这两年公司扩大规模，估计有一半以上的人没见过她。她和秘书找一角落简单吃点儿就好。

公司的食堂饭菜供应自然不必说，每天多达 50 种菜式可供选择。偌雪和秘书一起在角落就座吃饭，周围的老员工看到偌雪，窃窃私语很久没见到她，却更显年轻了。

偌雪选了 8 个菜，每种都是一小口，边吃边劝秘书不能为了减肥只吃两个菜，应该像她一样少量多餐，荤素搭配，这样才符合现代的饮食标准。秘书不敢违抗偌雪，连声说下次一定按她的建议去吃饭。

两人简单用完餐，把餐盘给“收餐机器人”以后，偌雪就向秘书告别，不回公司了，说准备要走了。秘书让司机在楼下等她，偌雪拒绝了，搭太阳能出租车也很方便。

刚要离开公司的时候，偌雪遇到了一位副董事长，他是偌雪的大学同学，学习成绩名列前茅。当年，偌雪号召同学们一起大干创业，同学们都被偌雪的演说以及对未来趋势判断的敏锐度所折服，毅然离开高薪的大型企业，转投偌雪旗下，跟她从零开始。

刚才在会上只是专注开会，这会儿两位好友面对面，一位已经是大腹便便、家有贤妻、儿女双全的人生赢家，另一位是闲云野鹤般的年轻自由的美女，要叙旧的话两人一定有说不完的话。但偌雪把他们之间一起创业的艰辛、一起欢笑的喜悦、一起争执的苦恼、一起尝遍酸甜苦辣的日子与回忆都埋在心里，互相问候与短暂的小聊后，就各自回到各自的工作与生活中，互不干扰。

出了公司，偌雪背后那栋气派高耸的写字楼，依旧矗立在津源市的中心，它是这里写字楼区的地标。偌雪心里认为自己已经完成了初定的目标，剩下的就交给老友和年轻人去奋斗。

偌雪没有马上回家，而是在写字楼附近一家新开的高级美容店做了个头部按摩。按摩师是一个很有经验的中年女人，打扮精致，手法娴熟，让偌雪躺在舒服的按摩沙发椅上，在偌雪的头上的穴位来回地按压，偌雪闭着眼睛，有一点酸爽，小声发出声音。

按摩师说像偌雪这样的女白领经常过来做按摩，她羡慕白领的生活，光鲜亮丽。自己以前学过很长一段时间的精油推拿按摩等技术，觉得大城市机会多，就到这家美容店负责按摩服务。偌雪说也羡慕她，可以每天安静地专注做一件事情，而且这个事情还是自己喜欢做的。

吹干头发后，偌雪的精神提高到 12 分，脑子快速地搜索着好吃、好玩的地方。她想到了一家好久没有去的咖啡店，那里有她最喜欢的法式甜点和手磨咖啡，而不知道那个年轻的、手上有文身的帅气咖啡师还有没有在店里继续工作。

偌雪沿着写字楼旁边的小路，走到一片休闲餐饮的街道。这里有很多年轻人喜欢的西餐店和咖啡馆，每家店都有自己的特色，尤其是外部的装潢，有工业风，有少女风，以现代欧美的风格居多，再融合自家老板的审美和品位，让每家店都有自己的特色。

偌雪走进一家很小的咖啡店，灯光是暗黄色的，原木风的装修风格，座位不多，还略显拥挤，偌雪看到那熟悉的身影，年轻的咖啡师询问她要点什么，偌雪依旧选了一杯冰滴和一份马卡龙。

对于偌雪所认为熟悉的人，在她印象中只是记忆熟悉，她从来没有主动和咖啡师聊过，对其他的店的店员也一样，除非其他人主动找她。她喜欢这种匠人店员，只专注做咖啡，不问客人隐私，唯一询问的只是客人对于这杯咖啡有何感受和建议。

一口冰滴一小块马卡龙，偌雪认为这是完美的下午茶。戴上无线耳机，偌雪打开手机全息投影寻找着有趣的目的地。出国玩一趟！这是蓝莓味马卡龙吃下去的时候，偌雪突然萌生的想法。有一段时间没有换个环境去走走了。

偌雪在欧洲国家的景点迅速搜索，很快选择了瑞士这个国家。上次去瑞士的时候还是多年前的冬季，去那里玩了滑雪、买了手表，这次夏天去，也能发现新的美景和乐趣。

说走就走是偌雪现在的行事风格。欧洲多数国家对于大友中立国有免签政策。偌雪现在关注的，是能否买上今晚飞往瑞士苏黎世或伯尔尼的机票。看机票的时候，偌雪想到了陆河，不知道他会不会想一起去，姑且给他发一条微信息看看吧。微信息发出后，偌雪又继续看机票和选酒店，并试图找找看有没有当地的留学生导游。

品尝完下午茶，偌雪对咖啡师点了点头，然后就钻进太阳能出租车回她的 CBD 的公寓了。一回到家里，她又查了查天气、温度和路线，不想玩得太自由，也不想做太完整的攻略把自己框住。

陆河回了微信息，说最近酒厂太忙走不开，等她回来陪她在国内走走。偌雪没有勉强他，想着到时候给他带点礼物就好。定好了今天晚上飞往苏黎世的飞机，偌雪开始整理行装。因没有打算待很久，而且正好和国内一样也是夏天，偌雪就没有带太多行李，准备了一套风衣和一套防晒衣，还有一件薄羽绒。

跟爸妈汇报行程以后，不可避免地又收到妈妈的唠叨电话。偌雪一个劲儿地回复是是是好好好，然后挂了电话，把行李放在了门边，吃了自制的简单晚餐，约好机场快线商务车就出发了。

到了机场，偌雪在手机上填好了出境信息，领取了电子登机牌，准备好护照，戴着墨镜，像个女明星一样登上了飞机。

飞机飞行预计 10 小时，长时间的飞行偌雪并不会觉得无聊。彩色电子水墨屏阅读器、无线平板电脑、两本悬疑小说、耳机与颈部按摩器一体化的设备一应俱全，承担了她长时间的空中旅程的陪伴。

坐这趟飞机的人不少，大多数是大友中立国的市民。此时正值暑期，好多家长带着孩子去国外长见识。当然飞机上也有一些外国人。瑞士这个国家讲德语、法语、意大利语等多国语言，幸好有科式翻译器在手，而且已经预约到学生导游，可以放心游行。

被空姐叫醒，将书盖在头上睡着的偌雪突然醒来，吃了两顿餐食，看了半本书，又听了半个多小时的音乐，偌雪的飞机终于要降落在瑞士的这片大地上了。当飞机在下降直至平稳落地期间，好多小朋友都通过窗户看着外面，看着即将夜幕降临的苏黎世，那一片片绿色的美景。偌雪被震憾了，上次来的时候还是白茫茫的一片，这次偌雪决心要大饱眼福。

偌雪下了飞机过了海关，提上行李往外走。一位年轻的女学生已经举着印有“蔡偌雪”的招牌在等她了。一阵寒暄之后，女学生带着偌雪坐上她租来的电动汽车，准备开车前往苏黎世近郊的酒店住下。

“偌雪小姐，这次您是自己一个人来旅行呀。我以前接待的游客，要么是情侣，要么是夫妻带着孩子一起来呢。”

“是啊，我比较喜欢自己独自旅行，习惯了。”

“其实一个人旅行挺好，不用迁就别人，随心而走，拍照和自拍也很方便，是真正的心灵之旅。”

“你的想法和我的一样，看来你也是经常自己旅行。”

“是啊，我本科就来这里读大学了，欧盟成立后，可以到很多国家。刚开始我还喜欢和同学一起去，后来就越来越独立，更喜欢自己出门了，现在都可以当导游了。”

“棒棒的，我读研究生期间也经常跑出来玩。”

一路上偌雪和女学生相谈甚欢，偌雪没有透露自己的职业，而女学生是苏黎世大学的研究生，放假了就在这里兼职导游赚些生活费，已经在瑞士待了好几年了。

偌雪的酒店在一个小城镇里，街道干净整洁，进入城镇的时候天已黑，偌雪看到很多超市和商店已经关门了，这和亚洲的国家不同，隐约只看到一家比萨店还在营业。女学生帮她提行李进了酒店，说还要回学校，明天早上 8 点半会准时来接她，就匆匆回去了。

小酒店没什么客人，酒店房间很干净，阳台外面可以看到宁静的小镇，远处仅有一家饭店依旧有灯火，传来客人零零星星的饮酒声。

为了尽快倒时差，偌雪简单地收拾一下，然后泡了个热水澡，就躺在床上准备睡觉了，睡前给爸妈发了条微信息报了声平安，就立刻进入了梦乡。

新的一天早晨，偌雪刚醒来的瞬间还处于发蒙的状态，以为自己还在大友中立国内，脑子回转过来，才想起来她已经在地球的另一端。今天是个好天气，阳光洒进了阳台，偌雪走到阳台上，看到好几个年轻人骑着山地车出门锻炼了。

好心情是美好一天的开端，偌雪打扮好收拾好，就到一楼的转角餐厅里吃饭。吃饭的人不多，从对话中可辨别有日本人和韩国人，还有中国的广东人，说的是粤语，以前看中国香港电影的时候经常能听到这种好听的语音。

欧洲的饮食基本上是原生态的，没有任何膻味，新鲜的牛奶是偌雪的最爱，水果也带有芳草清香，煎蛋、培根、面包等常见的食物让胃口大增的偌雪也吃了个遍，把昨天的旅途劳顿带来的能量消耗都补了回来。

女学生已经在外面等候了，偌雪吃完早餐回房间带着行李退了房，就开心地跟着女学生去往今天的目的地——卢塞恩了。到卢塞恩小镇时间比较长，偌雪把窗户打开，让地球另一端的风尽情地吹散自己的头发，与瑞士来了个亲密接触。

女学生说自己特别喜欢瑞士，尤其是首都伯尔尼。虽然她打算学成以后回大友中立国内工作，但如果有度假的时间，她还是会来瑞士，在伯尔尼的老城区待上一周，享受慢节奏的慢生活时光。

路上的行程很快，汽车抵达了卢塞恩的车站附近。女学生向她介绍可以去这里的钟表店给自己或家人买块手表，偌雪微笑地以经费不够为由拒绝了。偌雪在这里看到了卡佩尔廊桥，这是一条很长的木结构廊桥，桥的中间有一座用砖块砌成的八角形水塔。这个景点偌雪之前没有来过，于是她跟着女学生的脚步慢慢地走了一圈，看到廊桥顶部画有展现卢塞恩历史风貌的彩画，听了女学生讲解的历史英雄人物故事。

之后，女学生又带偌雪去看了瑞士最有名的雕像狮子纪念碑。偌雪看到一只濒死的狮子静静地躺在石头凹陷处，狮子下面是绿色平静的湖面，旁边还有折断的长矛和瑞士国徽盾牌。

小逛了一圈，为了赶上午餐，女学生还是带偌雪去车站那里吃午餐。卢塞恩的车站很大，二楼的区域是吃饭的地方，偌雪就和女学生一起去享用午餐。偌雪为了方便，就指着餐食跟服务员点了几样，有土豆泥，绿色豆子和小块牛肉。

女学生点了炸鱼排、土豆和米饭。偌雪问她说是不是已经习惯西方的饮食风格了，她说吃了几年就习惯了，但偶尔会自己做菜，做点家乡的味道和同学共享。

偌雪知道亚洲很多发达国家都已经进入新科技 2.0 时代很多年，而欧洲一些国家，比如瑞士，虽然手机和一些公共电子设施用上了最先进的设备，但汽车、火车、房子和家电等都有一定年代了，这里的人能做到怀旧和追求时尚新颖相平衡，而不会一味地顺应时代。

吃完午餐，女学生拉着偌雪登上了上山的列车。这趟开往少女峰的列车是红白相间的颜色，是以瑞士的国旗颜色为标志。上车后每人还发了一本红色的少女峰护照纪念本，偌雪兴奋地打开它，看着本子上列车的行车路线。

列车行驶速度不快，中途有好几站停车，会上来好多年轻人。车窗外是美如画的乡间风景，鲜绿色的草地展现出它们顽强的生命力，给人以视觉上的震撼。山上到处是整齐的木质房子，这时候就是游客展现想象力的时间：两位老夫妻独居山上小屋，喝着咖啡，看着书，还有一条猎狗陪伴，正坐在椅子上享受不被外界打扰的时光。

列车接近山顶，可以看到绿色的草地与白色的雪有很明显的分界线。偌雪没有带单反相机，只能拿出最新款的手机进行拍摄，像素已能达到单反的水平。跟女学生一起拍照，一起录视频，把相册相片同步到网络中，这样也可以让偌雪的爸妈在手机中看到，知道她的动态，当然她也悄悄发了分组可见的微友圈，希望被陆河看到。

列车到达了少女峰顶站。女学生带着偌雪来到了一处站台，偌雪已经装备上了黑墨镜和薄羽绒服。游客都在忙着拍摄身后的雪山。之前来这里滑过雪的偌雪，看到了少女峰另一面的美，冰雪与山峰的结合，再加上那强烈的阳光直射，让偌雪体会到了在冬日里吃巨大冰激凌的气息。

女学生还带她参观了里面的巧克力工厂，其展示厅有着类似于工业企业那样的管道、烟囱、设施等设备，使用墙面等大的比例给游客介绍了巧克力的生产过程。

偌雪毫不犹豫地买了好几大盒的瑞士巧克力，之前来欧洲买的巧克力中，她觉得只有瑞士的巧克力最好吃。偌雪开心地让女学生一起试尝了一口，两个人都满足地对视着笑了。

游玩了几个小时，女学生带着偌雪下山。上山与下山是不同的心情，偌雪把注意力放在了游客身上。来这里旅游的亚洲面孔很多，当地的居民打扮并不时尚，好多的白发老人和年轻人都是穿着单色的外套配牛仔裤，和伦敦那种绅士英伦风的样式截然相反。

回到车站，女学生又带着偌雪在周围附近的商店逛。这里的游客很多，有些是几十人的旅行团，团里面有好多老年人，正在商店和奢侈品店进行大采购。偌雪虽然不热衷于购物，但对逛商店却很喜欢，就好奇地寻找着热闹的人群去各种店转转。

女学生没有跟她一起，而是选择在一家小咖啡馆门口喝咖啡等她，并约好了下午 5 点半见面，然后载她去吃晚饭。时间临近，偌雪远远地朝女学生走来，手里提着几个不大的购物袋，但神情有点严肃。

女学生看到她的表情，好像明白了什么，立即站起来问她是不是遇到什么事情了。偌雪变身成小女孩，委屈地跟她说，她的钱包丢了，在附近找了好久。钱包里面有她兑换的 5000 欧元现金和银行卡，已经在国内用惯了手机支付的偌雪，来这里带着钱包放在口袋里，却稍没留意就丢了钱包。

第十六章
表白

辕泰心里有一点点紧张，父亲简轩和张部长面对面地坐着，而辕泰则是坐在他们旁边的中间位置。为了掩饰紧张，辕泰把背部尽量挺直，两手搭在大腿膝盖处，安静地听着父亲和张部长的对话，尽量少插话。

“张部长，我儿子前两个月入职旅游科技项目开发部，正好碰上你调过来当部长，真是荣幸之至，今天正好趁此机会过来拜访你一下。”

“哪里哪里，辕泰，我还没有入职友联科技集团的时候和你父亲就是很好的同学兼朋友了，倒是简轩你今天怎么突然这么客气。”

“既然我儿子在你手下做事，那你就尽管用他，让他多锻炼锻炼，以后更好地发展。”

“会的，我是非常注重培养年轻人的。我之前找李主管调出部里几位年轻人的电子保密档案，根据他们工作内容和学习能力情况，重点培养他们的业务水平。前段时间，我还让他们几位年轻人过来听专题会议。”

“那很好啊！我这个儿子不知从什么时候开始，就立志要考进友联科技集团，本来他妈一直劝他不要那么辛苦拼命，毕了业回公司做事，一步一步积累就好，他就是不听。还好，功夫不负有心人，他也很争气，顺利考上了。”

“现在的年轻人比我们那会儿压力要大，竞争更加激烈残酷。咱们大学毕业那会儿，毕业人数也多，大家都觉得竞争太大，没想到若干年后竞争已经达到了今天这种程度，像镶泰这样的年轻人能在几年之内考上已经非常不错了。”

“哈哈哈哈，镶泰你看，张部长可是对你赞赏有加啊！”

镶泰略微脸红，向部长表示感谢，并说自己一定会继续好好努力工作，不辜负部长的期望。父亲简轩也欣慰地点点头，然后又继续跟张部长叙叙旧，一会儿聊年轻时候的事情，一会儿聊最近公司的情况。高秘书时不时进来给他们续茶，看了镶泰一眼，眼神中充满笑意并带有一点羡慕。

愉快的聊天以两位成功人士的握手致意结束，张部长送简轩董事长到楼下，镶泰和高秘书也一起下去。戴着白手套和黑墨镜的司机为董事长开了门，然后开着一辆太阳能高级商务车离开了中心大楼。

张部长、镶泰和高秘书一起上楼，镶泰有点尴尬，他们沉默了一会儿，而自己也不知道要说什么话题。最后，倒是高秘书先开了口，提醒张部长下午有个重要的会议要跟其他部门的部长一起开，张部长回复记下了。

回到部长办公室门口，镶泰再次对张部长的关心和照顾表示感谢。而张部长看他的神色有一点点不一样，又很快恢复了自然，微笑地跟年轻人说了声加油，然后回部长室继续看材料了。

下午的时间，辕泰忙着在柜台为中小企业填报材料，而他今天的注意力有点分散，总感觉背后有人在议论他，他预感自己是简轩茶叶股份有限公司董事长的儿子这件事已经传遍了整个旅游科技项目开发部，甚至整个中心大楼。

刚下班，林姐和芊美并没有马上回家，而是在办公室里聊天，其目的是等辕泰在柜台办完事情，然后把他抓进办公室里“质问”，要把他的背景挖得一清二楚。辕泰一进来，林姐就以带有威胁式的微笑对辕泰发起了问题的攻击。

“辕泰你这年轻小伙子，藏得挺深的呀！现在每个工作人员的资料情况都是保密状态，还好今天遇上你父亲亲自过来，不然我们都不知道你是全国最好的茶叶公司的大公子呀！”

“抱歉林姐，我并没有刻意隐瞒，我的人生重要目标就是进入友联科技集团，与父亲的公司与家里没有太大的关系。”

“你这明明可以靠背景，却偏偏要靠实力呀！林姐我就更加佩服你了，你放着家里这么大的公司不去继承，却跑来友联科技集团干吗？”

“我感觉自己并不适合管理家里的公司，我曾和爸妈清楚地表明了我的想法，最后他们被我说服了，并支持我参加了这几年的考试。”

“那你家的公司以后由谁继承？由你那个颜值第一的妹妹吗？”

“连我有个漂亮的妹妹你都知道了……是啊，她聪明伶俐，大学毕业后就一直在公司里的部门锻炼，我相信不久之后她一定能独当一面，管理好家里的公司。”

这回辕泰倒是很冷静地回答着林姐的每一个问题，林姐每问完他一句，都会看一眼芊美。芊美没有插话，仔细听着他们的对话，心里已经有一点灰姑娘爱上王子的感觉，那种爱慕的心情全都写在了脸上。

辕泰趁林姐在思考下一个问题的间隙，借口今天还有事情，然后抓起桌上背包，溜进更衣室换衣服，然后逃出中心大楼了。离开的时候，林姐跟芊美还在说着什么，辕泰从窗户看到了芊美害羞的表情。

骑上新智能共享电动自行车，辕泰又可以自在地边骑车边想事情了。他觉得今天父亲来中心看他，让自己心情有点复杂——开心又紧张，开心的是知道了张部长的一些想法，乐意培养年轻人的思路对自己来说是一个绝好的机会，也许真的遇到贵人了。紧张的是未来又再次充满了未知，不知道自己将面临什么样的挑战。

晚上本来想和鱼之心一起吃饭，不巧赶上她要加班，只能改在下次了。回想到感情问题，自从上次一起看电影吃夜宵之后，辕泰虽然没有牵过鱼之心的手，但相当有把握，可以跟她在一起。

辕泰打算回家自己做点简单的菜吃，到附近小超市买了点新鲜蔬菜和肉类，准备回家用新智能电烤锅烤肉包菜吃。辕泰非常喜欢蘸料吃东西，在冰箱里储存了好几瓶酱料，以备吃火锅或吃烤肉的时候可以蘸着吃。

现在的新智能电烤锅不仅能烤出鲜美多汁的肉，旁边还会搭配一个小型的烟气吸收处理装置，可以将油烟的释放降到最低限度。辕泰一片片地放上了超市里 7 折的牛肉，打算一次性吃完，在新鲜苏子叶上蘸上酱料，加入蒜头切片、一点豆芽，一口下去满满的幸福感。

清酒自然是食物的好搭档，冰镇的口味更佳，镶泰一口口小抿，再次把略带油腻肉类的给中和了，把自己愉快的心情提高到了极点。镶泰前一段时间购买了一台全面墙投影仪，可以以 16K 的清晰度将影片投影在墙壁上。

镶泰一边吃着，一边看着正在播放的综艺节目，明星搞笑的对话和动作引得镶泰哈哈大笑，镶泰突然感慨独居生活就是可以这么丰富多彩。吃完之后，他快速收拾好餐盘，又继续倒了一小杯清酒，瘫坐在懒人沙发上，继续看着综艺节目。可能是酒精的作用，他中间还小憩了一会儿，然后突然精神地醒来，关掉投影，看着手机播放的新闻。

鱼之心给他发了微信息，告诉他自己才刚下班，晚上只吃了点外卖，然后又继续工作到了这时候，现在正在回家的路上。镶泰炫耀式地跟她说自己已经酒足饭饱，还睡了一小会儿，这会儿正在跷脚看手机。

鱼之心赌气似的说了声不公平，要周末的时候镶泰跟她好好吃顿好的补偿掉加班的不愉快。镶泰当然说好，随即用手机调出微视频软件，刷着最近年轻人推荐津源市中心新开的店或好玩的地方。

镶泰接下来上班这几天发现，上班的时候总有人过来看一下他或在背后议论他，这跟他刚来单位的时候状况差不多。看来林姐已经把父亲的事传开了。镶泰不得不接受大家都已经知道的这个事实，而自己不想继承家里公司这个想法可能很多人都在猜测。

亚衡过来找芊美的时候，更有危机感了。他更多的时候都还是在表现自己，力求在其他方面能比辕泰优越。高秘书对辕泰的态度就更加好了，以前是惺惺相惜，互相谦让，现在都略微有点恭敬，毕竟是大公司的公子，进可攻退可守，如果能踏实工作一步一步往上走自然是很好，就算以后离开友联科技集团，也有家里的事业在等着他。

辕泰因为最近谈论他的人很多，所以行事就更加低调了。在柜台工作的间隙，也都是在柜台上喝水看材料，很少离开座位回办公室或到其他部门去交流工作上的事情。林姐发现了这点，还半开玩笑地喊他简公子要多出来走走、透透气。辕泰只能背对着她，请求不要再开他玩笑了。

其实辕泰对其他人倒是不在意，毕竟头条消息的热度会过去的，大家也就是对他的家庭背景十分好奇，随着时间的推移会转移注意力。唯一让辕泰担忧的是芊美的状态，她比以前更加喜欢他一点了，每天都会用更嗲的语气和他说话，关心的话语也多了起来，还有几次给他端来她花了好长时间特制的花茶。

周五的早晨，旅游科技项目开发部第二副部长通知王主管集团委派景区科技开发研究室去津源市的一个在建科技项目查看进度，然后顺道拐去隔壁津州市一个科技项目参观学习，晚上在那里住一晚，第二天是周末正好回来。王主管接到通知后，决定让辕泰和芊美一起跟着去。

中午 1 点，王主管带着他俩从中心大楼出发了，上了中心派出的工作用车，直接开往津源市的新宇街区察看一个科技展示馆加岸边景区多功能栈道的建设情况。这个项目已经开工了一段时间，与友联科技集团合作的施工公司管理人员每天都会在这里指导和跟进项目进度，王主管此行的目的就是进一步指导和督促他们，要按时保质保量完成项目。

刚到目的地，施工公司的管理人员已经在大门口等候着他们。在他们的介绍和带领下，王主管一行沿着项目用地绕了一圈。辕泰则是打开手机全息投影，罗列出项目所有的细节，随时拍摄进展并附上文字情况。

这个项目已经用上了连接网络的自动挖掘机，一位工作人员在旁边的遮阳伞下用电脑输入指令，然后用类似游戏操作遥感的方式操作着机器工作。芊美很好奇，在他的旁边观察，工作人员把如何操作简单地演示了一遍，提起、放下、来回挖掘、勾起等动作一气呵成。

岸边景区多功能栈道已基本建设完成，王主管一行在走的时候发现少部分木头有一点松动的迹象。为保证游客的安全，王主管让辕泰把情况写在报告里，督促施工人员一定要对所有的栈道阶梯进行全面的固定，确保不疏漏。

科技展示馆也建好了，展厅用全息投影的方式给游客展示新宇街区早年出土的一些文物，还有历史英雄人物和百年前渔民如何对抗天灾的英勇事迹。这里以海产品为生，好多市民世代捕鱼，养成了坚韧不拔的性格。

进入新科技 2.0 时代，工程项目的机器已经逐渐取代人工作业，更快更好地完成工作任务，减少安全风险。这个项目是友联科技集团旅游科技项目开发部重点关注开发与合作的项目，在辕泰还没入职前，王主管和林姐已经来过很多次，对施工的进度较为满意。

辕泰很细心，他边走边看边学习，在来之前他已经看过项目的设计施工图，将科技展馆的布局、馆外的绿地和配套的科技休闲设施、多功能栈道的长度等细节都记了下来。跟工作人员交流的过程中，不像单纯的指导，而是学习加讨论。

最后，王主管和辕泰他们又发现了几个小问题，当场指出并记录在报告上，管理人员立即将情况发送至施工人员的微信息群中，还给一台自动固定机器人输入指令，让它对馆外设施的每一处连接的螺丝进行再加固。

告别了施工公司，一行三人又驱车直达津源市中心车站，准备到下一个目的地津州市。对于友联科技集团的工作人员来说，近几年“友联科技中央控制系统”中的出差功能不断更新完善，已经不需要出差时先自费后报销这道手续。当出差时，会提前在出差系统上填报出差的时间、地点、路线等相关情况。当他们乘列车或飞机、打的、住酒店的时候，在付款的时候刷自己的身份ID，出差系统就会自动连上支付终端，用友联科技集团的经费直接转账，既方便快捷，又能实时控制掌握出差人员的经费使用。

在区际列车上，王主管拿着手机对着电子材料很认真地看着，完全没有在意窗外的风景。芊美很兴奋，跟辕泰聊着津州市的发展情况。辕泰对那里不太熟悉，听得很入神，让芊美很有成就感。

到达目的地“武道之山”景区，津州市友联科技集团旅游科技项目开发部的周副主管已经在那里等候。他和王主管是老友，以前业务来往频繁，而这次是王主管过来向他取经，周副主管笑脸相迎，带着大家准备坐观览车上山。

周副主管介绍说，这座山几十年前有几个武学家在这里练武，后来娶妻生子并在山上安家，成立了几家武学馆。他们各自练好自家武道，吸引了很多武学爱好者过来拜访，又形成了各自的流派和武道精神。

后来除了来学习的武道爱好者，还有很多游客过来登山，为吸引更多的人了解东方武道精神，也为了让更多山下的市民有工作，津州市的友联科技集团决定将这里开发为武道之山科技景区，给每个武学馆增加武道科技展览馆和商店，卖科技纪念品和武道图书，建设馆外的多功能科技打擂台，让武道家的弟子展示自家绝学，让更多的人体验当地的武道。

芊美在车上不停地往两侧看，坐观览车的大部分是游客，而徒步上山的有些是年轻的弟子，有些是登山爱好者，还有很小的小朋友穿着武道服，跟着年轻师傅一起蹲跳上山，汗流浃背的，但特别磨炼意志力。

周副主管带着他们在半山腰的“精进的武门”武学馆门口停下。武学馆只有馆内的人可以进去，与外界隔开，减少外人的打扰。每个武学馆外分别建了展览模型，还有全息屏幕投影显示，游客可以在外面近距离看馆里的布局和介绍。

这里景区的科技开发方面做得很好，王主管连连称赞周副主管他们的工作能力。周副主管谦虚地回应说是他们旅游科技项目开发部的部长和副部长们决策精准到位。

辕泰和芊美分别在外面参观，他们看到从道馆出来的武学家，大多留着胡子，精气神跟现代坐办公室的人很不一样，即使宽大的武道服也难遮掩他们一身的肌肉。见到小朋友的围观他们都露出微笑，用满是青筋的手抚摸小朋友的头，用武道的精神感染着大家。

武道科技展览馆旁边还有几家特色商店，穿着武道服的玩偶还有道馆招牌的纪念品丰富多彩，而且价格不贵。芊美买了一个钥匙扣挂饰，以作纪念。辕泰则是和一位武道家来了一个亲切的自拍合照。

周副主管又带着他们三人参观了其他几家武学馆，正好还碰上一家武学馆弟子展示自家的武学，劈木头和连续出拳引得台下观众的阵阵喝彩，芊美开玩笑说辕泰可以上去比试看看，辕泰说他不懂武学，王主管和周副主管都哈哈大笑，怕辕泰上去了就下不来了。

参观完了“武道之山”景区，王主管代表津源市旅游科技项目开发部对周副主管表示感谢。简单告别之后，一行三人就到了在津州市中心预订的酒店，放下随身的材料和背包，休整一下，准备6点一起在附近的小餐馆吃晚饭。

王主管选择了一家便宜又实惠的小店，店里的招牌写着街区百年传承老店，王主管说来津州市出差经常在这里吃饭。丰富的鱼肉丸、牛肉丸、年糕放在新鲜滚烫的浓汤里，和中国的火锅很类似，再配上有几片蔬菜的酱料拌面，店家还会免费提供苏打饮料，三人吃得满口冒热气，直呼舒服。

辕泰隐约感觉到，王主管有意在撮合他和芊美，虽然他在工作中能做到严肃和微笑来回切换，但辕泰判断他不太爱问工作以外的事情，而林姐每天利用休息时间在办公室里提到他和芊美，就算再不问世事，王主管也能略知一二。

王主管吃饭很快，他来吃饭前已经换上了运动套装，说吃完饭后准备散步到附近公园消化一下，要绕公园跑几圈，年轻人就自行安排吧。芊美眯着眼睛对王主管叮嘱要注意安全，就转头问镶泰有没有地方想去，镶泰说都可以，工作以外的时间跟着她走就好，芊美立马拿出手机查看附近有什么好玩的地方。

芊美带着镶泰，走进了“欢饮一条街”，这里全是酒吧和烧烤店，还没走进这条街道就能闻到啤酒和烤肉混合的味道。芊美和镶泰在街上走着，看到年轻人穿着清凉，有一个摊位还玩起了泼酒的游戏。芊美看到他们，在人群中喊了一声并哼着小曲手舞足蹈起来，镶泰吓了一跳，他很惊诧芊美也有这么嗨的一面。

芊美问镶泰要不要喝一杯，镶泰说毕竟是在外地，还是不要喝酒的好，喝点饮料就行。他们走进了一家装修风格像酒吧，其实是卖碳酸饮料的饮吧。灯光很暗，霓虹灯旋转闪烁，老板娘穿着花纹沙滩衬衫，头戴红色头巾，招呼着芊美他们。

芊美点了一杯低酒精度的莫吉托，镶泰则是喝柠檬可乐，两人喝着饮料配着酱汁烤生蚝，芊美直呼这才是夜生活，工作的时候太过紧绷，夜晚的时候需要某种力量来让自己彻底放松。镶泰说自己也想像芊美这样用肢体语言来释放自己，但一直做不到。

喝完走出店门，芊美举起双手向热闹的人群中大喊，说镶泰不用在意，没人会注意自己，下班了就要做真实的自己。镶泰笑笑没有这么做。芊美此时是微醺状态，趁着时机成熟，将手握住镶泰的手，想跟他一起振臂呼喊。镶泰愣了一下，然后用轻微的力量悄悄挣脱开芊美纤细的手，小声地说了声对不起，眼睛也不敢看此刻脸红通通的芊美。

“镣泰，你难道没有感受到我对你的感觉吗？你一直在逃避跟我接触。”

“对不起芊美，我不想发展办公室恋情。而且……我现在已经有喜欢的人了，对不起。”

“你不是说你没有女朋友吗？怎么在我问你之后，你就有喜欢的对象了。”

“你不是也说你不打算结婚吗？怎么会想和我在一起呢？”

“女生说的话，下一秒就变了嘛！我对你是有感觉的，找机会跟你表达，但你挣脱了我的手，又跟我说对不起，我明白了。”

“其实我也能感觉到，但我不想耽误你，而且亚衡……”

“不要提他啦，他的性格、他的为人我是不太喜欢，任凭他怎么表现自己，依旧不是我喜欢的类型。”

“好吧，我对他印象倒还挺好。看来男生和女生看待别人的角度还是不同的。”

“那……今天的事就这么过去了。我们还能做同事吧？”

“那是当然，我们一直是要好的同事。”

“唉，今天终于说出来了，虽然不是想要的结果，但感觉松了一口气，谢谢你。”

“没事，我们再走走吧，聊聊其他话题。”

“那就跟我说说你喜欢的那个人的情况吧，有我漂亮、有我优秀吗？对了，有比你妹妹漂亮吧？”

“这个保密，恕我无法跟你透露。”

“你这个人，私底下还有不正经的一面，哼！”

经历了一点点小波澜，两个人又回归了往常。芊美带着镣泰走到了街的另一头，准备绕回酒店。山区的温度果然比沿海要凉快一些，夏天的风吹在身上甚至会感觉有一丝的凉意，辕泰问芊美会不会冷，想用手搭住她的肩膀，但理智战胜了感性，他尽量走在芊美的侧前方，帮她遮挡一点凉风。

回程的路上就比较冷清了，一片低层住宅区，还有零散的电线和略显破旧的房子，灯光也昏暗，黑猫躲在角落里偷偷注视着他们。经过了刚才的对话，芊美的情绪低落下来，辕泰也不知道怎么安慰她，就这样走在她的斜前方，然后偷偷看着她有没有跟上。

到酒店，两人各自就回房间休息了。辕泰早些时候收到了鱼之心的微信息，只是因为在和芊美散步，所以不方便及时回复她。此时他顾不上洗澡，穿着湿了又干的衣服，慵懒地躺在房间的沙发上，跟鱼之心聊天。

鱼之心把今天工作的情况和巨大压力一五一十地跟辕泰倾诉：公司领导精力旺盛，要求员工务必须加班加点完成任务；老同事做事不积极，就只知道指挥其他人做事；工资虽然有涨，但是涨得不多；等等。

辕泰看着她一句句打字，连发很多条，而辕泰只是回复安慰性的话语，他知道没办法教她怎么应对这些事情，作为年轻人只能默默接受，或静静消化，这是他的观念，但不敢强加在鱼之心身上。

向辕泰倒了很多苦水后，鱼之心在微信息里说心情舒畅了许多，辕泰也很开心，在每条回复里都增加了一个表情笑脸，以表对她的关心。互道晚安之后，辕泰赶紧去洗澡，然后赶紧休息，怕明天没办法早起。

8点辕泰刚到酒店的餐厅准备用早餐，王主管已经吃了一大半，他说他早早就起来了，已经去酒店后面的小山走了一圈，抓紧呼吸山里的新鲜空气。芊美精神状态不错，看上去已经摆脱了昨天的小阴影，但辕泰有一丝感觉，她应该在掩饰自己，假装坚强。

王主管倒是没多问，先吃完早餐就回房间准备退房。辕泰吃得比较快，芊美还劝他慢慢吃，给他剥了颗鸡蛋。这里的早餐是自助式的，价格很便宜，8点半的时候已经人满为患了，看来出门选择住在这里的游客居多，好多中年人还背着背包，看来一吃完早餐就准备启程。

睡足饭饱，三个人整理好行装就出发到津州市中心车站了。列车开动，王主管戴着无线耳机听着老歌，芊美没有像来的时候有那么多的话，而是打开一个彩色电子水墨屏设备，看起了电子书。辕泰感觉昨天睡眠还行，也拿出手机看看新闻和微视频，了解一下周末有没有哪里可以去玩。

“什么？”王主管以中度的声调大喊一声，让正看手机的辕泰惊了一下，芊美也转过头来看王主管。王主管挂完电话以后，立刻站起来走到辕泰和芊美的座位旁，严肃地对他们说，津源市中心友联科技集团开发的景区娱乐设施出了故障，导致游客乘坐的过山车停在了半空中，现场秩序混乱。相关部门均已出动，包括旅游科技项目开发部的工作人员，待会儿一下车，大家直接赶往景区。

第十七章

期末

胖狗拿着手机，手略微有点颤抖，但理智告诉他，至少要跟七哥说点什么，自己才会安心。现在如果贸然冲进小白宿舍质问他，万一碰到什么问题，还可能一发不可收拾。胖狗很快就拨通了七哥的电话。

“喂七哥，你现在在哪里？有没有回学校公寓？”

“没有啊，我好久没有回去了，一直住在学馆这里，怎么了，有什么事吗？”

“呃……茉莉没跟你在一起吗？”

“没有，今天晚上是我一个人在外面吃饭，目前都还没联系她。”

“呃……要不要我们几个叫上小白一起出来吃点儿……夜宵吧？”

“不了不了，我晚上吃得挺饱的，我们没有你那么大的食量，你饿的话自己叫外卖吃吧。”

“噢……好吧。”

胖狗挂完电话，也一直没办法把想说的话说出来，他不知道要怎么开口。他现在不敢去小白的房间，在角落处等了一会儿，然后回自己的宿舍去了。回去的路上，他的脑子里一直有无数种情况的猜测，就是猜不透事情到底是怎样发生的。

七哥今晚在宿舍就没看书，双手双脚展开横躺在正好与他身高同宽度的房间里，大腿以下露在外面地板上，想到问候一下茉莉，就给她发微信息。

茉莉过了一段时间才给他回信息，七哥跟她汇报了一下今天的考试情况和玩游戏放松差点遇险的事，茉莉只是简单说了下以后要注意安全，然后说今天很困要提早睡觉了，明天早上她还有课。七哥想到快期末考试了，又拿起专业书的笔记，利用睡前的时间多看一会儿。

这周的周四和周五有好几门专业课要考试，突击复习的同学非常多。图书馆的自习室除了已预订自习考研同学的座位外，其他座位基本爆满了。早上9点以后同学点开“图书馆座位系统”，里面所有的座位都是红点显示，即都有人在该位子上了。

胖狗平时专业课学得不太认真，现在拼命在座位上复习着上课笔记记的内容。小白一如既往的沉稳，为确保考试不挂科，他最近也把复习的重点稍微转移到期末的专业课考试上，毕竟大多数科目的考试内容和友联科技集团选拔考试是不同的。

周一的傍晚，他们四人约好一起在食堂吃饭，交流一下期末考试的情报。茉莉表示和他们三人不是一个专业的，她要专心吃饭。胖狗则是一直在注意小白和茉莉的眼神儿，茉莉虽没怎么说话，但活泼开朗的状态又回来了，就像昨天什么事也没发生过一样。

小白说话速度不快，跟胖狗叙述大概哪些考点会考到。胖狗盯着他眼睛看，其实什么都没有听进去，而是希望能看出小白昨天发生了什么事情，小白说着话，在和胖狗间歇性对视的几秒间，小白好像是能看透对方心思的人，把胖狗的心里所想猜得一清二楚。

七哥也把自己复习的重点告诉大家，并分享出自己的笔记，他有时下了课会跟专业老师请教讨论问题，并凭借自己学习成绩的优势，得到了老师透露的一些考题信息，在笔记中做了备注，及时给大家参考。

吃完和聊完，小白和胖狗依旧先行离开，赶回图书馆自习室学习。他们刚一走，茉莉想对七哥说什么又欲言又止，最后她说她也得回自习室看书了，最近的期末考试扎堆，不赶紧复习的话考试万一挂科就不好办了。

七哥送着茉莉往图书馆方向走，路上遇到几位大四的学长学姐跟他打招呼，在他的印象中这几位学长学姐都没有考上友联科技集团或研究生，一毕业就要进中小型的化工科技企业，其工作地点在远离津源市中心的地方，在最北部的高新技术科技研究园区那里上班。

七哥跟茉莉开玩笑说如果考不上，那大四的时候也努力去应聘中小型企业了，茉莉从他后面打了一下他的头，说不要老是开这种玩笑，这次考不上的话也要继续考，不然不让他走出源东街区。

有时候七哥觉得自己挺幸福的，能有茉莉这种性格外貌都很好的女朋友陪在身边，爱情中夹杂亲情的味道，这让七哥的依恋感越来越强烈。

周四和周五的专业课期末考试两个上午就要考完，早上9点同学们按照电脑随机排列的座位顺序坐好，等待发卷。现在全国高校基本上安装了“超高清电子眼捕捉摄像系统”，先进程度已经赶上国内大型考试配备的系统，像监考并不十分严格的期末考试，想作弊是难上加难。

每年国内也有少部分考生挑战躲避这套系统的法眼，最后都一一败下阵来，或被处分或被开除。七哥和小白自然很认真在准备，胖狗则是心有点虚，但有两位兄弟的复习助攻，他自认为通过考试应该问题不大。

考试开始，同学们都齐刷刷地奋笔疾书，快速地看题做题。像这种专业课期末考试，如果连突击复习准备的时间都没有，就只能在考场上干瞪眼，不会做再怎么猜也很难做对。现在的就业形势让很多学生有危机感，很多就业考试开始跟挂科挂钩，这就要求大学生们在大学期间尽量不能挂科，否则将与很多好工作无缘。

七哥的位置在后排，写到一半的时候，他扫了一眼前排的同学，大部分同学都把卷子都写的满满的。胖狗在最前排的第一桌，他写写停停，用笔托着下巴思考一会儿，然后又继续写，估计他就算遇到不会的题目也要把它填满。

监考老师是张教授，他和蔼可亲地来回走在座位中间的通道上，然后再回到讲台处，坐下来喝点儿茶，注视着同学们。时间还没到，一些同学开始陆陆续续交卷了。七哥也写好了，在写完卷子后的一瞬间，他感觉人生的一项任务在完成，而达到目的前的每一项任务都是辛苦的付出，都有它的意义。

走出教室，一些同学在讨论答案，胖狗过来找七哥聊，七哥跟他说题目类型大部分都在笔记里面，胖狗只要认真看过就肯定没问题。胖狗有点尴尬，说看得不太认真，不太自信地说应该能考过吧。七哥安慰他说已经考完了，就把手搭在他的肩上一起去吃饭了。

两个早上的考试一结束，七哥收到一条学校系统的微信息，说他的友联科技集团报名信息已经通过学校审核，提交报考部门后近期会出报名结果。这些都在七哥意料之中，他松了口气，告诉自己又前进了一步，然后又投入复习中。

下午，七哥跑到图书馆自习室与茉莉一起学习。茉莉正好也把这周的专业课考完了，跟七哥抱怨说太累了，长了好几颗痘痘，涂了一点药，希望明天就能消下去。七哥说即使她满脸是痘也是美女，茉莉听了拿起书就要往他身上砸。七哥赶紧抱住书，怕声响影响到周围的同学。

写到一半，茉莉说下周两科期末考考完，她要回家休息一段时间，问七哥要不要去她家玩。七哥犹豫了一下说到时候再看看吧，最近一直有模拟考试，他想每次考试都能得到高分。茉莉噘了一下嘴，说了声随你便，就继续埋头看书了。

晚上吃完饭，七哥与茉莉在图书馆告别后，就回到学馆学习了。七哥想到临近放假，多数考生是考完试进入放松状态，自己则应该更有动力，利用别人停滞不前的时候悄然超越他们。因为期末考试，七哥错过了几节培训班课程，所以他从网络上下载下来课程，然后在房间里独自看着学习。

这里的房间隔音效果很差，隔壁似乎传来了一定节奏的动作声，七哥印象中隔壁住的是大他好几岁的学长，带过女朋友出入这里。七哥突然想起茉莉也来过这里，那声音也有可能传到隔壁，想到此事七哥脸上出现一阵红晕。

晚上学习结束已是12点多了，七哥感觉现在肚子的状态是介于饿与饱之间。他走出房间，从走廊窗户望向外面，源东街区的另一侧，夜间饮食店已经聚集了很多人，而街道上一个个从学馆里走出来的考生，应该跟自己一样复习到现在。大家终归是凡人，刻苦学习是压着自己的个性在学的，只有到了夜幕降临时，大家才会展现自己真实的本性，去追寻可口的食物。

七哥的饿意战胜了睡意，下楼随着人流前行。考生们大多穿着背心拖鞋，拿着手机嘴里哼着小曲，有的手上还拿着小瓶提神的功能性饮料，吃完夜宵后还可以接着再战好几个小时，复习决战到天亮。七哥找到一家小餐吧，点了几串内脏烧烤和蔬菜夹肉串，喝了一大杯啤酒，享受着人间美味。

周六早晨的生物钟如期而至，七哥醒来的第一件事就是打开手机查成绩。哟，这次考得还不错！七哥这次名次有所提前，分数是498分，全国排名第29位，考试的合格率提高到了76%。看完自己的成绩后，七哥继续往上翻，很快小白的名字再次出现，他的分数是506分，全国排名第13位，考试的合格率下降到了83%，但依旧比七哥高。

七哥没有让自己兴奋太久，知道自己跟小白还有差距，就立即起身洗漱然后学习去了。七哥这次大友国论成绩提高了一些，这是他有针对性复习的结果。而英语成绩有所退步，他觉得自己的词汇量和阅读量还不够，导致成绩不太稳定。

早晨背单词日复一日地坚持，单词本上画红线的地方越来越多，七哥感觉自己可以把整本英语重点词汇都背下来了。由于昨晚吃了夜宵，因而今早七哥不敢吃太多的早餐，怕会影响一天的精神状态。

临近暑假，来学馆预定学习房间的人数又迎来了新一波小高峰。学馆店主为了增加生意，硬生生地在每排的过道又增加了一个座位，这样可以吸引新来的考生来学习，进而导致经过过道的时候大家要比平时更加小心，只要身体稍微左右晃动就很容易碰到旁边的桌子，影响到大家。

经过两轮的模拟考，七哥对考试已经有了个比较清晰的概念，拿着一些纸质的模拟卷子来做的话已经有种熟悉的考试感觉，就像高中时期做题做到了炉火纯青的地步。当然，想要通过友联科技集团选拔考试还得再付出更多的努力，毕竟本地区还是有很多学霸型考生在和自己竞争。

上午和下午都是高强度的学习，七哥以饱满的状态把数学和专业课程的知识点过了一遍，还各做了一套模拟题。在对答案的时候还算比较满意，失分很少，两个科目在七哥心中已经是基本没有失误了。

茉莉在傍晚的时候给他发了一条微信息，说她前面几科的专业课成绩都通过了。七哥很替她高兴，主动问她明天早上要不要去哪里逛逛，她回复说等下周吧，两个人都想把期末考试的事情忙完，再考虑别的事情。

胖狗后来也发了一条微信息，说小白发烧了，在宿舍休息，问他晚上要不要一起去看看他，七哥说好，吃完饭就过去。

晚上的宿舍开始冷清起来，大四的毕业生基本离校了，而部分大一和大二的学生要么考完试已经回家了，要么还在图书馆自习室突击备考期末剩余的科目，学生经过宿舍的时候，宿舍管理员阿姨都会问一句说还没放假呀。

七哥和胖狗到了小白宿舍，看到他有点虚弱地躺在床上，头上贴着快速退热贴，状态低靡。胖狗坐在他旁边，用手摸了一下小白的头，然后摸了摸自己的头，对比了一下，说感觉是挺烧的，七哥也坐了下来，两个人挺担心他的身体。

“小白，你可要挺住啊，咱们可都是学院足球运动员，身体素质可比天天打游戏的人强多啦！”

“是啊小白，你可要早点儿恢复过来，友联科技集团选拔考试很快就要笔试了，你可不能倒下了。”

“我知道，谢谢你们关心啦。可能是我这几天着凉了，今天突然感觉很不舒服，测了一下体温 38.3℃，于是我就赶紧回宿舍休息了，本来还想去学习的呢。”

“你还去学习？你可别壮烈牺牲了啊。你和七哥是咱们专业最有希望考上的，我以后吹牛的对象，就指望你们两个了。”

“没那么好考上的，我也是一直在努力，这次咱们专业可以考的科技设备质量检验部只招两个人，要考上的概率太小了。”

“反正你们俩都是津源大学本专业最有希望考上的，我一直相信这一点。虽然现在女生比男生会考试，但咱们专业这几年招的本科女生太少了，你们就更加没问题了。”

“你这吹牛的本事还是用到以后做生意吧，别把我和小白说得那么牛。”

七哥对小白的成绩心知肚明，七哥心里也知道小白和自己一样，对外低调谦逊，从不夸耀自己。小白相比他而言更是深藏不露。七哥没有提模考的事情，只是看着小白，期待着下次考试能超过他。

小白生病的消息被胖狗宣传了一番，又有同班的几个同学过来看他。小白不好意思地跟大家说自己没什么事，休息一下吃点退烧药，明天就会好的，大家也都嘱咐他好好休息。

这时候，辅导员也来到宿舍，问他们几个暑期是否要住在学生公寓，如果是，记得在放假之前在系统上填报，学校会在放假前清点好人数以便统计管理。辅导员关心了小白后，也坐了下来，和七哥、胖狗聊了一会儿。

辅导员说他是硕士毕业，当年经历了残酷的研究生考试。他是气象工程专业的，没有像其他硕士的同学继续深造，而是选择留在学校里当辅导员，想着以后有机会转学校的行政岗做行政的工作。

胖狗说留在学校里很不错，每年都能见到一批批年轻的美女入校，且永远不会过时。辅导员微微一笑，没再接茬儿。辅导员说他前几年考研前的暑假都没有回家，在学校疯狂复习了两个月。做辅导员以后的几年，看到一批批考生考上研究生或大型企业，仿佛看到了自己的影子，每个人拼死读书的时间总会过去，回过头看的话心里都是挺感触的，当年吃的苦其实都不算什么。胖狗好奇辅导员的个人经历，一个劲儿问辅导员的感情状况。

辅导员说大学期间曾谈了个女朋友，后来她出国深造就不回来了。分手后他现在工作稳定了，也在学校旁边的住宿区买了一套房，和学校里的一位年轻教师正谈着恋爱。胖狗问说是哪个老师，长得漂亮吗。辅导员打趣说，没有七哥的女友漂亮。七哥不好意思地摇摇头。

聊着聊着，时间过得很快，小白边大口喝水边听着大家聊天，大家都把他生病应该早休息的事情给忘了。三个人道别之后，辅导员回自己的房间了。看着七哥回学馆的背影，胖狗本来想单独喊他跟他问些什么，想想还是算了，毕竟当事人感觉什么事都没发生过，问了能怎样呢。

周末到周三很快过去，茉莉期末考的所有科目都考完了，七哥他们也把最后的一科专业课给拿下了。周三晚上，茉莉跟七哥说第二天她要回家一趟，她们家搬到了 CBD 附近的“津品一筑”的公寓，邀请他一起过去坐坐。七哥答应她，明天早上跟着她一起过去。

周四一大早，七哥起床后比平时细致百倍地打扮自己，刮干净胡子，修剪一下鼻毛，抹上茉莉送他的高档护肤洗面一体液，拿出自认为最好看的短袖 POLO 衫，配上深色裤子和棕色皮鞋。他整理好自己刚走出房间，隔壁出来的考生都给吓了一大跳，以为七哥已经考上友联科技集团，准备去相亲了。

茉莉见到他这样的打扮也吓了一跳，说他怎么打扮得这么精神，她爸妈都去上班了，回家估计就他们两人。七哥说她爸妈随时有可能回来，虽然以前一直没见过，但如果今天正好见到了，可不能给茉莉爸妈留下不好的印象。

茉莉说听起来有点道理，然后一副大姐大的样子，带上七哥乘坐太阳能出租车出发了。汽车开进了她家住宅的区域，七哥小心翼翼地跟着茉莉进了电梯，直奔她家的楼层。一进她家门，他就被面前奢华的布置惊呆了。这简直就是轻奢风的杰作啊！七哥看到她家家具不多，只有白色、黑色和原木色三种颜色。无论是壁柜，还是桌椅，还是家电设备，都是四四方方，整整齐齐，没有一丝的多余。

客厅和餐厅都几乎没有摆放小东西。客厅与餐厅之间有一面柜子，茉莉打开它们，里面的必备品都摆放得整整齐齐，随时可以轻易找到取用。她爸妈的床是可以隐藏在地板下的，需要睡觉的时候再从地面升起来。

房间里有一台先进的“新智能吸脱洗一体机”，这机器是茉莉买的，能接近代替人工完成全屋的卫生工作。七哥参观了一圈，感觉用低调奢华这四个字形容一点儿都不为过。坐在沙发上，茉莉还拿出自家收藏的好茶叶包，泡了一包花香四溢的茶汤给七哥品尝，又拿出几块进口的糕点，七哥真想立马搬进来，觉得当一个上门女婿也很幸福。

茉莉说这套房子是她爸妈找了很久才决定买下这里的，这里环境不错，去其他地方交通便捷。而她爸妈过着做减法的人生，到了快退休的年纪，就想简单地生活，除去周边繁杂的事物。七哥说这个理念好，他说茉莉也知道，他老家房子小，里面有很多东西久久不用还摆在那里，看着很不协调但又舍不得扔，和茉莉家真的是天壤之别。

茉莉岔开话题，跟他聊了聊装修的事，聊了聊爸妈工作的事，然后听到“嘀”的一声，原来是茉莉妈妈回来了。七哥早有准备，站起来跟她说了声阿姨好，茉莉跟妈妈介绍七哥，妈妈看了七哥说年轻人就是精神，然后也坐下来和七哥、茉莉聊了起来。

“你跟茉莉谈恋爱有段时间啦，阿姨一直没有见过你，只是在照片上看过你，看你真人比照片帅，哈哈。”

“您过奖了阿姨，我就普通的长相。”

“听说你最近一直在准备友联科技集团选拔考试，很辛苦吧？”

“还行还行，学习一段时间就适应了。毕竟一生也就这个时候是最关键的，一定要拿出全力备考。”

“阿姨年轻的时候友联科技集团选拔考试就很热门啦，很多人竞争一个岗位，看来高科技大型民营企业几十年来都没有降温的趋势，友联科技集团工作人员一直是热门的职业选择。”

“是啊，今年我的专业只能报考科技设备质量检验部，这个部门只招两个人，压力很大。”

“现在年轻人抗压能力比我们当年强，年轻人其实不要给自己那么大的压力。阿姨是很开明的，房子车子在阿姨那个年代是结婚必需品，现在茉莉这代，结婚时只要一方有一套房子就行，物质方面不会看得那么重，阿姨在这方面看得很开的，哈哈。”

七哥从话语中了解到阿姨应该知道自己的家庭情况，既然阿姨这么说，可以看出她其实并不介意七哥的家庭条件，他们一家过得很好，女儿自由恋爱自由结婚，不干涉不纠结。他们的观念是一切由茉莉自主决定，幸福是取决于两人的价值观和精神状态。

转眼间聊得太投机忘了时间，错过了茉莉妈妈做菜的时间。妈妈掏出手机，点了公寓大楼旁边的一个高级酒菜外卖店，很快就送了上来。茉莉当即地吃起来，妈妈一直招呼七哥吃饭，七哥也细细品尝起来。

吃完饭，喝完茶，茉莉妈妈去房间午休了，七哥和茉莉告了别，准备回学馆学习去了。走之前，茉莉还小声对七哥说表现不错嘛，七哥笑着回答说那是当然，可得跟上茉莉的档次，不能相差太远呢。

七哥下了楼，又在公寓楼周边的花园里逛了逛。高档公寓住宅就是不一样，花花草草都被修剪得整齐好看，还有胖子机器人拿着工具在修剪树枝。喷水系统很先进，随时能满足绿植的水分供给。休息区的座位也很高级，遮阳顶棚还有冷气功能，能让散步的住户感受凉爽。

七哥之所以会绕这里一圈，其实是在激励自己，想要过上好生活必然要付出更多的努力。茉莉从自家房间的窗台看到七哥，朝他大喊赶快回去吧，七哥抬头对着阳光和她，用致意的手势回复她表示遵命。

一出小区，七哥没有选择太阳能出租车，而是开锁了一辆新智能共享电动自行车，确定好电量，一路骑行回去。津源市这几十年发展十分迅速，在被时代定义为新科技 2.0 时代的黄金期，未来发展必将更加迅猛，从小在南部街区长大的七哥，以后在这里工作和生活是最好的选择，这里拥有他梦寐以求的一切。

回到学馆，七哥躺下休息了一会儿，下午又准备开始学习了。胖狗中午微信息和他们说他要回家一趟，不知道什么时候再回校，希望他们有时间可以过去他家玩玩。其他三人都回复说好，胖狗回了一句说他们敷衍，其实心里肯定他们是不会去的。

下午，七哥的学习状态没那么好，有点走神儿，看书的时候时不时地想着其他事情。有未来工作上的事、和茉莉的事，也还有家里的事情。最近忙于学习，很少关心妈妈和妹妹了，妹妹也快要中考了，而今年他只能在学校，电话里祝福妹妹考出好成绩。

思绪被一声手机的信息声音打断。七哥打开手机，新闻弹出津源市友联科技集团选拔考试资格已全部审核完成。七哥赶紧打开系统，输入自己的用户名和密码进入界面，看到自己的审核状态显示已通过。

他往下点开科技设备质量检验部的报考人员情况，一行数据醒目地显示着：科技设备质量检验部，招考人数 2 人，报考人数 431 人，审核通过 377 人。看到审核通过人数数量，七哥的心又有点儿紧张起来，面对 376 人的挑战，七哥又反问自己：能赢过他们吗?

第十八章 传承

在面对突发状况的时候，即使偌雪平时再镇定自若，现在也会有点儿慌张，毕竟身在异乡，陌生的紧张感袭来。女学生问她护照还在吗，偌雪松了口气，她把护照放在自己随身背着的小双肩包里，收在最里层。

女学生说护照在就好，钱的话她可以借给她一点。偌雪说很感谢，马上拿起手机想让家人帮忙转钱给女学生，但想到家里那边现在是深夜，爸妈肯定休息了。她想到陆河，就给他发了条语音微信息，简单地说了一下情况，并把女学生的银行卡账号提供给他。

没想到陆河还没睡觉，立即回复了偌雪并第一时间按当天的汇率给女学生账号里转了 5 万友元，实时到账。偌雪用手机把自己所有的银行卡都冻结，然后跟着女学生去自动取款机取了 5000 欧元，并再次向她表示感谢。

女学生说欧洲的治安其实挺不错的，偶尔才会碰上小偷。偌雪太不走运了，在人群中的时候要注意自己的随身物品，不然手机和钱包还有护照这几样东西丢了，即使报警也不一定能找回来了。欧洲这里可不像大友中立国内到处都是电子摄像头。

偌雪说来过欧洲几次，这次真的是大意了，还好护照在，破财消灾，或许是好事。偌雪自我调整的能力很强大，不一会儿又是那个笑脸如初的她，跟着女学生去吃晚餐了。

碰到这个情况，晚餐简单解决。偌雪在国外不会挑食，对于高热量的汉堡和碳酸饮料也能接受，等回国再通过运动来抵消先前多摄入的热量。两人在汉堡王店和聚集了黑、白和黄色人种的人群一起用餐，感受到了文化的包容。

晚上女学生再次载她到一个郊区小镇上的酒店住宿。酒店的外面依旧很冷清，但酒店一楼有一个小酒吧，里面有好多东欧大汉在那里纵情饮酒。偌雪放下行李后，感觉晚上没有吃得太饱，就又到酒吧旁边的饮食区找好吃的。

来到这里还没吃过牛排呢。偌雪跟金发碧眼的帅气服务员点了一份七分熟牛排，外加一份沙拉，然后给了他足额的小费后，就独自开始用餐。这里的牛排肉质没有国内的嫩，略微粗糙一些，但嚼劲还是不错，偌雪一口牛肉一口蘸着沙拉的蔬菜，吃得美滋滋的。

吃完回到酒店房间，偌雪给女儿打了个微视频电话，女儿很开心，说妈妈来到了和她一样的文化氛围的地方，希望她下次要来美国看她，偌雪表示一定会的，等她成为小大人了，就把她接回国内。挂完电话，偌雪又给爸妈还有陆河发了一条微信息报平安，陆河及时地回复她，再次嘱咐她要注意安全。

次日早晨，偌雪邀请女学生来酒店跟她一起吃早餐。女学生跟她介绍了今天的行程，偌雪一脸兴奋地说已经迫不及待地要出发了。餐厅有一个来自中国的旅行团，听到他们导游口中提到金色山口列车，偌雪猜他们的行程可能和自己一样。

女学生开着小车，载着偌雪和她的行李出发了。高速公路两边也都是美景，偌雪虽然没有拍视频，但望着车窗外，眼睛就会不自觉地把欧洲大地映射在自己的大脑中。

到了金色山口列车始发车站，偌雪下了车，女学生跟她说会开车在列车的终点站等她。偌雪吸取教训，摸了摸口袋里的小包，双手拉紧双肩包的背带，拿着女学生帮她提前买好的车票，就奔着站台而去了。

列车站台附近，有很多木质房子，有好几层楼高，其中一座房子后面还有一个大钟塔。每户房子门口都栽种一些花草，颜色各异，给房子增色不少，门口停了好几部汽车，基本上是新能源汽车。

偌雪看向远处，离天空很近的地方，有好几处红色点点，利用手机照相功能调大视野，发现是他们在玩高空跳伞。偌雪之前去土耳其的伊斯坦布尔旅行过，坐过那里的热气球，但高空跳伞这个项目她依旧没办法说服自己去尝试。

上了列车，列车开动，车厢里有好几个亚洲来的旅行团，其中就有偌雪早餐的时候遇到的中国团队。金色山口列车到达因特拉肯站大概需要 2 小时，偌雪找了个靠窗的座位坐下，看着车站离自己远去。

很快，一车厢的人都被外面的景色所震撼了，瑞士的景色像一幅完美的画卷，湛蓝如镜的湖面、深绿翡翠般的杉林、绿茵无边的草地、高耸巍峨的雪山，车厢里的人群，反复发出“哇”的惊叹声表达此刻的心情。

此时此刻，偌雪拿出自己的手机，将它贴在列车的窗户上，对眼前任何一处都可称为美景的画面点击连拍，心满意足地保存在手机里。偌雪看到有几个年轻人走出所在车厢，她很好奇，于是也跟了上去。

原来有一处车厢可以打开窗户，她看到年轻人用厚重的单反相机熟练地按着快门，看来出个瑞士大片是没有问题的。偌雪对着身后的瑞士美景，露出招牌式微笑，给自己来个自拍，并发了张微友圈，定位在了瑞士卢塞恩区，配上文字，表达一下此刻旅游的心情。

才不一会儿，就已经有 50 个微赞了，一些好友在她这条微友圈下留言，羡慕她的这场出国旅行。偌雪开心地笑了一下，然后回到座位，继续看着窗外景色。整个车厢只有一位外国大叔手上拿着新款手持掌上游戏机玩得不亦乐乎，看来只有他一个人是本地人吧，已经对家乡的美司空见惯。

偌雪一会儿看手机，一会儿拍照，一会儿看外国人，2 小时的旅程很快就过去了。下了列车，等了一小会儿，女学生也很快出现在车站口接上她上了车。

女学生载着偌雪，到达蒙特勒的小镇，参观西庸古堡。这个古堡建在日内瓦的湖畔上，湖是翠绿色的，古堡依山傍水，与周围的环境融为一体。古堡是中世纪建的，看上去异常坚固。里面很大，偌雪有点绕晕了。

在参观的时候，她发现了一个来自大友中立国的旅行团，于是悄悄跟在他们的后面，听着导游的讲解。偌雪看到了有些展厅展示着中世纪的铠甲、武器、服装，还有像地牢一样的房间，房间的铁窗外是湖面，偌雪联想到如果涨潮的话，湖水涌进来是个怎样的场景。

小逛一圈，偌雪从里面走出来，看到一对夫妻，正穿着西装和婚纱拍照。偌雪发现有一条小路，直通到湖面，湖上有座孤立的断桥，偌雪将手机立在桥头，自己则坐在了桥尾，来了一张闭眼感受湖面和雪山的美照，发了今天的第二条微友圈。

玩得尽兴，拍得开心，偌雪与瑞士的邂逅，还有与女学生的相聚即将要告一段落。女学生把她载到机场附近的酒店，说了声有缘再见，即将离开。而偌雪拿出昨天写好的明信片和在雪山上买的一小盒巧克力，一起送给了女学生。女学生十分开心地接过，再次说遇到偌雪真好，然后开着车回学校去了。

晚上在酒店偌雪早早躺在床上，在手机上刷着今天拍的照片，利用云备份系统将照片继续同步。爸妈微信息问她的行程，她回复说坐明天的飞机回国。妈妈问她怎么按她以往的习惯应该多玩几天，她说好玩儿的留待下次，这次想早点儿回家了。

飞机经德国机场转机，再次花 10 小时左右的时间落地津源市仙林国际机场。偌雪已经在飞机上补了个好觉，拖着塞满的行李箱走出机场，叫上太阳能出租车打道回府。这次旅行又是一次心灵之旅，虽然遇到了小麻烦，但总体来说还是很愉快的。

陆河最近很忙，偌雪也没有强迫他要来见自己。偌雪把所有的银行卡都解冻并生成新卡寄到家里后，还特地给陆河转了 6 万友元以表感谢。

偌雪在家里的时间是自由的。时尚杂志和欧美股市是这几天她专注的点。晚上的时间，偌雪就在她的办公房间待着，办公桌上有三个屏幕，可以连接起来看个股的走向，而她金融方面的好友会及时给她提供一些投资的建议，为她的财富增值给予一些帮助。

屏幕看累了，偌雪会重拾一些时尚方面的杂志和生活类的书籍。跟陆河在一起，偶尔也会出席一些比较正式的场合，所以增加一两件奢侈华贵的衣服在所难免，也好久没有把自己的完美气质展现出来。

偌雪又在微视频里找了一些关于美食和厨艺相关的节目来看，最近不想再用机器做菜了，想要提高一下自己的手艺，丰富自己的情操；重新恢复往日的坚持锻炼，运动系统对偌雪的评估依旧不错，偌雪从不放松，外出回来可不敢让自己堆积肥肉。

周五早晨，闺蜜带着她的小儿子来偌雪家做客。偌雪拿出提前准备好的小孩子可以吃的零食和小玩具，还有新鲜的牛奶饮料，招待许久没有来家里的闺蜜。闺蜜的小孩很乖，自己一个人乖乖坐在沙发上吃东西、喝牛奶，眼睛睁得大大的，在听他妈妈和阿姨聊天。

“偌雪啊，看来恋爱了状态就是不一样，又回到了青春的状态，你那神秘的对象怎么还没出现在微友圈里呀？”

“他最近在忙自己的生意，出国可是要花好几天的时间，他自然是走不开呀。”

“是你重要还是生意重要呀？我的偌雪呀，你这次可要擦亮眼睛哟，人生的第二春既要享受更得慎重啊。”

“我只是谈个恋爱，你就把问题上升到人生大事上啦。我应该是不会再结婚了，只想纯粹地享受恋爱的感觉吧。”

“那可说不准，无论男人女人都是灰色的物种，今天说这个明天就变卦了，我不信。”

“那你就不信呗，反正我现在就是这样的想法、这样的状态，一切顺其自然吧。”

“哈哈哈哈哈哈，逗你的啦，我从来都是无法干涉你的决定呀，你当年可是铁了心要嫁给你前夫的呀。”

“哈哈，好吧，不提旧事了。现在的我是全新的我，过往的好与不好，都是我宝贵的人生经历，我过上今天这样的生活，也是一种选择。”

“哎，我是真的羡慕你。原本我也是不走社会主流的人，但不知不觉就被困在了围墙之内，看来还是勇气不够。”

“好好生活吧，你看你儿子这么可爱这么乖，按部就班的生活也是过得很精彩的。”

“希望如你所言吧，老实说，我心里觉得我目前过得还算挺好的。”

偌雪和闺蜜聊得很嗨，中午偌雪还露一手，把最近精进的厨艺展现给她。闺蜜打趣说怎么没叫男友过来，偌雪说因为她来了所以就没叫，不然整个微友圈都会知道她的秘密了；而且如果他来，闺蜜肯定会跟他聊个没完，把自己以前的糗事都抖搂出来。

吃过饭后，闺蜜和孩子跟偌雪告别，期待下次朋友聚会时偌雪可以带上男友。偌雪说尽力，翻了个白眼，推着闺蜜说好好回去照顾好家庭，不要再把精力放在她这里。

周六又是个下小雨的天气，对于闷热的夏季来说，是难得减少热气扩散的好时候。偌雪没有打扰陆河，却很快得到陆河的小惊喜。陆河说他今天有空，想带她去见一个他认识的匠人，偌雪听了很高兴，因为在大友中立国，职人和匠人精神是她最推崇的，在这个浮躁且功利的年代，专注于做好一件事情，才能真正领悟生命的意义，就像陆河和酿酒师傅一样。

陆河依旧开着一辆改装车来接偌雪，偌雪已经习惯他的这种高视野的油电混合改装车。虽然车身比较宽、比较长，但疾驰在高速上有一种特别的安全感，比所谓自动辅助驾驶更有钢铁铠甲般的保护感。

他们的车开往大友中立国最南端的南湖市中心，这里四面环海，只有一座很长的高速大桥直通南湖市，它算是一个孤独的岛屿。这里冬季的气候宜人，夏季比较炎热，但雨水较多，很适合来这里度假。

路程比较长，外面下着小雨，偌雪踏实地在车上睡了一会儿。陆河开车的时候会偷看一下偌雪，发现偌雪睡着了，就把音乐声调小，更加集中精力驾驶着。这个季节其实来南湖市旅游的人不多，冬季才是旅游旺季。陆河要去找的匠人住在南湖市中心，那片区域是老街区，车不好开进去，到达那里的时候，陆河把车停在了街区附近的停车场，然后轻轻地叫醒偌雪，一起出发往老街区里走。

这里的街区布满了老旧的电线，好多房子屋顶、墙壁长满苔藓，而有些墙壁上还画着卡通的涂鸦，给本破旧的街区增添了几分生动气息。偌雪感觉来到了二三十年前新老时代更替的年代，房屋推倒改造重建，新市民搬迁老市民留守，有的楼里只剩一两户住户，给人以阴森感。跟着陆河逛的话，才能增加一些探险的勇气。

陆河带着偌雪经过一片片老房子，其中一栋别墅里已经杂草丛生，荆棘和树藤都爬进了窗户，像一处富豪落魄搬走、无人问津的阴森之地。像这种老别墅还有很多，但这里的市民好像习以为常，孩子在附近打闹玩耍，小动物在别墅的围墙上上蹿下跳，这里已经成了它们的后花园。

这片区域市民的皮肤普遍较黑，是日照时间比较长的缘故吧。还有一些白人面孔的外国人在这里拍照，陆河对偌雪解释说，这里是网络红榜的打卡之地。偌雪喜欢见到新奇的地点，打开手机在一个南湖东路的路牌配上一条老旧道路的地方拍了张照，以代表到此一游。

陆河把偌雪带到了一间小别墅的门口。从外面看，别墅很干净，草坪修剪得很整齐，别墅的外墙是白色的，略微有些发黄，显然跟这里的建筑一样，有着时代的印迹。门口的招牌写着“截金工艺研究所”。

偌雪对截金工艺不甚了解，陆河没多说什么，就把偌雪拉进了这栋小别墅。大门敞开，显然主人知道有客人要到访，通过别墅的门，里面有个小牌子，上面写着开放的时间是前一周时间，显然今天的门是为他俩而开。

偌雪一进门看到展览室里白色木制柜台上摆满了五颜六色的透明物体，每个物体里面都透出金色。凑近一看，里面的花纹都由一条条金色的细线组成，像金色花纹图案的水晶一样。偌雪忍不住赞叹了几声，陆河也会心一笑。

屋主是位跟陆河年纪差不多的男匠人，满脸胡须，戴着咖啡色花纹眼镜，留着卷长发，部分头发发白，看上去有些憔悴，但笑容满面地迎接陆河和偌雪。屋主介绍说，自己制作的是截金玻璃，这种工艺起源于中国古代的北齐时代，那时候已经运用在佛像的制作中了。而研究所只有他一个人，除非展览的时候才会召集几个朋友来帮忙。

屋主带着偌雪，介绍自家的截金工艺作品。他说要想做出截金玻璃，要经过多道细致的工序，先要对金箔进行处理，根据自己想要制作的样式，放在高温的火中烧制，然后要非常准确地将金箔切成一片片细条的形状。屋主拿出样品，偌雪忍不住说这也太难了吧。

屋主说接下来更为关键，要将这些一条条的金箔，用蘸有糨糊的工具粘贴在玻璃上，这个过程需要全神贯注，不能被打扰，一般要花费至少 5 小时。

偌雪看到的不仅有切成丝状的金箔，还有形状各异的三角形、菱形等，各有各的美，偌雪回过头再去看成品，玻璃里就像美轮美奂的万花筒一样，工艺精进到极致。屋主继续介绍，粘贴完成后，还要将特定颜色的玻璃进行高温加热、打磨成型，做成自己想要的形状。

偌雪又仔细看着这些截金玻璃，有的圆形酷似圆盘，里面的金箔就像化石一样；有的四四方方像石块，里面则是规则的三角形，像埃及金字塔出土的文物。玻璃的颜色多到数不清，与里面的图案花纹相得益彰。偌雪感觉自己仿佛穿越到了中国的盛世古代，在金碧辉煌的寺庙里，皇家供奉祭拜的佛像穿着闪闪发亮金色的袈裟，无不衬托皇室的显赫。

屋主给陆河和偌雪倒了一杯茶，然后托了托厚厚的眼镜，给他们讲起了他的经历。屋主毕业于大友国立美术大学，以前酷爱画画。有一次去中国旅游的时候，无意间发现佛像的截金工艺，深感兴趣。

为了找寻截金工艺的匠人，他花了很大力气很多人脉去寻找，终于在某个村落找到了截金工艺传承人。几乎失传的这门艺术在这位传承人手下妙手生花，而他本人也十分低调，即使网络发达的时代也从不公开自己的技艺，而是默默地将自己的截金工艺水平精益求精。

屋主还通过网络搜索到，日本的一位匠人也来他这里学习过，对截金工艺进行了很深入的探讨和切磋，据说他们聊了三天三夜，中国的匠人传授他很多知识。因为这种缘分，屋主和截金工艺结缘，然后研究到现在，力求和那个匠人一样把当年中国的技艺发扬光大。

陆河与屋主是多年的好友，他的故事陆河自然是清楚。在来的路上陆河并没有介绍，只想把故事的叙述留给当事人。偌雪喜欢陆河这种风格，永远不急于说什么，而是把好的东西放在后面，给人更多的期待。

三个人相谈甚欢，像多年的好友，偌雪有点自来熟，加上很好奇又很专注，问了屋主好多问题。因为是美女的提问，所以屋主自然耐心一一解答，毫无保留。屋主还带着偌雪和陆河到他的工作屋参观，偌雪有幸学习和实践，戴上旁边的手套跃跃欲试。

陆河看到偌雪认真的样子，悄悄掏出手机给她拍了张照片，正好背景是一墙的截金玻璃，而偌雪正拿着笔蘸着金箔，美女匠人的角色就这么出现在照片里。屋主很热心，手把手地指导偌雪，偌雪直呼太难了，又伸出大拇指不停地赞叹屋主的手艺。

参观的时间总是过得很快，屋主想留他们吃饭，陆河却说已经和其他朋友约好，就不多打扰了。其实陆河是想单独和偌雪吃，就拉着偌雪和屋主告别，重新回到老街区的道路上了。路上偌雪意犹未尽，把刚才拍的照片翻出来看了又看，还嘱咐陆河说如果屋主有哪件作品要卖的话一定要第一时间通知她，多少钱她都会买下来。

陆河把心思全放在了晚餐上，就拉着偌雪往街区的深处前行。到了饭点儿，老街区到处都飘着市民做饭菜的香气。而每走几步路，就有几家把自家一楼隔出来当作饭馆的小店，店主做菜既卖给游客，也自己吃。

陆河挑了一家以前来过的小店，跟老板招呼了一声就坐了下来，问偌雪想吃什么，偌雪说都可以，她不知道这里的特色，就由陆河决定。陆河点了经典的椰子鸡汤、葱油炒河粉、菠萝咖喱虾，还有几串鸡肉串，饮食风格有点像东南亚口味。

偌雪觉得肚子饿了，原本想保持点矜持，但与陆河很熟悉，于是就放开了，解放双手吃起美味。陆河看到偌雪吃得很香，也就放心了。偌雪问他怎么会认识这位研究所的屋主，他说之前来这里谈酒厂生意，正好有一个老板和屋主关系不错，带他来参观。他也很喜欢匠人，一回生二回熟，来这里的话都会在晚上他不忙的时候找他喝酒聊天。

吃过饭，黄昏的景色格外美丽，陆河牵着偌雪的手，走在新老街区的交会处。老街区的一街之隔，是年轻人聚集的娱乐街区。这里有很多娱乐场所，还有露天的灯光足球场、篮球场以及网球场，晚上的时候有很多穿着球衣的年轻人来这里运动。

陆河带着偌雪来到一片街头篮球场地，看到两位高个男生正在进行一对一决战。旁边已经围着好多观众，甚至还有个所谓街球王，其专门的啦啦队后援团在后面支持。高手在民间，这个染着头发、一身肌肉的年轻街球王，快速运球摆脱上篮一气呵成，把对方晃得连摔好几次。到了赛点的时候，街球王还直接拿球投三分，引爆了全场的激情。

偌雪说，看来越热的地方运动氛围也越好呀。陆河说是的，他虽不爱运动，但是篮球、足球等很多体育运动他平时也很爱看，NBA 或欧冠联赛都有他支持的球队，每年的最新款球衣他也会买一件作为收藏，用专门的衣架和衣套保存好。

看完球赛，散完步，偌雪意识到要在这里住下的问题。陆河也没说破，只是带着偌雪来到一家装修风格为冷色调的连锁酒店，在前台登记房间的时候，陆河脱口而出要一间房，偌雪站在他的身后，用复杂的表情看了陆河一下。陆河一直不敢转身，拿到房卡后带着偌雪上楼了。

进了房间，偌雪说累了，想先躺一会儿。陆河为了缓解小尴尬，说先去洗个热水澡。偌雪看他进去了，于是拿起手机看起新闻来。

陆河很快就洗好了，他拿着一条浴巾只裹着下半身，另一条毛巾擦着头发，头低着从浴室里走出来。偌雪看到他，站了起来，说也要洗个澡，今天出了挺多的汗。陆河回了一声好的，而后打开桌上的矿泉水，坐在床边休息。

偌雪在浴室里对着镜子，看着自己的脸，想了一会儿，然后脱掉衣服和长裙，将水流开到最大，让温热的水冲着自己的身体。半小时后，偌雪才磨磨蹭蹭地从浴室里走出来，她刚踏出门，就被陆河抱住，嘴唇已经被陆河紧紧地吻住，身体也不自觉地贴紧在一起。

两人倒在床上，陆河挥汗如雨，重重地压在偌雪的身上。偌雪望着天花板，配合着他的节奏，嘴里发出微微的喘气声。此时偌雪并不知道，陆河的手机已经调成了静音，而现在他的手机的微电话正好有个来电正在亮屏，来电人的头像是个女人，陆河给她的名字备注是“心的所属”。

第十九章 突发

王主管一行三人出了车站，辕泰叫了一辆太阳能出租车，嘱咐司机师傅要加速开到津源市的“天乐谷”景区。在车上，王主管说这个景区是旅游科技项目开发部早年开发的项目，景区里建了很多游乐设施，这些设施每个月都会有一天进行定期的检查，无论是软件还是硬件方面，应该不会出现什么问题。

游客滞留在高空是一件非常危险的事情。在座位上的游客可能会出现紧张、恐慌等情绪，如果不及时找出故障原因，让过山车重新恢复运作，甚至出现游客大力摇晃设备或座椅松开导致跌落等极端情况，那后果将不堪设想。

辕泰从没有看到王主管如此紧张过，遇到这种突发应急事件的情况是很少见的，辕泰认为现在制定的应急措施还有日常的游乐设施维护应该不会出现这么大的问题。辕泰赶紧打开手机，搜索着有没有哪家新闻媒体已经赶到现场进行了直播报道。

还没认真查看，太阳能出租车就极速开到了景区，辕泰看到已经有很多部门赶到了现场，每辆车都有备注对应的部门，除了旅游科技项目开发部以外，科技设备质量检验部、应急指挥科技中心部都已经到位。辕泰远远地就看到了张部长已经在现场指挥工作，他的表情严肃，额头上已经有一点冒汗，看来情况已经十分危急。

辕泰看到这辆过山车正好卡在轨道的半山腰上，还好不是倒立的状态，不然很有可能出现乘客晕厥的情况。虽然距离很远，但在底下的人们还有围观的游客都能听到过山车上游客不安的声音，其中有个女生还在上面大喊大叫，情绪有点儿失控。

辕泰听到消息的时候已经快下列车了，他们飞奔出站到太阳能出租车开到这里，总共用了差不多7分钟。科技设备质量检验部的维护技术人员已经到了运行总设备那里，用电脑敲打着代码检查设备出现的问题。

王主管一下车就被安排去协助科技设备质量检验部的工作人员排查情况，而辕泰和芊美则是被安排安抚家属的情绪，还有劝导围观游客远离轨道区域。应急指挥科技中心部已经出动了两辆新智能大型臂吊式救援车辆，若来不及重新安全启动过山车的话，估计就要人工将每个游客一一救下。

辕泰在工作的时候，听到科技设备质量检验部的工作人员讨论说景区这个游乐设施建设已经有20年以上的时间了，设施都是机械式的老设备，而且并没有像现在的大型游乐设备有统一的安全管理系统进行控制，所以如果出现的是软件方面的问题，无法解决的话就得靠人工救援了。

张部长是这次应急行动的副指挥长官，过山车已经滞留了20分钟，他此时拿起无线扩音器，对着过山车上的游客进行安抚，力争把他们的恐慌情绪降到最低。

“在过山车上的游客们，我是友联科技集团旅游科技项目开发部的负责人张毅钢。抱歉让你们担惊受怕了。这辆过山车的确是遇到了故障，现在我们科技设备质量检验部的同事正在全力排查故障问题的原因。我刚才和景区管理技术人员确认过，你们身上的安全绑带和扶手每天都已进行安全检查，是不会出现松开的情况，请大家放心。如果科技设备质量检验部的同事没办法重新安全启动过山车的话，我们还有第二套应急方案。两辆新智能大型臂吊式救援车已经到达了现场，届时救援人员会登上车将你们全部安全救下并撤离，我在这里向你们保证，你们每一个人一定会安全地回到地面。”

张部长那具有磁力且稳重的声音给予了过山车上的游客强大的力量，辕泰听到有人喊了一声好，似乎上面的人都吃了一颗定心丸。辕泰转过头看着张部长，他严肃的脸上依旧保持着自信从容的神态，没有让人感觉有一丝的担扰。

如果换成其他普通的工作人员，面对如此突发的状况，可能会出现失声、慌乱的情绪。如果出现人员伤亡，旅游科技项目开发部等部门的工作人员会受到严厉的处罚警告，更严重的情况甚至还会被友联科技集团辞退。

辕泰此刻又进入了换成张部长是他自己，会怎么面对这种情况的联想。又过了 5 分钟，科技设备质量检验部的技术人员从总设备房出来摇了摇头，张部长和另外两位部长点头一下，应急指挥科技中心部部长就下令开动救援车，分为两组，每组出动三名救援人员上臂吊车开展救援。

张部长用扩音器告知游客不要惊慌，救援人员马上会上去开展保护救援，请大家冷静配合。为了确保万无一失，过山车停的轨道区域正下方正好没有其他轨道，是一个斜出来的轨道，而应急指挥科技中心部已经准备了一张超级大的缓冲气垫床，以防救援过程中游客发生跌落。

紧张的救援工作已经开始，底下的工作人员都为上面工作人员的情况紧捏了一把汗。辕泰在底下很着急地朝上看，救援车的臂吊平台一个接近车头，一个接近车尾，每组三个救援人员，一个负责帮忙松开安全绑带，一个负责护住托在底下，另一个则是把游客抱住，两人合力把一名游客安全放在臂吊的平台上。

地上的人看得都很紧张，其中有一名游客太紧张了，救援人员差点儿没抱稳，底下托着的救援人员也差点儿翻了下去。过山车上一共有 20 多名乘客，救援花了足足 2 小时，当最后一名游客被安全送到臂吊的平台上时，底下在附近围观的游客和市民都发出了欢呼声，为工作人员的工作效率点赞。

几部医疗救护车也已经到达了现场，所有游客下来后都躺在担架上被送到医院观察。

几个部门的工作人员都松了一口气，部长们也难得露出了笑脸。张部长没有放松，嘱咐高秘书，通知所有的旅游科技项目开发部工作人员，明天一早召开全体人员的重要会议，准备针对今天的突发情况对全津源市所有友联科技集团开发的游乐设施进行一次安全隐患的大规模排查。

接下来有的忙了。辕泰心里想着，目送着张部长坐回车里的背影。芊美也第一次碰到这种情况，从刚才救援开始，她都紧张得手抖，最后救援成功，她还忍不住抱了辕泰一下，释放一下紧张的情绪。

王主管也流了不少汗，他即将退休，如果遇到这种情况影响到工作的话，对他来说是一个很大的打击。他松了一口气，对辕泰和芊美露出笑脸，然后刷了一辆新智能共享自行车，骑行回家先休息了。

辕泰跟芊美告别后，给鱼之心发了一条微信息说他这周末没办法赴约了，今天工作上碰到了意外情况，明天还要开会，两个人的约会先暂时改在下周。鱼之心很快就给他回复，说没关系，先忙工作上的事，下周再好好出来放松。

第二天周日，旅游科技项目开发部、科技设备质量检验部和应急指挥科技中心部的会议室里都坐满了人，三个部门的部长都召集了部门全体工作人员开会。旅游科技项目开发部由一位副部长将昨天发生的应急事件进行了全面的总结，然后是张部长传达指示。

张部长表示津源市是旅游城市，很多旅游娱乐设施都是在较早的时间建成的。由于过于老旧的设备没办法连接最新的安全管理系统，因此，景区的工作人员是否能做到每日检查和定期维护，是否遵守景区安全责任规范标准，需要旅游科技项目开发部的全体工作人员分组进行一次全方位的景区安全排查。

张部长拿出昨天高秘书已经拟好的排查安排表，表示昨天晚上已经连夜和几位副部长开会讨论了方案，几个主管要带领本办公室的工作人员对安排表上对应街区的景区进行排查。

王主管这组的任务最重，要去的几个景区都是老景区，其中有两个景区里面的娱乐设施因为游客不太多，启动的次数很少，很有可能出现景区工作人员在安全方面懈怠的情况。张部长再次嘱咐几位主管，一定要做好排查工作，副部长和他也会对几个景区进行抽查，坚决杜绝此类突发情况的再次发生。

开完会后，王主管让辕泰最近要跟着自己工作，柜台工作交给芊美，林姐则负责查看其他地区资料。这次事件以后，旅游科技项目开发部会重新编制友联科技集团景区开发大型游乐设施实施方案，要提前做好准备。

辕泰开完会回家休息了半天，接下来的一周，他就跟王主管进行忙碌的检查排查工作。由于津源市电视台报道了昨日发生的过山车停滞空中的突发情况，虽然几个部门联合出动完成了救援工作，没有造成人员伤亡，但在一定程度上给市民造成了恐慌，“天乐谷”景区也暂时闭区休整。

辕泰他们第一站是回到“天乐谷”，去设备室对设备发生的问题进行深入检查及分析，确保设备问题有处理记录、分析报告和预防措施。工作人员确定所有设备问题检查处理完毕后，由景区设备技术人员按既定流程交付，设备操作人员完成载客前试运行，确认运行正常后，再等待正式恢复对外运营的通知。

王主管和辕泰得在一周之内跑遍津源市东部的大量的景区，任务很繁重。他们坐着旅游科技项目开发部的工作用车，中午和晚上就在当地的酒店附近的小店吃点价格便宜且简单的餐品。

第一天，辕泰就感觉很忙碌，检查的任务细节繁多，由于资料看得太多眼睛都有点儿疲惫。王主管精神恢复得不错，这跟他长期运动有关。辕泰与王主管单独吃饭的时候还趁这个机会了解到了他早年工作的事情。

接下来的两天，辕泰到的景区都比较小，游乐设施也都是小型设施，即使有大型的也基本不开放。景区里游乐设施的工作人员比较少，仅有两名保安在现场看管。王主管和辕泰亮明身份以后，景区的一位年老的技术人员才缓缓走过来。王主管很有经验，在跟技术员聊聊家常以后，就把今天要检查的内容跟技术员详细地说明，检查的过程中既是指导也是交流，技术人员根据王主管的要求做了笔记，把没有做到的细节都记录了下来，方便今后整改。

辕泰在旁边拍了几张照片上传到友联科技集团办公系统，作为每天出差工作检查的记录。景区的检查报告也是辕泰来写，他及时把王主管与技术人员的对话记录下来，等所有的景区都排查完毕后，还要形成一个整体工作情况报告。

从景区出来，王主管说这边的一些景区项目还是在他没来景区科技开发研究室的时候开发的，很多景区是津源市友联科技集团为打造旅游城市而建立的第一批试点景区。当时的投入很大，游乐设施也是那时候比较先进的。

但自从进入新科技 2.0 时代后，特别是安全管理系统的普及，新建的游乐设施都可以进入此安全系统进行控制，计算机可以精准预测潜在的风险，即使人工操作的地方螺丝松了，计算机都第一时间识别出来，将事故概率降到最低。

景区前期的投入很大，虽然经济正在衰退，但如果单纯为了保证游客安全，大范围地更换游乐设施肯定是不现实，很多景区没有足够的资金支持。而现在这些老旧的游乐设施如果继续使用，就得靠投入大量的人力进行维护保养和检修，可是这方面的技术人员越来越少，年轻人也不愿意从事这样辛苦的工种，未来也会有智能取代这种技术行业。

辕泰根据王主管所说的情况，总结到现在办公室只能在现有景区技术人员不足的条件下，适时地完善和修订一些开发和维保的政策，加大一些检查的频次，要求技术人员每天对轨道是否残留异物、螺丝是否松动、安全绑带是否牢靠等方面进行更加严格地排查，才能避免今后类似的事情发生。

王主管听了，夸镶泰才来友联科技集团几个月，已经把工作的流程和存在的问题看得很透。王主管就像师傅，甚至可以说是老师一般，毫无保留地将自己所学的专业知识和几十年来的经验都传授给镶泰。

周五的傍晚，在艰难排查完最后一家景区后，镶泰疲惫地在车上睡着了。王主管身体也有点扛不住，他让司机师傅先不要往津源市中心开，而是绕道到自己比较熟悉的一家饮食店，准备自掏腰包吃点儿比较贵的美食犒劳一下司机和镶泰。

镶泰醒来后，发现他们的车已经停在了一座小三层楼的后院，王主管让他和师傅一起到这用餐。这里是一家中国菜馆，老板是一对中国夫妻，来大友中立国很多年了。王主管如果和好友聚餐，都会选择这里。

镶泰和司机师傅不会点餐，王主管就按照自己的经验点了一些可口的菜，把一行三人都喂饱。中国菜的上菜非常快，酱汁红烧肉、桂花鲤鱼、清炒油麦菜、麻婆豆腐、香菇炖鸡汤，镶泰第一次吃这么丰富的中国菜，而司机师傅肚子也饿得咕咕叫，在王主管的招呼下，三人立马开吃。

王主管还给自己和镶泰点了一小瓶中国白酒，酒精度数达到52度，镶泰虽有推脱，但在主管的好心劝酒下，也小口地喝起来。这种小小拇指杯的白酒，镶泰也没喝过，喝了第一口虽然有点儿呛，但浓香的酒气立刻就在身体散开，感觉浑身都是劲。吃着吃着，王主管就开始和镶泰聊家常了。

“辕泰啊，上次听说你是全国有名的简轩茶叶公司的公子，怎么会想考友联科技集团了？”

“如果继承父亲的公司，我今后的人生就变成他的生活，每天要想着怎么把公司做大做好。我并不想继承家业，想按照自己的既定目标努力，就是靠自己努力考上友联科技集团这个大家庭。”

“你真是个有个性的年轻人呀，一条捷径不走，偏偏选择困难重重的道路。”

“主管您过奖了，我也只是顺应就业趋势，跟大家一样，努力考大型企业而已。”

“我儿子年纪和你差不多大，大学的时候只知道玩，现在毕业了知道不好就业了，才拼命考友联科技集团。”

“啊哈，您的儿子也打算考津源市的友联科技集团啊？”

“是啊！他的专业只能报考科技设备质量检验部。每年又只招一两个人，连续考了几年都没考上。”

“是啊，您应该也知道现在每个部门招人都卡得很严，只有工作人员退休了才有空余的职位出来。”

“我儿子现在在拼命学习，他自己都搬到了津源大学旁边源东街区的学馆里去住了。我跟他说支持他全力备考，不用他去工作，我经济支持让他备考下去，但也开玩笑说如果考不上就不用回家了。”

“哈哈，您的儿子也是拿出破釜沉舟的勇气了，祝您儿子能早日实现自己的愿望。”

“他应该向你学习啊，来，干杯干杯。”

这顿酒菜下去，一桌三人都吃得很开心。辕泰对王主管十分敬重，对自己严格要求，认真做好工作，也是对王主管负责的整个办公室负起应有的责任。王主管今天也很开心，酒精上头后，已经有点醉醉的了。

酒足饭饱后，旅游科技项目开发部工作用车把他们接回了中心大楼，他们再分别叫出租车回家。上车前镶泰对王主管深深地鞠了个躬，感谢他入职以来对自己的照顾和今天的这顿美味大餐。王主管口里冒着浓浓的酒气，笑笑说没关系，然后有点儿踉跄地上了太阳能出租车。

周六的上午，镶泰在自己的公寓里加班，把这几天检查的内容做成了一份工作总结报告，准备周一的时候给王主管把关审核再提交到副部长那里。午休过后，下午镶泰就闲来无事了，想约鱼之心，看她有没有空，准备把上周错过的约会给补回来。

鱼之心收到镶泰的微信息很高兴，她提议晚上可以去自助烤肉广场，她来准备食材，镶泰负责载她一起去烤肉。说定了以后，镶泰从租车软件上租了一辆太阳能小型SUV，后备厢比较大，可以放一些工具，下午4点半车会开到公寓楼下供他使用。

利用中午的时间午休了一会儿，然后起床冲了个凉，时间一到镶泰就下楼开上SUV就出发了。鱼之心在津源市中心的“万宝”大型超市的地下室等他。镶泰到门口的时候，鱼之心用推车装满了一小车的食物。

镶泰赶紧靠边停车，然后打开后备厢把装着新鲜肉串的保温箱扛到里面，当然还少不了无酒精的冰镇饮料，鱼之心还考虑到了镶泰今天不能喝酒。可能是因为找食材的缘故，鱼之心一直有点粉汗如雨的状态。

上了车以后，鱼之心抽了些吸水纸巾，嘟着嘴说今天天气实在是热。辕泰不忍心她热得难受，赶紧把空调温度调低，再配上夏日的音乐奏鸣曲，一起愉快地向烧烤广场出发。

虽然已是夏末，但在沙滩上的人还不是很多。SUV 行驶在海边的快速路上，夕阳还舍不得西下，仍旧念念不忘给市民们充足的紫外线照射。身体冷却下来，鱼之心打开窗户，头略微探出窗外，迎着海风往前行进。

烧烤广场开在一片沙滩的旁边。有一个大片的停车位，供市民来这里烧烤停车方便。停车场几乎停满了车。从外面看广场，里面有几十个半遮阳的顶棚，每个顶棚下面是烧烤炉，工具也已备好，就等着顾客们拿着自己的食材来这里享受烧烤的乐趣。

鱼之心装备齐全，辕泰出工出力，两人找到了一个距离海边比较近的位置，迫不及待地准备开始了。鱼之心说她要看看周边的环境，把辕泰撂下，自己先跑去离海最近的站台那儿欣赏风景。

辕泰在烧烤炉中加入炭火，盖上铁板，待温度合适以后，就拿出鱼之心准备的食材。鱼之心果然是个美女吃货，鸡肉鸡皮串、牛肉青椒串、扇贝、鳗鱼串、香菇山药串、四季豆串，各种烧烤应有尽有，里面已经备好油、烧烤酱料，辕泰认真地烤着、涂抹着，期待自己烤出的食物鱼之心会喜欢。

烤到一半，鱼之心匆匆跑回来，跟辕泰说这里的景色很美，夜晚看到了对面的 CBD 中心，还有很多楼层依旧灯火通明。海上有很多大游轮，给游客提供环游津龙江的服务。

鱼之心的注意力又转移到了烧烤上，她也赶忙戴上手套，跟辕泰一起烤起来。她低头认真做事的样子好美！辕泰烤了一串新鲜的鳗鱼串，把它送到了鱼之心的嘴边，鱼之心用她的小嘴轻轻咬住一片，顺着辕泰相反的方向把鱼肉抽出来，细嚼慢咽地吃了起来。

辕泰也吃了一片，感觉很入味、很好吃。他又拿出饮料，开了一瓶倒在两个杯子里，与鱼之心碰杯共饮。两个人就这么边烤边吃边喝边笑，他们看到周围好多座位都是四五个人以上的家庭或朋友聚会烧烤，只有他们两人是情侣的搭配。

吃完烧烤，熄灭炭火，辕泰和鱼之心走到站台那里，沿着岸边散步着。鱼之心说她最近工作比较累，能和辕泰在周末时间出来放松真是太爽了。辕泰毫不犹豫地回应可以每周都出来，自己一般会有空，即使需要加班的话，他也一定会尽量在周六上午完成。

鱼之心用世界上最美的笑脸回应了辕泰，辕泰看着她，想有所行动，但想到和她才出来几次，辕泰犹豫了一下，决定还是留到下次有机会再行动吧。

快乐的休息与忙碌的工作是相对应的，新的一周又到了正常的上班时间。辕泰上班的时候经过部长室，看到张部长和秘书并不在办公室，然后回到座位上，开始了上周未完的报告汇报工作。

王主管说今天要打起十二分的精神，自从那次景区游乐场事件发生以来，整个津源市都非常关注安全问题。网络热点搜索前五名一直有此次事件的跟踪报道，整个中心大楼的相关部门压力都比较大，必须把后续的检查排查还有制度制订完善处理好。

辕泰接到指令，认真地修改起报告来。周一周二两天，芊美仍旧接到有市民打电话来询问事件当时的情况，林姐也忙得不可开交。辕泰主要和科技设备质量检验部与应急指挥科技中心部对接工作，三方都在写工作报告和检查情况。

王主管和辕泰不知跑了多少趟别的部门，交流的过程中有时候还会遇到意见不统一，双方都是站在各自部门的角度谈论问题，像排查的细节要求不一致、无法立刻得出结论的，辕泰都记了下来。王主管准备把这些问题都汇总起来，到时一并上报给张部长和副部长来协调解决。

亚衡也过来关心辕泰和芊美，他听说他俩当天都参与了救援行动。芊美趁空闲期间，详细地跟亚衡讲了几个部门在现场如何疏散围观群众和用臂吊救援车进行救援。亚衡听得很震惊，他说他工作以来他的部门从来没有遇到这么紧急的情况。

辕泰非常忙，忙到都没有时间查看自己的手机微信息。到了下午下班了，大厅的人渐渐都回去了，辕泰才从科技设备质量检验部的娱乐科技设备维修检验室回到自己的办公室，瘫坐在椅子上，喝了一口已经凉透的茶水。

王主管也回去了，现在办公室里就剩他一人。他今天本来想找高秘书问些报告的事情，但跑了两趟部长室都没见到他和张部长。难道他们都出差去了？辕泰拿起手机，翻看着未读的微信息。

辕泰滑到下方，突然愣住了，父亲简轩在下午的时候给辕泰发了一条微信息，上面写着：辕泰，你们的张部长昨天开会前晕倒了，被送到了津源市第一医院接受治疗，现在已经脱离了危险期，我在外地赶不过去，你替我去看望一下他吧。

第二十章
备战

炎热的暑假如期而至，津源大学的学生公寓住的学生就只剩下在学校留守准备考研或考大型企业的考生们。小白也没有回家，双学位的考试考完后，继续住在宿舍，也很少人会过去他那打扰他。

胖狗确定不会回校了，他说要在爸妈的公司里帮忙一段时间，抽空再学习，他爸妈看到他只学习不做事的话一定会用口水淹没他。胖狗把所有的参考书都带回了家，它们原封不动地躺在了他的房间里。

七哥告诉自己，整个暑假他要好好地利用起来。他已经制订了非常详细的学习作战计划，力求把每天学习的时间都精确到分钟。因为茉莉说她想大部分时间住在家里，她爸妈上班也没人打扰她，所以放假可以在家里复习。

七哥跟茉莉约好，晚上有空的时候利用一点时间联系，互相汇报一天的学习情况，做到互相督促，而且她在家不在学校，两人就尽量减少见面的次数，茉莉表示很理解，欣然答应了他。

暑期魔鬼学习作战计划七哥罗列得很详细，然后打印出来贴在墙壁上激励自己：每天早晨6:30起床；7:00之前洗漱好吃好早餐并到达自习室；7:00—8:00背诵英语单词和看英语文章；

8:00—10:00复习一个科目；10:00—12:00复习第二个科目；中午12:00—13:00吃饭，然后趴在桌上休息一会儿。

下午13:00—15:00复习一个科目或参加培训班课程；15:00—17:00复习另一个科目，尽量保证每天都复习3～4个科目；17:00—18:00是晚餐时间，如果状态不好的话就在街区附近散步一会儿，转换一下心情。

18:00—21:00做2套模拟卷或参加培训课程；21:00—22:00对照答案进行分析；22:00—22:30和茉莉聊会儿天，讲讲今天的复习情况；22:30—23:00洗澡洗漱；23:00—1:00继续复习比较薄弱或当天未复习的科目，尽量做到一天时间可以把四个科目轮转一遍，每天只睡5～6个小时。

两个月来，七哥切断一切人脉联系，也把手机中不必要的App全部卸载，减少分心的因素。吃饭的话尽量选择学馆旁边的小饭店，碰到七哥经常过去吃的店老板都会给他多打点菜。

由于天天都在外面吃又怕吃坏肚子影响学习，茉莉还给七哥买了一箱功能性饮料和一箱维生素+益生菌饮品，保障他一个假期的能量补充。七哥每天中午和晚餐后都各喝一瓶，不仅有微量元素和能量的补充，还能感受着茉莉对自己的爱意。

培训班的课程每次都是爆满，新报班的人数越来越多，七哥现在已经养成了提前预习的习惯，很好地适应了培训名师的课程。在听讲的时候脑子可以自如地选择重点听，即使碰到一时不懂的知识点，通过思考与听讲的结合，很多问题也会迎刃而解。

夏天学馆的自习室开着破旧的空调，很少开窗通风，七哥每次进去都能闻到一股夹杂着汗味的特殊味道。七哥只能捏着鼻子适应，学习一会儿就没那种感觉了。在这里读书的考生，虽然没有在外面晒太阳，但孤注一掷的学习是会让自己的颜值下降的。夏天大家穿着随意，甚至暴露，不护肤不打扮，他们都期待着考上的那一天，这样就能雏鸡变凤凰。

魔鬼暑假的第一天晚上，七哥感觉状态还行，评估自己的身体应该能抗住制订的高压计划。适应了一天的高强度学习，茉莉也准时打来微视频电话，想跟七哥聊聊天，说说学习上的事解解压。

“我的七哥，你看起来好像原始人噢，怎么连刮胡子剪头发的时间都没有啦。”

“我不用什么颜值啦，在这里又不用和你出去约会，我就安心地做个原始人，只看书就行。”

“我研究生考试也出公告了，就按原计划报考本校的计算机专业啦，我还研究了一下今年的教师招聘考试，整个津源市的小学以上学校，基本都要求硕士啦。”

“这……看来现在学历如果太低的话，还真没办法正式成为一名教师呢。”

“虽然我爸妈说我以后干什么他们都支持，但我不知怎么的，越临近考试，越有种自己给自己压力的感觉。”

“适当的压力也不错呀。这说明你很有责任感呀，为未来而努力永远都是对的，这也是我喜欢你的原因之一。”

“哟嗬，什么时候你嘴巴变甜了，都没看出来。今天我可是复习了好长时间，放假了还一直待在房间里，都没怎么和爸妈说话。”

“你还好，我都有段时间没给我妈打电话了，也不知道我妹最后的中考冲刺怎么样了。”

“你这没心没肺的人，我时刻在关注你妹啦，我有联系她，她说她没问题的，也托我跟你说让你放心。”

“谢谢啦，有你真好。对了，上次去你家，你妈对我的评价怎么样啊，我都忘记问你了。”

“啊哈，你以为我妈是那种会在背后指指点点的人呀。他们年轻时候可都是‘80后’那批思想潮流转变的领军青年呀。你走了她没再问什么，只说我喜欢就好，然后她依旧该干嘛干嘛，周末还出去玩，根本没在乎我的感情问题。”

“哈哈，那就好，你妈也是挺好的，感觉特别好相处，我也放心啦。”

视频电话里七哥和茉莉聊的时间不多，也没有太多的甜言蜜语，只是彼此互相鼓励和关心学习和生活的一点一滴，在这样对话和感受中一点一点积累起来形成的感情。

魔鬼暑假的第四天，七哥有点儿进入了疲劳期。早晨6点半起不来，起来了也会有点起床气，下午1点到3点，因为睡眠不足的缘故，学习效率特别低，又容易走神儿。有点儿想看手机，七哥在自习室里轻敲自己的脑袋提醒自己，一定要保持专注，专注！

下午没有培训班的课程，七哥中午吃饭就没有那么赶。他照旧去定点饭店吃饭，老板给他打菜的时候看他脸色有点儿差，还提醒他说要赶紧休息一下。七哥快速吃过午餐，就回学馆休息一会儿了。

躺在床上，七哥有点儿发烧，肚子还有点儿疼，上了趟厕所回来，脸还是热热的。七哥赶紧烧了一壶热水，待冷却一点后强行灌进去，再用毛巾蘸水敷在自己的额头上，让自己快速降温。没躺多久，七哥就睡着了。

醒来的时候已经是下午 5 点了，七哥感觉很久很久都没有睡过这么长的午觉了。摸了一下额头，烧退了，人也感觉舒服了很多。看来自己真的是过度劳累了。七哥犹豫了一下，打算去远一点的餐馆吃一些营养的东西，想着一个人吃不完，他微信息联系上了小白，然后一起过去。

七哥见到小白，发现他的状态也不太好，考试真的是最能折磨人的方式。小白和七哥两个人点了七样菜，又点了两瓶啤酒，畅快地吃喝起来。

小白是个很少过问他人情况的人，即使和七哥坐在一起，也很少主动询问他复习的情况。七哥倒是挺想知道小白现在复习得怎样，小白告诉他最近专业课复习比较累，其他科目他倒是觉得还可以。由于模考软件只能看到每个人的总成绩，七哥只能通过问他才知道他各科的情况。

“小白，如果我们俩都能进面试，真的好希望我们两个笑到最后。”

“那肯定的呀，如果以后我们进了同一个部门，还能互相扶持互相激励，做好工作的。”

“但愿如此吧！你有没有想过，万一你没考上的话，你会选择继续考试吗？”

“这个问题其实经常会在我脑子里徘徊。我也和我爸妈说过，给我几年时间，一定要考上让他们看看。”

“我只能给我自己一年的时间，这次考不上的话，压力会很大很大，家庭的压力，还有爱情的压力。”

“你和茉莉在我们看来可是天生一对啊，你的付出她是能看得到的，无论什么结果，我相信你一定会过得很好。”

“谢谢，听到你的话我很安慰，来，干一杯。”

小白和七哥就这样兄弟般地谈天说地，七哥不知道从哪次开始，感觉小白看自己的眼神有一点点略微的躲闪，不知道自己是不是想得太多了。

小白和七哥互相抢着买单，最终还是小白付了款。七哥问小白有没有暑期搬过来学馆学习的打算，小白说他自制力比较强，如果要去的话他会像七哥一样早早就去了。他基本也是一个人待在宿舍，上学期的时候，他把灯调到最暗，除了胖狗和七哥过来，其他人来他都不接待，直接把宿舍门给锁了。

七哥和小白告别后，恢复了精神，养好了胃，又独自走在源东街区的大街上。晚上的时候，街道上的人比白天还多，七哥还看到家长带着孩子来到这里，正给自己的孩子说，即将上津源大学，不能放松努力，这里都是津源大学的备考学生，上了大学他们依旧像高中一样，拼命地在战斗。

听到这类的话，七哥幻想着自己已经考上，然后骄傲地回到这里，走在路上回忆着今天的一切，自豪地对着学弟学妹们说，这里是学长梦开始和梦实现的地方，你们一定会像我一样取得最后的成功。

魔鬼假期的第十天，两罐功能性饮料和一罐维生素饮料下去，七哥觉得自己成了战神，遇到模拟卷百战百胜。昨天经历了一次模拟考，七哥发挥稳定，题目都是自己熟悉的题型，尽管有些题型是新题，但一半以上用老经验老办法依旧可以解答出来。

七哥经历了一次疲劳期，就在自己的计划里加上一条，每三天给自己一次放松的机会。同样爱做运动的茉莉和他聊的时候，也跟他强调要出去走走，不然腰部和脊椎可能会受影响。

晚上七哥穿上足球衣和短裤，打算在学校周边跑几圈。之前大一的时候经常踢足球，体力还跟得上，平时跑个 5 公里或 10 公里的都没什么问题。今天重拾跑步，才开始 2 公里，七哥就感觉有点力不从心，心率已达到了 160 以上，而配速为了配合心率已经降到了 6 min/km。

在体力不够的情况下，七哥采取了 LSD 跑法，即间歇跑步，跑一段走一段，这是他从书上看到的对他来说最好的恢复跑步方式。跑步的时候他专心看着前方，走路的时候就有精力看看街道上的人。

暑假的来临，带走了学校附近街道的多股人流，“学生一条街”、安全流动饮食摊贩路等地方以往开学时到处都是学生在买东西，连进入街道里有时候都要挤。现在人就少了很多，原本奶茶店门口都是小桌椅供学生们喝奶茶、打联机游戏，到处都是叫喊声和大笑声。现在安静了不少，只有熙熙攘攘的一些人在逛，反倒成了七哥跑步的好去处。流动摊贩的小店家个个神情呆滞，客人太少，七哥经过的时候都会被他们注视好久，期待着他能在自己的摊位上买点东西。

走走跑跑了几公里，七哥大汗淋漓地回到了学馆。一身臭汗的他，把球服拧出了水，带上新的短衣裤，跳进公共浴室好好地冲了一个凉，经过全身的身体冲刷，七哥感觉舒畅了许多。

魔鬼暑假第十九天，七哥的模考成绩出来了，名次又上升了一些，合格率也提高了不少。让他意外的是，小白竟然没有参加这次的全国模拟考，他详细寻找在自己排名之前的所有用户都没找到，又往下看了二三百名都没有小白的用户名。

通过了三次的模考和平时无数次的模拟卷测验，七哥原本时起时落的自信渐渐到了高位。他把自己的喜悦分享给茉莉，茉莉说她考研虽然没有全国统一的模拟考试，但在做模拟卷和进行计算机专业写代码实际操作时，她也能取得不错的成绩。七哥故意说她以后肯定是女强人，然后被茉莉呛了好多声。

接下来的两周，七哥已经按照自己的既定计划完成了每天的复习任务。他先前制作的学习计划表格，每一栏认真做到的话，他就会在当天的那一栏打上钩，像日历一样积少成多，打算作为以后的纪念。

暑假的中后期，陆续有学生提前回来，小白联系七哥的时候，说学生公寓已经有一半即将步入大四的学生回来了，胖狗可能也近期会回来，他在家里已经待不住了。

茉莉对七哥说她对七哥的思念不会改变，短暂的别离才会更加珍惜对方，她要待到开学才会回去，七哥说没关系，他也是希望她不用太早回来，宿舍条件肯定不比家里，如果在家茉莉能复习好的话，那就待久一点儿，自己略养胖一些。

暑期正式结束，开学正式到来，离津源市友联科技集团选拔考试只有不到2个月的时间了。茉莉尽管几乎每天都和七哥视频，但开学再见到七哥的时候，已经认不出他了，简直是略瘦版的胖狗，学得都胖了。七哥不好意思地说他是过劳胖，考完后一定会减下来。

胖狗也胖了一圈，看来自家公司的工作轻松，伙食也不错。胖狗吹嘘说自己一个暑假替爸妈赚了20万友元，小白和七哥纷纷表示不相信。开学的小酒馆聚餐，四个人喝得比平时多，聊未来的话题也更加深沉，仿佛即将毕业似的。

大四上学期基本没有课程了，全交由学生自由安排，可以去公司实习，也可以复习考试。七哥、小白、胖狗和茉莉，四个人把微群聊的群名字改成了“一定会一起考上”，互相在群里给对方打气。

唯一没有进入状态的胖狗，有时候去宿舍找小白，有时候去自习室找七哥和茉莉，再次陷入跟随他们学习找安慰的状态。七哥如果和茉莉在一起学习忙的时候，都不搭理胖狗，有时候学习得比较烦躁，更不想在走廊和胖狗多聊，只是利用休息时间、蹲蹲厕所时间看看手机，一出来就回自习室。

茉莉的同学有一半去所谓大型科技网络企业实习了，大多是男生，想趁着青春赶着新科技2.0时代多赚点钱，只有她还在努力准备考研中。七哥为了弥补暑假他们没有在一起的遗憾，跑来自习室和她一起看书的次数比较多。来了几次后，茉莉说他不用来得这么频繁，在学馆那里学习就好，开学了有时间一起吃饭就行，七哥无奈地答应，希望茉莉不要怪罪自己。

开学的第一个月，七哥觉得时间过得太快了，自己的状态和暑假的时候差不多，学校的人又多了起来。大四学生爱玩游戏的继续在宿舍玩游戏，有压力的继续努力学习着。

某一时刻，小白从宿舍阳台望向天空，胖狗从自习室走廊望向天空，茉莉从图书馆回宿舍的路上望向天空，七哥在学馆门口台阶上望向天空，他们望的是同一片星空，心里期待着许愿星让自己有限的青春能有一个美好的结果。

进入 10 月，也是考前的一周，茉莉放下手上的学习，一直关心七哥的状态。七哥比平时更加沉默，可能他把无限的焦虑感全都压在心里，不敢爆发出来，也不敢对茉莉生气。

茉莉挑比较晚的时间找七哥，有时候是接近凌晨。她会主动安抚七哥，让七哥全身的荷尔蒙战胜焦虑，将多余的燥热从身体里排解出来，然后满足地躺在茉莉的怀里睡去。茉莉选择住下来不回宿舍了，然后一早和七哥吃完早餐再回去，做到一点都不打扰到他。

培训班的课程在这周也会结课。每位名师在上最后一节课的时候，表示会在考前几天给大家发送机构的预测题，作为压轴的礼物，祝愿报自己培训班的考生都能如愿。七哥这几个月学到了很多，跟大家一起上完最后的一节课，然后给名师深深地鞠了一躬，热泪盈眶了一段时间。

模拟考试七哥最近又参加了两场，成绩已经稳定在全国前 20 名，其中一次还考到了第 5 名。而那次小白没参加考试以后，七哥再也没有看到小白的模拟考试全国排名。

现在每天的学习时间，七哥刻意地减少，他已经把培训机构分发的模拟试题纸质版拿了出来，按照倒计时的时间，每个科目每天模考一次，下午考完的时间对照答案修改，晚上再简单巩固一下知识点。10天、9天、8天，七哥就这么认真地完成最后的计划，准备在考试那天发出最后的功力。

这几天模考虽然自己在批阅的过程中，发现大友国论或专业课会有一些丢分，七哥告诉自己不能慌张，有失误、有不会做的地方是正常的，稳定情绪才是关键，保持练习直到考前一天。

学馆的气氛变得比以前更紧张，从房间出来的考生从原来冷漠的眼神已变成了厌世的眼神。自习室每天灯火通明，考生可以保持 24 小时高强度复习，七哥看到自己座位附近，有几个考生通宵做题，把自己搞得身心俱疲。

茉莉想要做七哥最坚强的后盾，她自己没时间做饭就在七哥考前 10 天起，每天为他点学校附近几家最好的餐厅外卖，为的就是让七哥营养一定要跟上，不能总喝功能性饮料了。她还嘱咐他咖啡可以喝，但也不能喝太多，万一失眠的话就会影响状态。

七哥的考点出来了，是津源市第一中学，他心里暗自高兴，因为离学馆非常近，步行的话只要 10 分钟。而胖狗说他的考点离学校比较远，他已经提前预约好太阳能出租车，到时候当天可以载他到考点。

其实七哥考前的一段时间睡眠还不错，他会做一点冥想，而且他在高中的时候就养成了一种习惯，越到大考的前几天，越不会做太多题，要给自己心理暗示一定能通过，增加力量。

很快就到了考前的一天，已经把培训班预测题全部做完的七哥，打算下午和晚上都跟茉莉待在一起。在散步的时候茉莉撒娇地说从大三以来，时间过得比她以前所有的时间都快。七哥把茉莉搂在怀里，表示自己还有几十年要和茉莉一起过，即使现在变快了，以后还有很多时间可以慢慢来。

两个人在学校的道路上走着，背影却回到了大一的时光，那对刚开始恋爱、刚开始抱在一起的情侣，在散步的时候都有说不完的话。七哥和茉莉各自给对方取的昵称，有着属于他们自己纪念的意义。

走在路上，七哥发现明天要考试的考生也在散步，看来大家都一样，不想在最后一刻继续折磨自己了。面对同专业的同学，考前大家都面带笑脸，明天考完大家一定会不醉不归。

茉莉说今晚她在学馆陪七哥，七哥说他自己休息就行，如果受不了的话自己也能解决，茉莉在他怀里用手肘打了一下他，七哥直喊疼。七哥把茉莉送回宿舍，然后独自一人回了学馆。茉莉在宿舍阳台上，远远地目送七哥走出去，两手握住做出祈祷姿势，希望七哥明天成功。

晚上 11 点七哥就躺在床上了，桌上已经放好了为明天考试所准备的笔和功能计算器。本来可以入睡的他，今晚脑子里却一直浮现着过往，从小时候的经历，到学生时代的刻苦读书，再到离开家上大学、与茉莉在一起、独自学习等，人生都回顾了一遍。

到了凌晨 2 点，没戴眼镜的他听着外面的蝉叫，感动、激动、紧张、复杂的情绪让他流出男生的泪水，又好像想到了父亲，在梦中，在父亲的鼓励下，陷入了迷迷糊糊睡着的状态。

早晨5点半，七哥就醒了。用力拍了拍脸，大声对自己说OK，然后洗漱好，吃完早餐，穿上宽松的衣服，背上背包，等时间将近8点20分，然后从学馆出发，往津源市第一中学方向走去。

培训机构的工作人员已经在本培训班门口，戴着红色必胜的头巾，举着自制的大旗，对着无论是自己培训班还是其他培训班的考生们，喊破了嗓子为他们加油。整个源东街区，每年这个时候，即使是这里的原住市民，也会早起，打开自家的窗户，为过路的考生们加油助威。

七哥和走在路上的考生一样，被周围的气氛感动了。大家心里充满感激，用微笑来回应，并把紧张的情绪赶走。七哥走在去考场的路上，看着周围的人，又想到在老家的妈妈和妹妹，暗自下定决心考试结束以后要回家看看她们。

津源市中心有20多个考点，每个考点门口都有最先进的探测系统，能探测出考生是否有携带违规的物品，而且一进入考点，手机信号自动屏蔽。七哥通过了安检，顺利地进入了校园。

他之前看了考场在主教学楼2楼，考室已经开放进入，他很快上楼，早点进入教室可以提前进入考试状态。排队进考场的人很多，每个考场门口有一名监考员在检查考生带进考场的物品，像手表、草稿纸、带网络功能的计算器都不能带进考场。

考生的身份会通过监考员手上的机器对大家人脸识别，也不必像以前一样还要携带实体证件来证明身份。轮到七哥的时候，监考员对着七哥刷脸，听到的声音有些反常，眉头皱了一下。

七哥有点儿紧张，监考员第二次刷脸失败后，他查了一下资料，发现七哥的考场不在这里。七哥解释说没错啊，是不是哪里弄错了。监考员把机器拿给七哥看，七哥信息的考场写的是津源市第一中心小学。七哥太大意了，把考点看成了津源市第一中学，而这时候距离考场关闭的时间仅剩 6 分钟。

第二十一章
犹豫

第二天早上 9 点，偌雪才从陆河的怀里醒来，陆河已经醒了，他正用手托着头，含情脉脉地看着偌雪。偌雪有些不好意思，用指戳了一下陆河的头，陆河把她的手握紧，然后又吻了偌雪。

两个人慵懒地起身，收拾好东西退了房间，走出酒店的时候已经是早上 10 点半了，陆河带偌雪去吃早午餐。这里的老街区早餐开得很早，但中午才收摊。陆河说有的早餐店只做到 11 点，去晚了就没东西吃了，下午和晚上的时间老板都在外面玩，生活和工作随意切换。

在一家门口有小板凳的餐店坐下来，陆河请偌雪吃了一大碗沙茶味道的海鲜面，面汤里加了很多大牡蛎、鱿鱼、猪肉还有生菜等，橙红色的浓汤让偌雪吃得停不下来，那种鲜甜带有茶香的滋味让偌雪赞不绝口，陆河也笑得眯眯眼。

陆河和偌雪把海鲜面吃得精光，然后牵着手在老街区又逛了一会儿。早晨的老街区还有很多老人，都是八九十岁，独自坐在家门口，倚靠在摇椅上，吹着无线的电风扇，望着过路的行人。

偌雪又切换到了小女子的风格，娇羞地对陆河说他们应该能活到这么老吧。陆河回复说肯定没问题的，现在科技这么先进，医疗水平也这么发达，再加上她又这么注重身材和饮食管理，肯定能活得比他们久。

一天一夜的玩乐圆满结束，陆河开车载着偌雪返回津源市中心了。到了偌雪家的地下室停车场，偌雪邀请陆河到家里喝咖啡，陆河说还得马上赶回酒厂，感谢偌雪能陪着他一起过周末，然后就开车离开了。

偌雪回到家，看到手机工作微账号里有几条留言，是秘书给她发的工作报告。偌雪趁昨天睡得比较多，用咖啡机制作了一杯卡布奇诺，然后在办公间里看起资料来。

偌雪的公司前几年发展得迅猛在偌雪的意料之中，她对市场有着很敏锐的判断力，敢在经济形势相对不好的情况下毅然与几个大学同学出来创业，当时很多朋友不看好，连她爸妈也不太支持。她凭借自己和团队的努力，终于站稳脚跟，在新科技 2.0 时代的全息投影领域里有了一席之地。

后来，她又带领团队转战网络购物，把单一地从看手机屏幕购物转变为全息投影的虚拟实体模式，这方面技术他们公司走在行业的最前端，一下子把市场的大部分份额给占领了，直到现在才有多家大公司在和他们竞争。

事业达到顶峰，必然迎来跌落的时候。身居高位，也不能死抱着权力不放，偌雪是个会急流勇退的人，面对众人的规劝，她坚持在公司上市不久后，选择改任董事，把自己最信任的一位好友推荐为董事长，但没有垂帘听政的做法和意思。

聪明如偌雪。她退居二线以后，公司的发展速度有所放缓，但也趋于平稳。公司的主业在行业内已不再有优势了，后续的发展主要还是看其他业务方面的拓展，房地产配套科技功能开发、酒店软件系统、安全追踪科技识别设备等方面是未来几年主攻的项目。

秘书给的报告，大多是主业以外其他项目的投资情况和软件开发情况。偌雪看得很认真，但她也已经不会像以前一样努力地思考并提供建议，只是作为旁观者，力求公司发展越来越好就OK了。

偌雪现在30多岁，已经过上了财富自由的生活。她发现以前打交道的、跟她年纪相仿的年轻高管们，和她的理念相同，人生路太长，变数太多，如果赚够了钱，为什么不及时行乐享受生活呢?

像20世纪八九十年代以前出生的大叔们，坐上了高位，坐拥多套房产和财富，却依旧爱惜自己的羽毛，总是想着无限地扩张，总是想着既然能赚那么多钱，那为什么不开分公司、为什么不继续增加效益呢？人生并非一帆风顺，中间只要走错一步，可能会满盘皆输，意外总是在不经意间发生，财富来得太快，欲望太多，可能到头来什么都握不住。

偌雪的朋友圈里，注重生活方式的高管不在少数，每年会休两三个月的假，有的甚至30岁就已提前退休了，微友圈发的都是国外旅游，深山隐居的图片或视频，人生还有2/3的时间，轻松自由才是王道。

偌雪喝着咖啡，把报告上自己觉得是重点的地方画了圈，然后用电子签名写上“已阅”，剩下的就交给秘书处理了。看完报告书后，偌雪就像大学生时代的她一样，学习没学很长时间，就很快想看手机玩游戏放松了。

和陆河的关系进展得比较快，偌雪就在有空的时候跟他发微信息，把自己在做的事情发给他看，有时候拍喝咖啡的照片，有时候发公寓楼下的街景，有时候发她运动后大汗淋漓的自拍照，陆河回复时间不定，但每条都会给她回复。

偌雪很少主动跟他微视频电话，在她的观念里，男人有自己的事业，也得有自己的空间，只有在非常想见的情况下，偌雪才会先微信息询问，确定陆河有时间视频后再微视频电话。陆河知道偌雪的习惯，自然而然跟她继续保持这样下去。

天气预报说这周有持续下雨，太平洋的海面上迎来了今年的第一号台风。工作日的早晨，外面已是狂风大作，天空黑压压的一片，隔着玻璃都能感受到风的气息，路上电动自行车不多，基本是太阳能汽车占用了马路。偌雪用语音控制把电动窗户都关了起来，享用着自己做的早餐——韩式方便面。

刷着手机的时候，偌雪看到周四有一个艺术展览，陆河还有她的另外两位朋友同时分享的微友圈。这个展览是一位才华横溢的艺术家举办的，在国内小有名气。偌雪想反正自己有时间，就计划到时候过去看看。

最近偌雪一直在思考一件很重要的事情，她很早以前就萌生过这样的想法，但一直没有去做。她双手张开用力躺在床上，用成年人的思维权衡利弊。想了一会儿，她使劲抓了抓头发，好像在逼迫自己下定决心。

周一到周三一直都在下雨，偌雪的心情没有特别兴奋，反而保持得很冷静。她最近分析美国股市比较多，早年投资的股票近来都已接近翻倍，这要归功于公司里的投资顾问的长期建议。偌雪从他那里学到不少投资知识，手里长期握着绩优股。

陆河每次和偌雪出来玩儿一下，就沉寂一段时间。偌雪认为他们这种年纪，每天都腻在一起对感情的发展无利，他们已经没有 20 多岁每天见不到就难受的状态了，反而感情上的成熟给他们带来更多的精神满足。

周围不乏其他男生在追求她，有些男生甚至不知道她是上市公司的董事，只把她当作具有成熟魅力的可爱女人。即使经历了很多，偌雪的外表和言行都不会让人感觉出来，反而会将一些年轻的男士迷得神魂颠倒，连她离过婚都不介意。

偌雪心知肚明，除了她熟悉的陆河以外，其他男士都是抱着追求恋爱新鲜感的想法，他们已经没有上一辈人那种能默默守护爱人的思想，而是更加大胆、更加直接。他们把偌雪作为目标追求一段时间，如果不行的话就换下一人，甚至同时追求多人，偌雪自认为一眼就能感觉得到对方是不是这类男士。

最近下雨天的晚上，偌雪与电视一起度过。她已经购买了视频播放网站的会员，想看什么就看什么。偌雪最近不看言情剧和爱情剧，网评高分片才是她现在所需要的，什么新颖题材的，什么大友国金奖的，她每天都要搜索出来看一遍。

偌雪每看完一部影片后，会对影片进行思考，思考导演埋的彩蛋和伏笔，是否有跟生活产生共鸣。偌雪变理智了，这是她成熟后的收获。

周四外面依旧倾盆大雨，偌雪突然心血来潮，决定到公寓楼下坐地铁，然后直达津源市艺术馆地铁站。偌雪走进车厢，过了好几站才有位置坐。

偌雪的这一侧座位比较挤，通过座位对面的玻璃她看到隔壁坐着一位年轻自信的男生，白衬衣黑西裤，皮鞋也擦得锃亮，两只眼睛往左右来回看。偌雪今天是少女风，手里拿着彩色电子水墨屏阅读器，在地铁的轰鸣声中自然而然地就被旁边这位男生搭讪了。

“你好，你看的是《百年孤独》吧？这本书我以前也看过，很魔幻，马尔克斯真是个天才。”

“我也有同感，我看了一半多了，虽然现在有点儿看不下去，但还是坚持了下来。”

“你是老师吗？正值暑假有时间出来，这么年轻漂亮，手里还拿着艺术馆的介绍手册，这是去看艺术展吧？”

“是啊，你的推理还不错嘛，你是什么职业呢？”

“我是一名某大型企业新入职的工作人员，下周要报到，考了很多年，终于要成为一名正式员工了。”

“噢噢，那不错，挺厉害的。”

“方便加个微账号吗？我对艺术展也挺感兴趣的，有机会我们可以讨论讨论。”

“这个嘛……不太方便，虽然我没有男朋友，但不太想加陌生人，谢谢。”

“我们这么聊一聊，就不是陌生人了嘛，况且我条件挺不错的，看上去也不是坏人吧。你看，这是我的工作证。”

“实在不好意思，我不想加你，也对你没有兴趣，谢谢！”

“还从来没有女生不和我交换联系方式的，况且我现在可是大型企业正式的工作人员，多的是单身女生想加我。”

本来偌雪趁着今天心情不错，勉强接这位男生的话。但最后一句话触碰到了偌雪的神经和底线，她从对面玻璃看到这位男生从献殷勤到嫌弃的表情，对偌雪来说实在令人作呕，她看了一下周围，用不影响其他人的语调对这位男生表达了自己的愤怒。

“你以为成为一名大型企业工作人员就很了不起吗？你以为以你的条件，所有女生都要扑上来把你当偶像一样看待？你还太嫩了，现在都什么时代了，男女之间在一起看的是感觉，你是不是整天都在幻想跟美女邂逅被女生追求的状态呢？别人跟你客气地笑笑回你的话，并不表示会爱上你。”

偌雪好久没有一口气抒发这么犀利的话语，惊的旁边这位男生都不敢动弹，眼睛呆呆地望着她。周围有几个人听到偌雪的话，捂住嘴巴互相小声地说了什么。刚说完这番话，正好艺术馆地铁站到了，偌雪又再次恶狠狠地瞪了男生一眼，然后拿起背包自信地出了地铁。

把身上的怨气释放出来，偌雪感觉很舒服。很久没有遇到这种盲目自信的男人了，幸好是陌生人，自己才会这么直白地跟他说，如果他总是这么自以为是的话，兴许会祸害其他女生，今天也算让他对自己有点儿全新的认识了。

走到了艺术展览馆门口，偌雪就已经把刚才的事忘了。看展览的人不多，有穿着时尚的男女，有背着背包的学生，还有外地游客路过这里好奇想进来看看的。偌雪就喜欢新鲜感，她身体内的艺术细胞正在聚集。

进入艺术家个人展厅，中央是一棵巨大的世界之树，盘根错节，枝叶特别茂盛。艺术家给它定义的造型是连接着天空和大地，将天空的光过滤成五彩的颜色照耀着大地，而大地为报答这棵世界之树，把最好的养分都输送给了它。人们生活在树脚下，世世代代受到树的庇护。

中厅左边挂着艺术家的绘画及涂鸦作品。偌雪慢慢踱步，在每幅作品面前驻足，细细欣赏。有一幅画偌雪特别喜欢，那是一位母亲，膝下是三个孩子，其中两个小男孩头上有天使的光环，脸上挂着微笑，每人的一只手分别牵着母亲的一只手，而另一个小女孩最小，被两个哥哥一起用另一只手托着，正憨憨地睡着，无声地享受三人的宠爱。四个人连成一个环，正好是爱心的形状。

展示绘画区域的另一个角落，还有一个用 3D 打印机打印的浮空的宇宙。宇宙里的星球多得数不清，用一个巨大的圆球来显示。而圆球之外，有一个巨大的黑影，看不出来它是什么，作品的题目叫《观察者》。偌雪想，是否意味着我们人类已经发现了宇宙之外的设计我们又观察我们的造物主呢？就好比我们是蚂蚁，他是人，我们的认知跟造物主天差地别呢。

偌雪走到另一大片区域，这里是艺术家设计的世界。里面有生物，也不能称之为生物，千奇百怪的物体布满了四周。偌雪小心翼翼地走过，会触碰到一个圆球外圈附着在四周的皮肤，像一颗心脏在规律地跳动。

一直往前走，有全息投影出来的虚拟实体鸟类，它可以飞翔，也会降落，还有粗壮的腿能在地面行走，着实是鸟人的设计。远处的灯光像太阳，很刺眼，来回摆动闪烁照射，在它照射的范围内，有一些看不出的突触，见光就出现，光一走就消失。

还有一个魔幻空间，应该用软件进行过设定，偌雪走进去一片漆黑，但能看到漆黑的地板，偌雪看不到光，也看不到出口，一直往前走，越走越累，越来越感觉无助。偌雪赶紧停下来，坐在地板上，回头也看不到入口，只能静下心来想办法。她发现只要冷静一点，不远处就有一点点光亮在增大，当她持续控制住有节奏的腹式呼吸，光亮就往她的方向继续增大，直到把她包裹住，重新回到展厅。

偌雪很惊叹，这应该不仅仅是科技，而是科幻的艺术，在她进去的时候，已经不用像耳贴这种实体的东西来控制她的思想，而是直接让科技控制自己的大脑，真人完全进入了另一个虚拟世界。

见识了全新的艺术展览，偌雪的手机微账号自动收到一个艺术奖章，这枚奖章可以兑换一个小小的纪念品，作为艺术家送的礼物。一些出来的年轻人，讨论着刚才的展览，偌雪在想如果在那个黑暗的空间，有人持续奔跑，或停下来持续紧张，那会不会就一直困在那个黑洞里呢？

回到家里，偌雪发了一条微友圈，展示了里面的部分艺术品，并@陆河，向朋友们宣告这个艺术展览值得一去。微友们在底下留言，表示想去，但对她@的对象十分好奇，偌雪并没有做回复，晾着让他们自己去猜。

陆河最近基本在津源市谈生意，这两个月和偌雪接触得很频繁。他们很早的时候就认识了，然而没有在一起，对津源市很多地方都很熟悉，这些熟悉都是从以前一点一滴中积累出来的。

偌雪带陆河去了一些他没有去过的高级餐厅，成双成对地出入，陆河虽然年纪比偌雪小，但外表看上去比偌雪年纪大不少，虽然他微胖娃娃脸，胡子增老不少，在任何一个服务员看来，他俩很般配。

陆河倒是喜欢带偌雪去小街小吃店，店主都是爷爷辈甚至曾祖辈的老人，几十年的味道都不变。偌雪和陆河在津源市四处游逛，有一次被偌雪的一个闺蜜发现，还偷偷地拍了张照片。

偌雪后面解释说这个是正牌男友，经营一家酒厂，和他在一起相处很舒服，没有其他信息可以再继续透露。闺蜜骂她是个友情凉薄的女子，但还是含笑说希望偌雪过得开心、恋爱开心就好。

入秋的一天周末，正好那天是偌雪生日，陆河本来微信息说他在谈生意，来不及回来见她，已经买了生日礼物会送到。看完微信息门铃响起。偌雪一开门，陆河就给她一个惊喜冲了进来，抱住她一阵狂吻。

生日在偌雪眼中应该是过得平淡、有意义，陆河露了一手，做了几道拿手的菜，还带了足够两个人吃的蛋糕和师傅给他留的20年佳酿，把肚子撑得满满的边开对方玩笑，直到被酒精打败，两人躺在客厅地毯上呼呼大睡，直到第二天早上才醒来。

天气转凉，大友中立国的经济再次提前遇到寒冬。在国内权威媒体的报道中，许多中小公司因为抵挡不住金融风险，资金链断裂，撑不下去进而纷纷倒闭。有些行业不太赚钱，大企业也纷纷转型，寻求其他的投资领域。即使在新科技2.0时代，也依然有很多科技和网络公司面临破产。

偌雪去公司的次数很少，有时候在家里开微视频会议，她已经觉察到了一些潜在的风险，今年下半年的投资项目虽然已经上马，但能不能保持盈利还是个未知数。高层对此仍旧保持乐观，因为他们有厉害的团队，也相信自己的战略眼光。

最近一些有趣的活动在重新流行，如插花艺术、飞盘比赛、茶道技艺等。偌雪是个多才多艺的人，她学什么东西都能很快上手。只要是她会的东西，她都能达到比普通人更高一级的水平。

在一些高端的聚会里，偌雪偶尔有露面，打高尔夫、商业聚餐，偌雪都会保持一定的出勤率，至少让自己在业界中有点存在感，毕竟她是奥雪公司的创始人，科技圈里的人对她评价很高，对她退居二线也都纷纷表示遗憾。

位高权重的人只要见到她，就想跟她进一步聊工作或邀请她单独商谈，都被她一一婉拒。她认为出席这种场合，仅仅是她为公司应尽的一点义务而已，没有一点儿提升自己地位的想法。

偌雪的妈妈身体越来越不好，偌雪一直劝她要多出去走走、多锻炼身体，可妈妈只想待在家里，吃的是很健康，但面对一些小毛病，靠吃药丸也只能够延缓衰老和疾病而已。偌雪有时候会抽空去看妈妈，把她拉到小区底下走走，不想走远也得活动起来。

偌雪的爸爸是运动探索型，而妈妈是静坐养生型，都有各自的生活方式，都朝着长寿之道迈出自己的步子。

与陆河相处有一段时间了，加上爸妈日渐老去，偌雪的心态也微微出现变化。有一个声音一直在呼喊着她，她假装听不见。

每当夜幕降临之时，一直都会想起它，另一个自己的声音到底是想帮自己还是想考验自己。

每年的最后一个季度，公司进入忙碌期，加班加点已成为常态。甚至对于公司的技术人员，为了升级软件的版本，解决软件的 bug，整个团队都会在办公室里通宵打地铺，花好几个日夜，共同奋战，直到成功之日，大吃大喝庆祝一番，然后回家睡个一天一夜。

正好这一天天气不错，偌雪像以前一样，兴奋地第一个到公司，第一个打开电脑，开启美好的一天。咖啡、休息室、吸烟区、自助食堂、健身区、娱乐区、休息间，公司壮大到已经变得跟家里一样舒适，员工即使工作上十分疲劳，也能像待在家里一样。

偌雪罕见地没有待在她的办公室，而是到她以前战斗过的部门，看望了年轻的同事们。同事们都在忙碌着，敲代码、打电话，各种忙碌，连喝水的时间都没有。

偌雪刚到部门，负责人就过来想要接待她并介绍团队的情况，偌雪摇摇头，说她随便看看。她慢慢地走在部门的大房间里，偶尔有人抬头看她，大多数人在埋头工作，即使注意到她也只是瞥一眼，没有发现董事已经在他们旁边。

偌雪看着他们就像看到年轻的自己，那时候公司刚起步，除了自己的大学同学之外，团队里其他的人都是年轻人，在偌雪的指挥下，像零件一样不停运转，支撑起整个公司的壮大。偌雪走着，心里已经感动得流泪，但眼泪没有从她眼中流出，她努力地克制住，只想回忆着这一切。

逛了逛几个部门，偌雪见到了她的秘书，然后领着她，回到了 8 楼，走进了董事长的办公室。董事长秘书见偌雪进来，立刻安排好新鲜的绿茶和点心，董事长打完电话，见到偌雪，招呼她在办公室的大沙发椅上坐下，两人也回到了老友的时光，聊了起来。

董事长也是个工作狂，当年是偌雪的左右手，就像女将军身边的带刀侍卫一样，是偌雪最信任的工作伙伴之一。他也大腹便便了，谈吐变得成熟稳重，与偌雪讲起几年前奋斗的经历，虽然都是重复的话题，但回忆是越老越陈、越说越开心。

聊了很久，偌雪突然把秘书叫到身边坐下，然后自己递上了一个信封。董事长有点儿吃惊，打开一看，竟是封辞职信。偌雪严肃起来，说今年时不时蹦出辞职的想法，最近终于有勇气做出决定。

是时候放开自己一手创办的公司，想完全放空自己已经很长一段时间了，也许以后还会迎接新的挑战，也许就这么躺平似的老去。董事长没有多说什么，他知道偌雪的性格，只要做出决定，就不会改变。

偌雪说还有两个要求，一是她的秘书能力很强，跟了她好几年，希望董事长在下次董事会上安排她当部门负责人，实现她的价值；二是她已经打算辞职了，决定卖掉自己在奥雪公司的所有股份，按目前的股价，大概有 6 亿友元。

第二十二章

住院

下班后，辕泰先回到了自己的公寓，还来不及吃晚饭，就在思索着是不是要今晚就去探望。辕泰想，去探视张部长的人肯定不少，水果花篮应该堆满病房，那干脆带一点父亲进口的茶叶吧，辕泰冰箱里有一盒新鲜的中国西湖龙井，喝起来很甘甜，具有生津止渴、降胆固醇和降血脂的功效。

家里还有一些吐司、奶酪和鸡蛋。辕泰将吐司放进烤面包机，鸡蛋就现煎，再加入奶酪，凑合着几口就吃完了，又喝点儿牛奶，充实了自己的胃，拿上小盒茶叶，骑上新智能共享电动自行车朝津源市第一医院赶过去。

出发前，辕泰给高秘书发了一条微信息，问他是否陪在张部长身边。不一会儿高秘书就回复说在的，辕泰过来的话可以直接找他，在西院区住院部的 727 病床。辕泰沿着小路骑行，很快就到了医院。

津源市第一医院西院区非常大，是新建的院区，现在老院区和新院区分开，这样可以分流病人。辕泰在医院门口停下电动自行车，步行进入医院，朝着写着“住院部”三个大字的大楼走过去。

由于住院部病房探望时间在 9 点之前，而且每次只能最多两个人进入病房，辕泰刚到前台问询，就被告知 727 病床已经有人在探视了。辕泰给高秘书打了个电话，他说等这两个人走后他就可以进来，他会跟前台的护士说。

等了大约20分钟，护士说辕泰可以上去了，他乘坐电梯到七楼，往七楼最里面走去。这时候高秘书和一位很年轻的护士从727病房里走出来，说着张部长的病情，这时候他们也看到辕泰走过来，跟辕泰聊起部长现在的状况。

“辕泰你过来了，这位是照顾张部长的郑护士，她刚刚给部长换完吊瓶。”

“你好，郑护士。那现在张部长情况怎么样？我父亲因为在外地走不开，他托我来看望他。张部长一直都挺精神的呀，怎么会突然就晕倒了？”

“唉，这就说来话长了。你别看张部长看上去身体挺好，其实他有高血压，心脏也有点儿问题，加上工作太忙，没有好好休息，所以突然心脏病发作就晕倒了。”

“张部长实在是太不注意自己的身体了，把工作都放在了第一位。”

“我跟了他这么多年，他有时候会忙到忘记吃药，身体状况就一直没有完全好转。”

“那现在怎么样了？应该没什么大碍了吧。”

“幸好是在会议室那里发作，大家第一时间就拨打了急救电话把他送到了医院，由这里最权威的医生给他救治，醒来后郑护士专门一对一地照顾他。”

“那就好，那他的家人没来照顾他吗？”

“他的家人就只有他的妻子，很早以前因车祸去世了，也没听他提过有孩子。关于家庭情况，他从来都闭口不提，我也就没有问他了。”

“这样啊，那我现在可以进去看望他了吗？”

“可以的，辕泰你进去吧，他这时候应该很希望有人能和他聊聊天。”

辕泰在郑护士的带领下进了病房，这间病房是单人间，床的两边摆了好多设备。张部长憔悴地躺在病床上，实时监测着心率，左手插着吊针，输液的瓶子里装着一大罐的药品。

张部长看到辕泰来了，招呼他在旁边的椅子上坐下。辕泰听到他磁性的声音还在，但力度减弱了很多，看来身体很是虚弱。床的另一边还放着很多水果，看来是看望他的朋友送来的。辕泰有一点拘束，脑子里想着怎样问候，张部长就先打开话题了。

“简轩跟我说他来不了，会让你替他过来看望我。辕泰，谢谢你啊！”

“部长您太客气了，即使我父亲没说，我也会过来的。整个部里的人都知道您对工作的认真负责，您也要保重身体，您累倒下了我们可是群龙无首啊！”

“哈哈，简轩的儿子这么会说话了。我以前见过你几次，那时候你还很小，很乖很听话，你爸妈都很宠你。”

“我都不太记得了。部长您过奖了，我还有很多东西要向您学习呢。”

“我是老了，经常是疲劳作战，未来是属于你们年轻人的，你们可要好好抓住现在的机遇好好干，不能给津源市友联科技集团丢脸啊。”

“是的，谨遵部长的教诲。您现在身体应该感觉好些了吧？跟您聊这么多怕打扰到您。”

“还好，感觉已经恢复过来了，现在还有点儿虚弱。医生和护士把我都照顾得很周到，他们说很快就能恢复了，但以后一定要记得按时吃药。”

“太好了，您可不要像电视剧里演的，病还没好，就把吊针拔了回去工作了，现在可是要把身体放在第一位啊。”

“哈哈，会的，最近就交给第一副部长来主持工作了，我十多年没有请假休息了，这次就当作请了个长假，好好把身体养一下。”

“部长，我就先回去了，不打扰您啦，这是父亲让我给您带的茶叶，可以降血压血脂，等您得到医生的允许了再喝，也有助于康复。”

“好的，谢谢了，也替我谢谢你父亲。”

镶泰和郑护士走出来，郑护士说张部长很坚强，一般碰到这种紧急情况，很多人都撑不过去，而他恢复得很好。医生说他应该是工作太劳累了，不然以他的身体素质，心脏不会负担这么大。

镶泰感叹现在的工作量是以前比不了的，跟他打交道的老主管说工作几十年，市民生活水平提高了很多，经济、文化等方面也是多元化发展，科技方面基本涵盖所有领域，要做的科技项目开发工作也是多了很多，与中小企业合作更多了，但最终目的——市民的幸福感提高了不少。

晚上躺在公寓的床上，镶泰辗转反侧，他的脑子里出现了自己将来在工作中倒下的画面，很担心自己以后的身体没办法应付这种高强度和高度负责的工作。镶泰下定决心，从明天开始要把自己的身体锻炼好，多看一些蒸煮健康餐品和健身的书籍和视频，在实现理想的道路上可不能中途倒下。

张部长休养期间，旅游科技项目开发部的工作依旧有条不紊地进行着。经过几个月的锻炼，辕泰已经把办公室的几个重大的科技开发项目完全掌握了。王主管把辕泰当成重要后备力量来培养，出差或开会都会把辕泰带在身边，跟他无话不谈。

芊美自从上次对辕泰表白被拒以后，对辕泰的爱慕之心也渐渐冷下去。亚衡来办公室的次数增多，芊美好像对他的态度也越来越好。辕泰默默地看在眼里，也比较放心了，而林姐也猜测到辕泰和芊美之间发生过什么，时间大概是他们和王主管那次去参观学习之后。

鱼之心说周末想去北边的韩阳市坐热气球，问辕泰有没有空，得提前一天到那里，晚上住下第二天早晨5点就得起床。辕泰想去，查了下最近的工作基本完成，就答应了她，计划周六出发。

在食堂吃饭的时候，芊美跟辕泰说话也自然了，还直接和辕泰开起了玩笑，想多了解他的家庭情况。辕泰说他和妹妹感情很好，工作上妹妹现在升任了公司的副董事长。

亚衡爱凑热闹，开玩笑说也想见见辕泰的妹妹，说不定还有可能会看上他。辕泰看到芊美给他翻了一个很大的白眼，亚衡吐吐舌头，表示自己只是随便说说罢了。周围的同事经常加入辕泰和芊美的食堂“饭局”，大多是年轻人，虽在不同的办公室或不同的部门，但同事关系也很融洽。

工作以来，辕泰由于花销不太多，积蓄有了明显的增加。最低的职位，每个月接近 5 万友元的工资，在津源市的大型企业里算是较高水平了，扣除公寓租金和水电等基本开销，辕泰可供自己娱乐支配的资金还是很充裕的。

工作上的评分系统是保密的，不会主动公开。每个工作人员每年有三次机会可以查看自己的得分，以了解自己的工作情况。辕泰出于对自己最近的工作比较满意，他决定看一下自己的工作项目的得分情况，以获得成就感来继续给自己足够的动力。

心怀忐忑，辕泰在自己的工作账号里输入了密码，评分系统的各项得分就映入眼帘。得分项目也没有具体出现打分细则，只是分为若干小项：出勤方面，100%；制度方面，88%；业务方面，93%；态度方面，98%；绩效方面，95%；综合评分，满分是 100 分，辕泰的得分是 96 分，这个分数在整个中心大楼的一级工作人员里，排名第 3；在旅游科技项目开发部里，排名第 1。

这个得分在辕泰的意料之中，就像当年查看自己友联科技集团选拔考试的时候一样，也是小紧张了几分钟。辕泰感觉按照自己现在的步调，应该很有机会晋升二级工作人员。在下一次的考核前，一定好好保持住，有时间找高秘书问一下具体的程序。辕泰心里自己暗下决定。

周六很快就到了，辕泰很愉快地准备跟鱼之心赴约去乘坐热气球。鱼之心拖着一个超小行李箱，里面塞着一件女士冲锋衣，准备乘热气球时候穿。辕泰也带了一件防寒的大衣，两个人亲密地坐上了区际列车出发了。

热气球专业员架着一辆旅行车在出站口等候，载他们到目的地。韩阳市大多是平原，风景很不错，每一片区域有新式的高楼也有老式的建筑，农田、草地、风车，这些元素随处可见，非常适合从高空向下瞭望。

专业员很细心地给他们讲解明天的流程，鱼之心说她查过攻略，也看过视频，非常期待这次的旅程。旅行车开到了郊区平原处的一栋三层高大房子里。他说这里除了来坐热气球的游客，平时就他和另一个女专业员住，偶尔会有考过证的学员来这里帮忙。

晚餐由另一个女专业员做好了，鱼之心开心地吃了起来。晚餐很丰盛，包含了韩阳市很多特产食物，如炸茄子、炸番薯，还有酱汁拌面等鱼之心特别喜欢的面食。辕泰吃得也开心，看到鱼之心吃得嘴角都是油，他还主动帮她擦掉。

明天要早起，专业员说这里很安静，附近也没有什么市民居住，二楼和三楼都有多张大床，但都没有门的隔断，让他们随意挑选住下。辕泰和鱼之心自然是选择隔壁的床睡下。鱼之心比辕泰更兴奋和紧张，虽然坐过很多次飞机，但无格挡式地与天空接触还是第一次。

睡前辕泰和鱼之心聊了一会儿，跟她说不要担心，专业员很专业，而且天气预报说明天风速每秒 1~3m，非常适合乘坐热气球，明天尽情地享受就好。辕泰不敢再和鱼之心说得太多，很快戴上眼罩睡下了。鱼之心也在睡前挣扎了一会儿，期待热气球，也期待和辕泰的第一次高空之旅。

早晨 4 点半，辕泰和鱼之心就被叫醒了。拖着蒙眬的睡眼和还没苏醒的身体，两人快速穿好保暖的衣服，跟着两个专业员出发。到达起飞地点，四个人一起合力将热气球滚动铺开，专业员点起火焰让气球膨胀拱起。鱼之心很兴奋，很认真地拍摄视频在记录这一时刻。

一个专业员负责载他们到空中，另一个专业员则是开车到指定的降落地点接他们。温度没有太低，风速也在可控的范围内，专业员松开固定绳，三个人一起大喊着起飞啦，热气球跟氢气球一样，跟地面缓缓地拉开了距离。

鱼之心手机录像功能打开着，开心地记录着这一切，高楼、矮平房、绿田地、行人和车辆在他们的视野中越来越小，像在玩游戏一样，有着上帝视角，将眼前平原上所有的一切都尽收眼底。

专业员耐心地观察着环境，时刻控制着火焰的强度。高度越高，温度越低，辕泰和鱼之心似乎感觉到一点冷。这时候，辕泰的脑子里充满了美好，在多巴胺的作用下，他不自觉地从后面主动抱住鱼之心，然后再一只手抓住鱼之心的一只手。鱼之心也感觉到了辕泰的温度，她一直期待着这一刻的来临，两个人第一次亲密接触，没有多余的话，辕泰在鱼之心的后面呼出热热的哈气。鱼之心将手反过来紧紧握住辕泰的手，然后继续微笑，录着视频。

专业员在背后也捂嘴笑笑，跟他们讲解每一处的位置，现在正在往市中心飞行，会在接近市中心的地方降落。他们现在感受不到风，鱼之心问在高处应该会感受到大风才对吧，专业员笑笑说，其实他们三人已经与风融为了一体，成为风的一部分，一起吹拂着大地。

1 个多小时的飞行，充满着兴奋，也有些许紧张。辕泰和鱼之心从原来对高处的紧张，变成了拥抱在一起的小紧张，当拥抱这个动作适应了，就变成了对美景的眷恋。他们还看到飞翔的鸟儿，鱼之心还自诩他们已经成为一种载体，帮助鸟儿在天空自由翱翔，这是一种爱的感觉。

热气球与预定降落的地点有偏离，稍稍飞得远了一些。但情况依旧可控，专业员用讲机讨论了一下，决定在另一不远处空地上实施降落。火焰正在慢慢减弱，大地也越来越近，短暂的空中之旅很完美。更完美的是，在快降落时，鱼之心轻轻挣脱抱在自己身后的辕泰，然后转过头轻快地亲吻了辕泰的脸颊，趁还没落地时，两人又来了很多张完美的自拍。

平安降落后，鱼之心大呼过瘾，说还会再来体验一次。专业员说很欢迎他们再过来，现在热气球旅行是很安全的，每次都会给他们带来不同的体验。行李已经放车上了，辕泰和鱼之心一起上了车。与来时不同的是，他俩从热气球下来就一直十指紧扣，生怕空中的温度在手边消失冷却。

周日回到各自的家中，两人之间微信息联系中的语气比之前有更多的爱情元素，爱心和开心的表情经常出现在每段文字之后，而辕泰言语上对鱼之心的关心更是无微不至。既然已经确定了男女朋友关系，鱼之心说每天晚上都要跟辕泰聊聊，就算再忙每天也要分享双方的喜怒哀乐。

周一早晨的上班，如果来上班的年轻人心情是愉快的，那说明他的周末一定有爱情的滋润；如果来上班的年轻人是一脸疲惫，嘴里还嚷嚷没休息够，那很可能是两天都待在房子里安静地做单身狗。这是林姐总结出来的规律，她很自信地跟辕泰和芊美说着自己的理论，并让他们接受她的观点。

镶泰自然是精神状态很好，毕竟是刚进入爱情的第二天，新鲜感和爱意充满了整个身体。芊美周末的时候可能跟亚衡有约，据林姐打探到他们还一起去了迪士尼游乐园，镶泰一惊，对他们的行程被泄露而紧张了一下。他转过头看了下林姐，林姐那眯着眼微笑的表情，有种让镶泰不得不说实话的压迫感。

王主管一上班，就表扬了大家最近几项工作都完成得不错，按照惯例，每半年他都会请全办公室的人一起吃顿饭，时间就定在今晚，大家下班后在中心大楼附近的“中国烤鱼”店的“鲤鱼”包间一块儿吃饭。芊美在办公室门外朝里面比了个 OK 的手势，镶泰也点点头，林姐也笑笑说好久没聚餐了。

秋天与冬天的交汇点，吃顿热乎乎的酱汁烤鱼实在是美好的事情。他们都到齐时，桌面上的烤炉，上面已经装下了一只庞大的草鱼，青椒、豆腐皮、土豆、年糕等配料已经和新鲜的酱汁混在一起，底下的火烤着，酱汁冒着气泡，王主管招呼快吃，众人就不客气地动筷了。

芊美说要减肥，挑了几小块鱼肉尝尝鲜。镶泰也说自己不客气了，把最肥美的部位分三块夹给大家后，然后就着啤酒品尝起来。

工作之外的时间，林姐很少与大家单独接触，她有个上高中的女儿，临近大学入学考试，她每天都会回家做一点儿好吃的送到寄宿学校给她女儿吃。今天难得聚餐，她说让女儿委屈一下。机会难得，她当起了挖掘镶泰的审问官。

“镶泰啊，你是不是恋爱了啊？林姐的直觉不会出错，大家都是自己人，你可要好好跟我们讲讲啊。特别是芊美，要教会她怎么和优秀的男生谈恋爱。”

“呃……好吧，看来一切都逃不过林姐的法眼。我是有在和一个女生谈恋爱，她在一家大型企业上班，年纪跟我差不多大。”

“长的应该很漂亮吧？有照片吗？拿出来让我们看一下啊，让大家来鉴定一下。”

“林姐，你看……这是我们上周一起去乘热气球的照片。”

林姐抢过辕泰的手机，手滑动着照片一张一张品鉴起来。芊美也凑过来，没有露出异样的表情。王主管眯着眼，头伸过来看了几张，嘴里说着挺漂亮的。看着看着，林姐又对辕泰继续审问起来。

“说！你们是什么时候在一起的？都没有老实交代，主动跟我们王主管汇报一声。”

“好吧，我们是最近才在一起的，两个人有时候出去看看电影，吃吃小吃，彼此都有感觉，所以就在一起了。”

“她是哪里的富家小姐？能这么幸运攀上我们茶叶公司的太子辕泰公子，是哪个公司老总给你们介绍的呀？”

“我们是相亲软件认识的，通过软件的匹配，然后跟她配对成功，看照片有眼缘就约出来了。”

“啊！辕泰大公子还用相亲软件找女朋友？你这条件还需要用到软件？不应该是商业联姻吗？”

“没有的事啦，而且我也不会继承家里的公司。林姐你也是知道的，这个软件还是我妹帮我弄的，也是缘分，才会遇到现在的女朋友。”

“那下次办公室聚餐你可要把她带过来让我们看一下，你可不能随便就结婚了噢。还有芊美，下次你也把亚衡叫来，不用再遮遮掩掩了。”

芊美脸一红，说不理林姐了，然后略带害羞地吃着自己碗里的鱼。辕泰抗击打能力强，一边应付着林姐，一边还保持稳定的情绪。林姐说她其实很喜欢看到年轻人谈恋爱，就算不结婚，恋爱也是生活的催化剂，能让人精神百倍。

几个人吃得挺开心，他们也正好是两代人，但聊的是同时代的生活。

接下来的几周，张部长的回归，让一些难以推动的项目又得以重启。辕泰参加了几次专题会议，张部长的状态是他很关心的，除了白头发多了一些，张部长依旧将最有干劲的状态展示给旅游科技项目开发部的工作人员。

旅游科技项目开发部内部有一些职位的变动。一位交流挂职的副部长回原部门了，一名主管顶替了上去，成了新的副部长。还有一名主管退休，随后两名副主管顶替了上去，成为新的主管。接下来会有一级工作人员升级或成为副主管，辕泰有点儿期待又有点儿担心，期待的是自己应该有机会赶上这次的升职，担心的是如果错过这次机会也有点儿可惜，自己经验还不足，如果再等个一年半载也是有机会的。

自从张部长生病以来，高秘书就更瘦了，感觉脸都塌进去了一些，体重也随之减少。他来了一天，整理了一些材料，就被张部长特许放一周的假好好休息，他的工作由旅游综合管理室的一位二级工作人员暂时顶替。

亚衡已经当上了他们办公室的副主管，来这里找芊美的时候走路都带风，很想把自己的荣耀与芊美共享。芊美嘴上还是会对亚衡说风凉话，但态度已经不再是嫌弃的语气，芊美如果真的喜欢一个人，她流露出来的感情也是很让人喜欢的。

镶泰依旧很沉稳地做着自己的事情，踏实地把评分系统里对工作人员要求的事情都一一做到位。林姐最近很开心，她老公在北江市做房地产开发的项目，这次回来休息，也要专心陪女儿参加大学入学的第一轮考试。

周五下午下班，天黑得比较早，同事们纷纷准点就离开了中心大楼，想要避开晚高峰。镶泰收拾好东西，习惯地看了下张部长的办公室，然后也准备要回家了。这周要继续和鱼之心约会，所以开心的心情会一直持续。

他刚刚下楼，就收到了一条没有显示姓名的微信息，不是微工作账号，看来不是同事发来的，也不是认识的朋友发的，本以为是垃圾信息，但镶泰定睛一看，信息里面内容简短而让他惊讶。

“镶泰你好！周日晚上 7 点，请你到我住的地方来一趟。地址是中心大楼后面的公寓 205 房间，有事与你一聊。张毅钢。”

镶泰反复看着这条微信息，他确定没有看错，而且是私人号码发的。他要跟我说什么事情呢？带着这个疑问，镶泰脑子里又重复地出现见面情景的预演，导致他在推新智能共享电动自行车的时候，不小心把旁边停放的一辆自行车给弄倒了。

第二十三章
决战

七哥看了一下手表，现在是 8 点 39 分，离考场关门的 8 点 45 分还有 6 分钟，现在没有时间后悔看错考场了。唯一幸运的是津源市第一中学与津源市第一中心小学相邻，两个学校的大门只有 300 米的距离。

监考员看到七哥从教室门口飞奔，两个台阶一跳地冲下了楼梯，然后直接奔向了一楼。一出教学大楼，七哥用百米冲刺的速度往学校门口跑。进考场的考生越来越多，他们都带着异样的神情看着这个考生往相反的方向冲去。

一出学校大门，七哥看了一下路牌，然后立即向中心小学方向冲刺。七哥绝对没有想到，在今天打算超负荷用脑的关键时刻，竟然把平时运动储备的体力也全部用上。他不敢看手机，生怕多看一眼会耽误进入考点的时间。

8 点 44 分，七哥到了中心小学的门口，门口的保安正准备关上电子大门，看到气喘吁吁的七哥，还以为他是从家里一路狂奔过来的。七哥没有解释，按检查程序进了校园，在最后一刻完成了自我救赎。

七哥在大树底下稍微喘息了一会儿，让自己突然爆发的身体平复一下。过度的紧张需要适当的放松让自己回到正常状态，七哥坐了 5 分钟，然后才喝了一口水，慢慢走上楼梯，进入自己的考室里。

所有考生都已坐定，七哥坐在后排，他环视着考场，几乎没有空着的座位，缺考的情况很少，大家都是有备而来。为了前途，为了未来，拼了！七哥在监考员分发试卷以前，祈祷自己一定要正常发挥好。

第一门数学考试正式开始。七哥拿到卷子，握着笔的手还有一点微微颤抖，但他闭上眼睛，用腹式呼吸持续调整自己的心率，继续给自己降温。在心里给自己加油了一阵儿，然后睁开眼，进入高度专注的状态。

数学的题目是七哥拿手的，虽然题目的表述很新颖，但万变不离其宗，思路、公式、计算、答案，一切就像程序一般，在七哥脑子的生产线装备零件，每个部位按既定的程序进行。第一科接近完美结束，七哥长吁了一口气，还好没被早上的插曲影响到。

休息了 10 分钟后，第二个科目英语开始。听力考试有 20 分钟，七哥在听之前已经快速地浏览了一遍所有的题目，凭经验猜测大概是讲什么内容。听的时候语速很快，大致也能听懂。选择、阅读、作文题，七哥做得很顺，很多题目答的时候都很有把握，即使不太确定的，也有做对的感觉。

两个科目战罢，大家都去学校的食堂吃饭了。友联科技集团选拔考试，每个考点会提供免费的午餐，考生可以在食堂吃饭并稍作休息，1 点钟第三场考试才会开始。七哥吃饭的时候，看到同专业的同学，大家没有聚在一起讨论，只是各自吃各自的，不想让别人知道自己的情绪。

12 点 50 分，考生都回到自己的座位上。监考员换了一批人，但考场纪律依旧很严格，“高清电子眼捕捉摄像系统”在教室的前后自动摇摆，追寻着可疑的一举一动。因为午餐吃太饱，有的考生趴在桌子上休息一会儿。

第三个科目大友国论正式开始。开篇的考题是时事，七哥一眼就能选中答案，他平时很注意收集时事新闻要点的优势又体现了出来。接下来的题目是小型分析题和论述文题，分析题紧扣大友中立国近年来科技方面的变化，还有几个地区先进科技项目的开发情况，并写上自己的分析。

论述文题是对当前国内尖端科技项目水平和其他国家差距的思考与对策，这与培训班老师预测的题目有类似之处。七哥把名师教会的模板，再加上自己的见解分点且有条理地写上去，在考试结束前 10 分钟完成了答题。

大友国论的变数比较多，因为多是主观题，能不能每题取得要素的分数是关键。七哥检查了一下笔芯，磨了磨铅笔和橡皮，用手搓了搓脸，再伸了个懒腰，准备最后的决战。

还剩最后一科专业课考试，即使在同一考场的每个学生的考卷都不一样。这个科目前的休息时间只有 5 分钟，要多出 5 分钟的时间发卷子并让考生确认考试科目无误。

七哥拿到自己的专业课试卷，开始答题。考前，七哥已经把专业课提到的化学公式、化学科技理论等知识从两大本的笔记本浓缩到 10 张的 A4 稿纸。这份稿纸七哥每天都会看一遍，把它们深深地刻在脑子里。

七哥感觉专业课不太难，计算只要按着公式基本都能计算出来。80% 的题目所提及的化学科技理论还有应用题他都能解出，有一小部分不太懂的，他就略过，朝着大题、计算题进发。

计算题的大题有5道，前4道七哥都非常有把握，把一步步反应公式写得清清楚楚，计算过程写详细充分，计算完毕后又以很快的速度检查一遍看有没有错。最后一道是压轴题，七哥完全没有思路，眼看时间快到了，七哥只能把自己所知道的公式写上去，力争得到一点分数。但前面的题目，七哥还是很有把握的。

大家此刻的心情，跟着最后一个科目的铃声一起放飞。有的考生小跑着出了考场，像是打赢了一场胜仗，拿着战利品要回家庆祝。七哥知道今年的所有辛苦已尘埃落定，就去考场外拿起自己的背包，和人群一起往校门口走。

刚出考点手机才有信号，七哥收到了茉莉给他的微信息说在津源市第一中学门口等他。七哥才想起来跟茉莉说错了考场，于是快步往那里赶了过去。

茉莉看到七哥，女人的直觉告诉她七哥今天应该考得不错，七哥自信地点了一下头，和她讲着早上的小插曲，走错考点的事差点儿把他近一年的辛苦给毁了。茉莉说要给七哥压压惊，带着他到一家高级餐厅吃饭补补脑。

大四没课了，友联科技集团选拔考试也考完了，除了茉莉还在准备研究生考试，七哥、小白和胖狗最近都可以放飞自我了。胖狗说自己是没戏了，大友国论都没写完，专业课也有好几道计算题不太懂。而小白说自己希望不大。七哥不知道是不是小白故意谦虚，然后也说自己尽力了只能靠运气。

足球场上除了大一的新生在练球准备学院杯比赛，剩下的都是大四的在场上出出汗、踢踢小场比赛了。胖狗穿上了大一合身、大四已经成紧身衣的球衣，跟着小白和七哥每天下午都在球场上跟一些已经考完试的同学踢球，重新回忆当年的友谊岁月。

晚上的聚餐也多了起来，以前都是七哥他们四人组的单独活动，现在每个小圈子都会一起形成一个大圈子。过往关系不好、有过节或有竞争关系的同学，几杯酒下肚，毕业后都要各奔东西了，一笑泯恩仇，大家重新勾肩搭背，一起唱歌一起欢笑。

七哥依然住在学馆，这一段是很好的休整时间，虽然不知道自己会不会进面试，但笔试成绩占 70%，面试成绩占 30%，笔试有 4 个科目，只要能进前 2 名，面试几乎很难再拉开差距。

自习室的人少了很多，剩下有看书的大部分是准备考研的学生。现在学馆的房间空了一堆，七哥很少看到有人出入。晚上的时间七哥如果在房间，已把所有的参考书抛在脑后了，取而代之的是手机视频和小电影娱乐的放松。

茉莉现在基本每天都扎在自习室里，七哥在得到她允许的情况下，才会到自习室的座位陪她学习，帮助她整理资料。如果她做模拟题，七哥就会帮她每道题对完答案并把错题的正解写在上面，提高茉莉的效率。

如果没有去自习室，七哥会骑着新智能共享电动自行车出门逛逛，利用出成绩前的时间，再多看看学校周围的商店。妹妹的中考考得很好，已经进入私立重点高中读书了，七哥暗下决心自己帮她解决高额的学费问题。

七哥好久没有过这种浑浑噩噩的日子了，没有早起，没有鸡血，没有紧迫感。这种日子还是挺舒服的，七哥没去想结果，这样情绪持续平稳，没有大幅度的上下波动，反而对身体有很大的好处，七哥也没有亚健康状态了。

笔试过去第三周的一天，七哥看到网上有消息在传播：今天晚上某个时间点，全国的友联科技集团选拔考试会公布成绩，考生可以登录系统查看自己的成绩和排名，进面试就可以开始准备了。

七哥今天感觉又回到了备考的阶段，心跳比平时要快一些，思想压力也涌了上来。我能进面试吗？如果进不了的话，我得在学馆重新开始准备明年的考试了。今天的情绪被未知的恐惧所支配，前面一段时间的放松是多么的可贵。

当全国友联科技集团考生的手机同时收到查分的信息时，可能整个国家的地面都会跟着大家的心脏颤抖一下。可以查分了！七哥突然心跳急剧加速，手也在不停地颤抖。他离知道自己命运的一刻，只有输入账号和密码的距离。

该来的终于要来了，七哥收到信息的时候是在学校外面，周围没有他认识的人。他很庆幸是这个时候查分，他把新智能共享电动自行车停到一边，从车上下来，走到一家咖啡店的落地窗门口，忐忑地打开手机，准备登录系统。

在输入密码的时候，七哥因为手一直在抖，输错了两次。他无奈地苦笑一声，自嘲在关键时候怎么会这么不争气。输入正确的密码之后，点开成绩查询，他的考试成绩立刻进入眼帘，他的大脑随之有了反馈。

晚上茉莉在食堂等七哥，她也看到新闻今天友联科技集团选拔考试成绩已分布。她没有发微信息催他过来或问他成绩，而是坐在食堂他们经常吃饭的角落位置等着他，希望能听到他亲口对她说是否通过笔试。

不一会儿，茉莉看到七哥远远地从食堂门口走来，脸上没有高兴或失望的表情。茉莉猜不出他会带来好消息还是坏消息，只是提前跟他挥挥手，用笑脸来迎接这位未来会成为她老公的男生。

“我进面试了，茉莉，笔试第二名，522 分，第一名是 534 分，差距很大，但第三名和第四名分别是 519 分和 517 分，差距不太大。”

“恭喜啊！我就相信我的七哥是最棒的，你真是太厉害了！我知道今天会出成绩，所以一直非常非常担心你。”

“让你担心啦！我的宝贝茉莉。笔试终于通过了，接下来的半个月，我要全身心地准备面试啦！”

“面试穿的正装就交给我挑选啦，我要让你成为面试考场里最帅的男人。”

“关键还要看面试的表达能力啦。我会跟培训班的老师说我进入面试环节了，他们会针对笔试过关的考生增加面试培训班培训，接下来我可要继续消失半个月噢。”

“等你好消息，你还有半个月就可以解放啦，我也会一直陪伴在你身边的。”

吃完饭聊完，七哥把茉莉送到自习室，自己也往学馆那里赶了。在吃饭的时候，他把他进入面试的消息告诉了小白和胖狗，他俩说自己没有进入面试，胖狗还提前恭喜了七哥，考上了一定要请客。

七哥没有把胖狗和小白的话放在心上。不想其他的事情了，现在是要把面试准备好，明天就开始面试培训。重新恢复战斗状态，七哥早早地在学馆睡下，期待明天新的一天太阳升起。

培训班的面试名师，是一名从高校辞职的老师，他在多个高校的招聘部门待过，曾被抽调参与过面试考试的出题，被重金挖过来授课。这位名师面对着培训班里为数不多、进入面试的十多位考生，从入场和仪态开始教起。

名师表示面试将会在一个封闭的房间，只有1名考生可以进入，而他要面对的是1名主考官和8名副考官对他进行考评。为了给考官留下一个好的印象，考生应着正装，从入场的那一刻起，用最礼貌的言语和最诚恳的态度来向考官展现自己。

第一天，培训的人都在练习入场准备。向考官问好，告诉考官考号，向考官鞠躬，挺胸收腹并保持微笑地坐到自己的考位上，这套动作今天练了几十遍。名师坐在台上看着每位考生的动作，把大家平时弯腰驼背学习的姿势全都纠正了过来。

七哥晚上回到学馆，依旧在重复地练习，直到已经把这套程序完全封死在自己的脑回路里，才安心睡下，准备明天开始的实战练习。

第二天开始，具体面试内容的魔鬼培训开始了。因为距离面试只有14天的时间，所以名师说大家要把万用句式和大友中立国历史人物的名言，全都背下来。名师列举了至少20种考题的类型，有应急事件类、科技项目讨论类、人际关系类等。

在没有标准答案的第二天，考生各自上台口述解题，都被名师给骂得狗血淋头。大家还没有形成思路，以科技专业为基础的辩证的思维和把问题的原因、现状及对策用一项一项的要点给解答清楚。

名师把刚才大家答题的情况录了下来，播放给考生看，考生看到自己的表现都感到不如意，蒙住自己的眼睛不敢直视。这时候名师就拿出撒手锏了，他发给大家两套学习资料，一套是万用句式加名言，另一套是20多种类型题的100多道面试题和答案，要求大家在一周之内，把它们的大概内容背下来并掌握。

有了资料在手，经历过笔试的考验，记忆这些东西对于这些考生来说不是什么难题。七哥迅速地把两本书都看了一遍，挑出重点，开始每天强化记忆背诵，连吃饭时间也是资料不离手。

接下来的几天，他们被名师两两分组，一人给另一人出3道题答题，然后互换。在各自表达的答案中，能补充的点越多越好，这样两人的思路集合起来就会更加开阔，每个问题能想到的点越多，在考场上就不会慌张。

几天下来，每个人都有了长足的进步。答题前打草稿能想到的分析点越来越多，答题不再没有思路，表述也更加清楚。七哥从没感觉自己的自我表达能这么清楚。在他面试之前，如果有上台的机会他都尽量不去，因为他在大家面前说话会紧张，很容易说到一半卡壳或表达不清。

吃晚饭的时候，七哥总会在茉莉面前演示面试的场景，茉莉捂住嘴，说从来没想到七哥竟然这么能说，以后吵架可不一定能吵赢了。七哥大笑说这只是面试，以后还是要听茉莉的。茉莉回了一声这才对嘛，开心并迅速地吃着晚饭。

魔鬼培训的后半段，是强化和巩固的关键阶段。名师说虽然面试只占总成绩的30%，但如果差距很小的话，通过面试还是有可能逆袭或出局的。考生要知道面试的重要性，继续打起12分的精神投入培训。

七哥从培训班回学馆都很晚。学馆老板知道最近在培训的考生都是进入面试的，所以他们进门的时候都会微笑地表示要继续好好加油。七哥脑子里全是答题的画面，没太注意到老板的动作，只要回到学馆房间里，继续对着天花板小声练习。

最后的几天冲刺，名师除了给大家预测一些面试考题之外，还特别强调，一定要说别人想不到的观点。在这几天里，要去看大友中立国内时事或评论友联科技集团科技项目开发等方面的好观点好建议，把它们记录下来，培养灵感，这样才能得到面试考官的青睐。

名师提供的是全方位的服务，他也把自己最近一年来收集到的热点分享给了大家，让大家尽可能地消化和吸收。考生们像得到宝贝一样，饥渴地看着这些热点分析资料，恨不得每道考题都能用上。

离面试还有3天，名师对这次培训的效果很满意，七哥也感觉自己有七八成的把握。茉莉给七哥发微信息，说晚上有空，要带他去买一套好的西服，让他早点儿吃晚饭然后一起出门，七哥才想到衣服还没准备，就答应了她。

已经进入冬季，晚上逛街的市民不比夏天少，冬装的热销款都已经上架各大商店。为了能在新的一年穿上漂亮时尚的衣服，很多连锁衣服店已经打出了低价的折扣，吸引顾客来选购。

茉莉拉着七哥直接杀入津源市最出名的西装连锁店。这里的西装贵而出名，七哥之前想都不敢想。在茉莉时尚、敏锐的眼光下，七哥试穿了几套她认为合适的西装。原来我可以这么帅啊！七哥对着镜子里的自己，忍不住这样想。

在试衣服的时候，七哥计算一下衬衣和西服的价格，茉莉挑的基本都要1万友元以上，就算穿起来特别帅，也感觉不是那么自在。在试第6套的时候，七哥趁服务员没注意的时候，悄悄跟茉莉说不买这么贵的，买1万友元以下的就好。

茉莉揪了一下他的耳朵，说要听她的，一定要穿得迷倒男女考官，不能因为穿着输给其他人。七哥拗不过茉莉，但还是选了一件贵的当中相对便宜的、穿起来舒适好看的西装。在茉莉的强行刷卡后，终于得到了心仪的面试服。

回学校的路上，七哥把茉莉的手牵得紧紧的，说一定要通过面试来报答茉莉。茉莉说那是当然，开玩笑说吊牌干脆不要剪，如果面试没通过的话还可以拿回商店去退货。七哥顺着玩笑说好的，面试的时候他一定会把吊牌隐藏好。

考前一天，名师对所有考生说能教的都已教了，大家都很棒，相信都能顺利通过明天的面试，将来也一定会成为一名优秀的工作人员。好几个考生都流泪了，大家集体对名师大声说感谢并鞠躬，以面试的方式和最好的仪态目送名师走出教室。

七哥晚上回到学馆，做完最后的练习后，挂好明天要穿的西装，又跟茉莉聊会儿天、讲讲笑话，之后听听时事要闻，就躺在床上准备睡觉了。

笔试前一晚七哥一直睡不着，今天倒是可以正常入睡，半夜他做了好几个梦，闭着眼睛，说着梦话，好像是在梦中进行着面试。

七哥又梦到了自己的父亲，他知道七哥进了面试，像以往一样坐在老家房子的客厅里，微笑夸奖着七哥，还招呼邻居都过来吃饭，庆祝七哥顺利进入面试，今晚不醉不归。

七哥还梦到妹妹考上了一线大学，自己成为友联科技集团工作人员后把每个月一半的工资都打给了妈妈，给妹妹交学费，让妈妈多做点好吃的保证妹妹的营养。

第三个梦，是一个噩梦。自己没有考上，而茉莉考上了外地的研究生，茉莉提了分手，跟其他男生在一起了。七哥苦苦哀求茉莉不要离开，茉莉的妈妈还出面说七哥配不上茉莉，连个友联科技集团都考不上，还是早点儿找个小公司赚点钱养活老家的人去吧。

梦到这里，七哥被惊醒了，他看了下闹钟，早晨 5 点 48。还好只是梦啊！七哥很快恢复了精神，活动了筋骨，又冲了个温水澡，头发吹成自己想要的造型，抹上发蜡，然后穿上能增加自信的西装，打上领带，准备去预定的考点集合。

出门的时候他再次遇到学馆老板，看遍一届又一届考生的他，向七哥伸出了一个大拇指的手势。七哥也回了他一个大拇指的手势，在附近的早餐店吃了早餐，然后骑上新智能共享电动自行车，就往考点出发了。

面试只有一个考点，是不会再走错了。七哥回想了一下笔试前的糗事，用笑脸迎着新智能共享电动自行车带来的清风，算是给自己鼓鼓劲儿。面试的考点在津源市二线的一个大学校园内，那里有专门的一栋楼负责面试。

早晨7点50分，七哥经过多道检查，顺利进入了候考区。由于不知道其他面试考生的身份和具体情况，只有进入候考室后，才能知道自己的竞争对手是谁。跟七哥报考同一岗位的考生，4个人进入面试，除了他都不是应届毕业生，因为七哥对他们都没什么印象。

七哥抽签抽到了最后一个，情绪稍微有一点点波动。等得越久，紧张感会一直持续。而且考官最后一个打分，有可能为了均衡总体分数，不会给太高……不想那么多了，尽力就好。七哥这样想着，静静地坐在自己的位置上，等待监考员的通知。

面试是当场出成绩，即在最后一个考生结束面试后，考官会当场宣布哪些人成功被录取。考生进去考场，会从另一个门出去，在另一个房间等待最后的结果。七哥看着大家一个个进去，候考的考生越来越少，七哥努力让自己保持冷静。

最后轮到了七哥，他笔直地站了起来，呼了一口气，放下了紧张，按照名师教的程序，一步一步地走进面试考场。从进入到坐下，到回答考题，七哥感觉自己进入一道程序一样，设定好了应该怎么走，像个机器，按部就班地运转就行。短短的15分钟面试，七哥就自如回答完，微笑地感谢各位考官，然后离开，进入另一个房间。

茉莉已经在考试楼外等了很久，当里面的考生一个个走出来的时候，她知道一半会被淘汰，而大家的表情正好也是喜忧参半。

七哥在最后才走出来，茉莉知道七哥已经看到了她，但他没什么表情，茉莉原本先是静静地站在那里，看到七哥走得很慢，她就主动往他那里走去。

两个人慢慢接近，直到七哥站在她的面前。七哥脖子上的领带已松开，眼睛有点儿湿润。茉莉不敢问，只是用她的大眼睛直勾勾地注视着他。七哥突然像开闸的洪水，统统释放出来，流着眼泪，并紧紧地抱住茉莉，放声大哭起来。

第二十四章
放下

偌雪提出的请辞和要求，很快就得到了董事长及高管的批准，手续也在第一时间办了下来。由于大友中立国规定当年离职前高管至多能出售 50% 的股份，剩余的股份在半年后才可出售。于是，偌雪的账户上一下子多了 3 亿友元。

当年和她一起奋战的高管想请她吃顿送别晚餐，被偌雪婉拒了。偌雪的想法是悄悄地告别，喝酒忆苦思甜、感动挽留叹息的场景她不太喜欢。她认为自己是渺小的，是微不足道的。虽然对公司有很大的贡献，未来还是得靠曾经的好友、以后的新人才会让公司有更好的前景。

以前偌雪照顾得很好的同事、好友、秘书得知这个消息后，都含着泪跟她告别。偌雪利用当天晚上的时间把私人物品整理了出来，第二天让搬家公司帮忙把她办公室里的个人物品都搬回了家里。

离开前的那一刻，偌雪也有点儿伤感。但她相信她的判断，相信自己的决定是正确的，把权力放手给其他人，自己彻底释放工作的负担，提前退休。如果想把女儿接回身边，自己应该有更加充足的勇气和底气，让她陪伴在妈妈身边。

偌雪的爸妈得知偌雪离开自己辛苦创立的公司的消息，开始还以为她要再重新创业。后来，偌雪告诉他们她不想再工作了，想脱离事业圈，只专注自己的生活圈，过上彻底不被打扰的生活。爸妈听了很理解她，说女儿更成熟了，领悟了生命的意义。

闺蜜们也从偌雪的微友圈得知她宣布离开公司，提前退休的消息。有不解她为什么不继续奋斗赚钱，也有羡慕她离开后财富更加自由，偌雪没有回复她们，只是在末尾统一真挚地表示感谢，她将会更加努力地修行自己。

陆河也发微信息表示惊讶，他没想到偌雪能够放下荣耀和权力，这一定需要极大的勇气。偌雪开玩笑说陆河也是她做出这个决定的原因之一，说不定哪一天她会去陆河的酒厂待个一年半载，专注酿酒。

偌雪的女儿知道妈妈不再工作了，在远方也开心地给妈妈送上祝福，羡慕妈妈再也不用早起、不用写作业考试了。偌雪在全息投影前哈哈大笑，说女儿太可爱了。

离职后的日子，偌雪过得比以前更加惬意。开会、应酬和出差，这些统统也都消失了，不用再做这些迎合世界的事情了。运动、饮食、旅游和娱乐，生活都是以这些为主题，当然，还有和陆河的感情。

偌雪自从离职以后，主动与陆河的联系比以前增多了，但陆河的工作却越来越忙，与偌雪的见面渐渐少了起来，有些回复甚至需要 1 天后才能收到。女人总是很敏感，偌雪也无法确定这份不太稳固的感情是否能一直这样保持下去。

偌雪没有太多想，她心里还是挺坚定的，抱着不奢望的态度去和陆河谈恋爱。既然没有见到面，也没办法说得很清楚，见面的机会总会有的，不如现在去好好探索生活中还有哪些新鲜事物。离职后，偌雪给爸爸买了一辆太阳能越野车，想让他带妈妈多去风景好的地方走走。

太阳能越野车停放在爸妈家的停车位一段时间了，爸妈却还没有行动。太平洋上的台风偶尔会带来几天的风雨，突然有一天下起大雨，但风不大，偌雪突然有个想法，别人都是大晴天在暖暖的阳光下去露营，而她打算把车开到深山树林里，与大自然来一个深度的约会。

说走就走，偌雪把轻薄雨衣和一些简单的食物及水准备好，因为考虑到爸妈要出远门，偌雪把帐篷、小被子等一些在外的必需品都提前放在了太阳能越野车的后备厢里，这时候正好能派上用场。

偌雪把自己的太阳能汽车开到爸妈家的地下停车场，然后开上新买的这台太阳能高视野黑色运动越野车，开启导航，放着轻柔的音乐，配着雨声向山林里进发。

大雨天气，路上的车都开着雾灯，视野也不太好，偌雪开得比较慢。她此行的目的地是津源市西部的一座深山，人迹罕至。那里是登山爱好者和露营爱好者的理想之地。

偌雪关掉了自动辅助驾驶功能，享受着自己驾驶的乐趣。雨天的天空是阴沉的，但不代表心情也是低沉的。偌雪能接受气候和季节的更迭，在越野车里开着暖气，又把车窗打开一点透进一点儿风，凉爽感觉是只有雨天才会有的。

雨时大时小，偌雪开得不是很快，高速路上多处都有积水。有车从偌雪旁边经过的时候，溅起一层层水花，偌雪揉了揉眼睛，很认真地开车。导航提示她距离目的地只有30多公里的车程了，下高速后可以直接从路口往山上开。

雨天的山路更加泥泞，而且宽度只有一个半车宽的距离，偌雪的太阳能越野车这时候就显得游刃有余了，出色的减震，强大的越野功能让她顺利开到了半山腰的一片空地上。

根据露营爱好者的攻略，这里的大片空地特别适合露营。偌雪把车停在正中央，穿上了雨衣，准备下车搭帐篷。由于雨势渐大，她决定继续在车里待一会儿，拿起手机调出帐篷的使用说明书，查看搭帐篷的步骤。

看来今天注定要让偌雪度过湿润的一天。她下定决心，打开车门到了车尾开始工作。她把帐篷铺开后，将支架展开并连接好。由于雨水的重力，帐篷外部全湿透了，重量也增加不少。偌雪费了九牛二虎之力才把它完整搭建起来，看来平时的运动量还是能让一个弱女子干好体力活儿的。

帐篷搭好后，偌雪打开车的后备厢，然后倒车与帐篷的一侧连接，在帐篷内部支起两个稳固的支点，保证帐篷不会被雨水压垮。她又打开几盏照明灯，现在是下午3点左右，而外面的光线就和傍晚差不多。

简单地清理了帐篷里地上的水，又拿出折叠椅，给烤火的炉子点上炭火，先取个暖。因为刚才的安装，偌雪身上湿透了，雨鞋也进了水。在火旁边待一会儿，在帐篷里就有一股热流，穿上一件粉色小外套，适宜的温度又找回来了。

下午是咖啡时间。偌雪拿出朋友送的中国云南产的咖啡豆，用磨豆器磨成粉，把装有滤纸的漏斗挂在咖啡铁杯上，将咖啡粉全部倒入。装有矿泉水的烧水壶已经放在火炉的铁板上一段时间了，水开后向咖啡粉注水，四周立刻香气环绕。

偌雪半倚靠着，喝着咖啡望着外面的大雨，听着雨声。远处的山峰云雾缭绕，很有意境。空气虽然潮湿但新鲜，偌雪想到深山上说不定有艺术气质的老人在隐居吧。

晚餐偌雪也提前准备好了，放在车内的小型冷藏包里。有切好的牛肉、西红柿、洋葱和西蓝花。在黑色铁盘里加入一点油，放在火炉上，加入食物慢火煎。煎完以后加入酱汁和盐，再配上罐装的啤酒，别有一番滋味。

偌雪享受着这种独处的感觉，也不用再关注公司的信息。夜幕降临的山林，周围只有雨水和昆虫的声音。偌雪不害怕，她喜欢大自然。在新科技 2.0 时代，人们与大自然相处的时间太少，以致都没办法把心沉淀下来。

晚上的时间，偌雪不看手机，而是望着远处发呆，一人一车一帐篷，磨着咖啡豆，让自己经历不一样的体验。雨中的露营是美丽的，偌雪以前有在海边露营过，在晴天露营过，大雨中深山中露营是第一次。

偌雪幻想着山林里有小动物会被她的食物和咖啡香气所吸引，蹦蹦跳跳跑出来和她见面，说着共同的语言，彼此交流与自然如何和谐相处的秘密。雨势在接近晚上 10 点的时候开始变小，偌雪打算早点儿休息。

越野车有宽敞的后排空间，再把后排座椅放倒，完全可以容得下偌雪一个人在上面翻滚。偌雪取出睡袋，锁好车，换上轻薄的睡衣，然后关上灯，钻进睡袋里，与小动物们道了声晚安，和山林一起进入梦乡。

第二天早晨是个大晴天，地面泥泞依旧潮湿，两种不同天气让偌雪感到愉快。她换上雨鞋，锁好车，拿着小型空水桶，往高处走了一段，去寻找溪流和水源，想喝上一口纯净的山泉水。

阳光已经通过茂密的山林照进来，气温也没有昨天那么低了。偌雪往上走着，一路探寻着水的声音。在寻找的过程中，她看到了很多花蝴蝶，给山林绿色的外衣增色不少。偌雪很快发现一处水源，山上流下来的水很清澈，没有任何的污染，偌雪用手舀起喝了一小口，甘甜的感觉，是在城市里喝的所谓纯净水所无法比拟的。

带着山泉水，回到自己的帐篷地。旁边已经有一辆越野车也开到了这里要露营。搭帐篷的是一位中年男子，也是独自一人，看到偌雪回来，向她点头微笑致意了一下。偌雪也笑了笑，然后开始做早餐。

早餐比较简单，昨天准备的吐司，还有几片生菜和罐头肉，正好重新生火煎一下就可以入口。偌雪更期待的是山泉水，用山泉水冲出来的咖啡，偌雪把每一口都含在口中用舌尖品味一会儿再吞下，苹果、肉桂、可可的香气就更能散发出来。

中年男过来问偌雪是不是昨天下大雨就过来了，偌雪说是的，这种体验其实还不错。中年男说很佩服她的勇气，敢一个人在大雨天气露营。中年男搭好帐篷之后，根据偌雪口述的路线，往山上去找水源了。

一天一夜的露营大功告成。偌雪自言自语说人生的任务又完成了一项，收拾好了东西，一股脑儿地塞到后备箱，然后开着太阳能越野车，摇摇晃晃地往山下开去。一路上还有几辆车也在往山上开，看来刚才那片区域已经被很多露营爱好者发现了。

回家之前，必不可少地要吃顿好吃的，可想吃什么没有提前想好，于是偌雪边开车边想，还用语音指令让汽车介绍最近津源市有哪些新开的好店。对了，好久没有泡温泉了。偌雪萌生了这个想法，决定去沿海街区的一家温泉中心打发中午的时光。

到达目的地，停好车以后，偌雪步行到这家“生津的汤浴”温泉中心泡温泉。经过了昨天的折腾，偌雪身上有点儿黏，既有雨水也有汗水，泡个温泉来赶走皮肤上的杂物。

这家温泉小店不贵，泡一次只要 300 友元。偌雪交了钱后，在女子更衣室里脱下衣服，为防止脱水又喝了半瓶矿泉水，裹上白色浴巾，往室内走。室内有好几个温泉池，有以温度区分的，最高温 45℃，最低温也有 25℃。有一个池是半露天的形式，可以看到窗外远处的津源市电视塔。

偌雪先用温泉水擦洗了一下身体，适应一下温度，把头发冲洗干净后，就下水体验了。昨天是经历寒冷，今天被温暖的水包围着，感觉一切都那么合适。偌雪只让自己的头部在水面上，身体其他部位全都浸在水里，呼呼地冒着热气，脸蛋一下子就红了。这温度实在是太舒服了。一身的疲惫都被驱赶走了，偌雪在温泉里舒服地小憩。

泡温泉的人很少，偌雪感觉很舒服，换了好几池的温泉，既像休息，又有种在做有氧运动的感觉。

泡得尽兴以后，偌雪转战旁边的桑拿室。待身体冷却下来，偌雪补充了一瓶电解质饮料，然后开心地进入了一人一间的桑拿室。室内的温度由偌雪来控制，她把手机放在门外，放着轻松的音乐，然后躺在里面的座椅上，享受着全身的火烤仪式。

偌雪怕自己睡着，给手机设定了30分钟的闹钟。音乐声从手机位置地方的扩音器传来，与温度一起对偌雪做着热蒸。偌雪皮肤上很快冒出了豆粒大的汗珠，从手臂到额头，再到全身，血液循环在加速，心跳也在加快。

畅快淋漓地蒸桑拿，再用冷水澡降温，偌雪全身的肌肤像换过了一遍，她在落地镜里看着自己，雪白的肌肤泛着光，站在旁边的一位女士对她投来羡慕的目光。

接下来是补充能量的时间了，餐厅里提供了套餐食品，客人可自由选择炸猪排或者牛排。偌雪选了咖喱牛排、一小份沙拉加一杯酸辣味的浓汤，和泡温泉的人一样在餐厅里用餐。

之前，偌雪拜托一位金融圈的朋友帮忙对她手里闲置的资金进行理财投资。在一个工作日的下午，她给偌雪打电话回复说，一切都已经办理妥当。大部分资金用于不同银行的定期大额存单，还买了一些保险，股票和期货买的不多，为了避险主要买的是一些她们团队看好的股票。

偌雪看中的一套郊区别墅，以4000万友元的价格买了下来。那里三面环山，金融圈的高层都买在那里，交通也方便，每天还可以跑步做运动，非常适合偌雪爸妈生活居住。

剩下的小额资金继续存在偌雪的银行账户上，用于偌雪日常的花销，当然偌雪也给这位朋友一笔不小的感谢金。偌雪跟爸妈说虽然她退休的日子可以一眼望到头，但想做的事情太多太多了，好想把世界上的美好事物都经历一遍。

有几位成功人士得知偌雪辞职了，以为她打算在家里相夫教子，纷纷发出猛烈的攻势。偌雪心里却笑道，这些在金融界久经沙场，能不费吹灰之力拿下赚钱项目的老男人，怎么连女人的特点和心思都看不明白。上帝是公平的，这世界无法创造出任何完美的人类。

在经历了一段比较平淡的沉默期后，陆河又开始和偌雪亲密地聊天起来。偌雪并没有多问陆河的状态，只对聊天时提出出去玩的地方是否有意思感兴趣。陆河因为生意的事情，白头发也多了起来。

偌雪每次见到他，都要给他拔白头发，如果拔不完的话，就催他去染染发，这样才显干练精神。陆河嫌麻烦，只是嘴上应付一下偌雪，倒不在意外表这些变化。津源市周边的地方都留下了他俩的足迹。

一天周日的晚上，陆河在海边与偌雪吃着海鲜，听着海上钢琴家弹奏的音乐。海边能看到对岸的灯光，忽明忽暗，高层写字楼的灯则显得很有层次的规律感。在这样的灯光背景下，陆河少见地问了一些偌雪的私人问题。

“最近还跟你前夫联系吗？上次我来津源市找一个公司的老总，正好在楼下看到他经过。”

“自从离婚之后我就没再联系他了，他现在做什么事情都与我无关哦。”

“那他就没有关心一下你和你女儿吗？虽然女儿判给了你。”

“没有啊，我一个人应付得来。再说还有我爸妈呢，他们可是把我女儿当成第一宝贝。”

“偌雪，你和我在一起感觉好吗？和你在一起的这段时间，我很好很放松，一点儿压力也没有，完全从工作中解脱出来。”

“我也是呀，和你在一起我挺幸福的。希望这样的关系能一直延续下去。”

“那你有打算再婚吗？以你的经济实力和个性，我想可能不会有这种打算了吧。”

“如果是在以前，倒是还有一些再婚的想法。现在嘛，时间已经消磨掉我追求某种证明的欲望，反而会成为枷锁。也许是你，也许是别人，也有可能哪天会让我重新燃起欲望的呀。”

“哈哈，你这个既成熟又调皮的女人，你真是上帝的宠儿，把太多好的东西都给了你。”

“是啊，完美的礼物有 10 个，上帝给了我 9 个，唯一没给我的就是婚姻了。”

陆河在感情这方面也很和偌雪聊得来，他们讨论着过去，陆河讲着他哪个前任怎样的不是。而偌雪为了顺从他，也稍微吐槽了一下当年前夫的种种，正是因为他造成了今天离婚的局面。

偌雪离职后过了三个月，她的前秘书打来电话说，公司的几个项目因为投资方向有偏差，加上没有吃透市场行情，导致这几个项目流产了，损失了好多的收益。公司的股价最近也跌了不少，不少投资者还打来电话，质问为什么会发生这种情况。

偌雪跟秘书说她知道了这件事，但她没多嘴说很早些时候已经预判到今天可能会发生的问题。打江山容易，守江山难，人员方面，她当初的朋友，吃着当初新科技 2.0 时代的红利，但迟早会有吃完的一天。近几年毕业生就业压力大，招聘不再按偌雪那时候的严格要求，只招一线大学计算机等专业毕业的精英人才，而是招了中高层的亲戚，这样势必带来工作方面的问题。

投资方面，一部分高层总在按以前的思维做判断，现在已经不是大胆做软件就有高额回报的时代了，全息投影技术已经是公开的秘密了。而少部分高层总想和自己认识或关系好的团队来做，那有些后起之秀的团队就没办法与公司合作，没办法继续保持共赢，这样势必影响利润。

每次出席董事会，偌雪早就把报告和方案都研究清楚了，她根本不用听介绍和汇报，也不用去熟悉里面的资料。她只看人，看在座的董事会成员们，还有底下的部门负责人或业务经理们。无论他们有没有在汇报，有没有在听会，偌雪只要看着他们的样子，就能判断这个人是实干者，还是总想着能得到一些利益的钻营者。

开会次数多了，报告看多了，偌雪也越发觉得自己的直觉是对的。她不想再出山，不想再扛起工作的大旗，她已经没有当年的那股冲劲。在山崩瓦解来临前，偌雪选择的不是挽救，而是高位卖出股票，而是离开，选择放弃这个她原来以为会一直向前发展的家。

听到这个情况，偌雪的心情是复杂的。撤退的时间点选得刚刚好，这种喜悦被对公司前途的担忧所掩盖。偌雪想到这里，赶紧进入运动室，让自己来一个 10 公里的慢速跑，想要摆脱这复杂而让人难受的情绪。

公司出现的问题，在爸妈家吃晚餐时，偌雪把自己的想法和公司的情况都告诉了爸妈。妈妈倒是没说什么，爸爸很支持偌雪，说她的眼光像他，在工作方面是很独到的。这个世界，即使经济和科技再发达，也没有任何的东西是永恒的。大家既想追求稳定又想追求富贵，但世界永远在变化，不确定的因素会一直存在。

偌雪吃完饭散步回 CBD 的公寓，一路上看着那些还没有经历残酷社会的学生气少年，她感叹他们是多么的幸福，不用顾虑其他事物。家、亲人、房子、三餐，这些都是他们二十几岁前所拥有的，这些人与物都是他们认为理所应当具备的。

只有他们长大了、成熟了，知道某些人会离开，某些事物会失去，他们才会伤心难过，才会痛苦。偌雪发现自己已经超越了这些情感，她几年前的某个时刻，就不打算把时间贡献给负面的情绪。

她知道每一步自己要做到细致，每一个决定不让自己后悔，哪些因素是自己这辈子都没法控制的。心里有了这部识别万物的大脑机器，就能屡战屡胜，成为自己情绪和状态的第一管理者，让自己的这一生没有白来过。

回到家里，一切又回到这处安静的空间。现在的机器就算再人工智能，也是冰冷的。而独处就需要这种冰冷，适应它了以后就再也不想被打扰。偌雪洗完澡，擦干头发，悠闲地躺在沙发上看电影。

老电影里的角色，都是当年一个镜头一个镜头地演出来的。现在的电影，科技方面投入了太多，都是所谓特效、所谓电脑特技，没有了质朴的感觉。偌雪选择多看老电影，在电影中找着情怀，有时候还会唤醒她的一些美好回忆。

“丁零”，偌雪的门铃响了。偌雪脑子里马上切换到手机里的微信息，并没有人提前说也没有人打电话说要来啊，爸妈也都还在他们的家里。偌雪起身去看电子猫眼屏幕，发现了一个熟悉的身影。

她犹豫了一下，不知道要不要开门。但外面这名男子再次按了一下门铃，也抬头看了一下猫眼，应该已经从猫眼里看到了灯光，知道里面有人。好几年都没见过他的偌雪，无奈地走到门前，打开门锁让他进来。

这位进来的男士，正是他的前夫。身材和皮肤保养得也不错，穿着正式的西装，外面下了一点儿小雨，手里还拿着一把伞。前夫说难得来一趟，不能和她喝一杯茶叙叙旧吗？偌雪一下子反应过来，说可以，然后两个人就在客厅沙发上，四目相对，等着对方先开口。

第二十五章
未来

周六周日两天，辕泰大部分的思考时间被张部长的邀请所占据。辕泰还给父亲打电话问部长见他的用意，父亲并不知情。他找我到底是好事还是坏事呢？还是他要让我做什么事？辕泰饭也没吃好，觉也没有睡好，连鱼之心约他，他都拒绝了，说这周工作太忙没有空。

好不容易挨到了周日的傍晚，辕泰吃了一小碗面条，骑新智能共享电动自行车提前到了中心大楼附近。夜晚的中心大楼依旧有好些办公室的灯依旧亮着，看来加班的部门不少，辕泰估计是他们在为明天周一早上的例会做准备。

来到张部长的公寓楼，有6层楼高，从楼底下看亮灯的房间不多。辕泰战战兢兢地走上楼梯，每个房间都有门牌号，之前听同事说这栋楼是给家不在津源市中心的主管级别以上的上级住的。

辕泰在205房间门口停住，站定、犹豫、大呼了一口气，下决定，然后敲门。里面的人说门没锁，直接打开进来吧。辕泰就拧开门把手进去了。张部长没有穿正装，而是穿着休闲装，正坐在沙发上泡着茶，他招呼辕泰坐下后，把嘴里的烟掐灭，扔在了烟灰缸里。

“部长，那我就不客气了。您最近身体恢复得怎么样了？大家都很关心您的身体状况。”

“我基本恢复了，现在又找回了原来的状态了。辕泰你知道我今天找你来是为什么事吗？”

“我不知道，其实这两天想了好久也猜不到。”

“辕泰，我和你父亲简轩从很早以前就是好友，他有个秘密我知道，从我知道你的想法和举动后，我知道你也已经知道了，对吧？”

“啊！部长您……”

“是的，你已经知道你不是简轩的亲生儿子，所以你主动放弃继承家业，想走出自己的道路。”

“……是的，在我高中的时候就知道了。我无意间看到了我的户籍本上写的是养子。我没有和父亲说，后来也决定要考友联科技集团，父亲知道了我的想法，他也能大概猜出我已经知道我不是他亲生的孩子了，但他还是像以前一样，对我既严厉又关爱。”

“简轩就是这样的一个人，他做什么事都是深思熟虑后，才会权衡矛盾的后果，他这点比我强很多。辕泰，你就没有主动问他你的亲生父亲到底是谁吗？”

“没有，我想问，但每次看到母亲有点儿忧郁的眼神，我就害怕，如果我说出来了，可能会给他们带来伤害，不如就一直这么下去，当他们的儿子吧。”

“辕泰，让我来跟你说个故事吧。当年有个年轻小伙儿，他很优秀很上进，妻子也很漂亮，刚结婚就怀了他们的儿子。年轻人考上了大型企业，但当时却碰上一些事情，被家乡的无良朋友迫害，差点儿丢了工作，也差点儿失去了家。后来儿子出生，夫妻俩都很高兴。好景不长，他的妻子在一次出门买东西的路上被一辆年久未检的货车撞倒，当场就过世了。这个年轻人伤心欲绝，又不得不面对现实，他变成了一个工作狂，他想要在事业上有所进步，他想要摆脱其他人的迫害，所以，他只能把自己的儿子托付给最好的朋友，让他帮忙带大。而他独自忍受痛苦，接受挑战，才有了今天的这番成就。”

“什么！难道……”

“是的，辕泰，我其实就是你的父亲！！！”

“这怎么可能！就算是真的，为什么您不早点儿告诉我？为什么我父母要对我隐瞒？为什么您当年一定要把我托付给其他人？为什么？”

“因为在我的信念中，事业是我唯一追求的理想，我一定要成功。如果你妈妈还活着，她一定会理解我，并会默默地支持我。她的离开我很伤心，我没办法全身心照顾你，我也没有钱找保姆带你，只能把你交给简轩，他茶叶生意做得很好，他一定不会让你受到伤害。”

“但……这……您这样做是不是对我太残忍了，我不理解您眼里只有事业……”

“是的，简辕泰，我就是这样的人，我一直以来的梦想就是竭尽全力追逐自己的梦想，为国家科技事业做出自己最大的贡献。你不也是在追求事业吗？副部长以下每个人的评分系统得分情况我都有权限看得到，你在旅游科技项目开发部排名第一，但全中心你只排在第三。这是远远不够的，你要把你所有的潜力都发挥出来。你身上流着我的血，你一定也会像我一样，为了事业不顾一切，我能看出来。”

“不会的，我不会像您那样铁血的，我是个有很深感情的人！我一定会把工作和家庭平衡好！我会照顾好父母！我会结婚生子！我会照顾好自己的孩子！我在事业方面也会有所突破，总有一天会用我自己的方式超过您的！”

“年轻人就是这么的不理智。辕泰，我的判断不会错的，你一定只会注重事业的，这样你才能超越我，否则你会被琐事所干扰，什么争吵，什么娱乐，什么增进感情，这些都是你的绊脚石！”

“那就让我们拭目以待吧。感谢您的教诲，张部长！”

辕泰情绪很激动，他今天得到令人惊讶的消息，头晕晕的。他礼貌地和自己的生父告别，没有再多看他一眼，然后跌跌撞撞地离开了公寓。他相信自己是个全面的人，是个有人情味的人。他掏出手机，给鱼之心发微信息约她出来吃夜宵。

他已经认定鱼之心会成为他的妻子，他很喜欢她，未来也会很爱她。他相信两人未来一定会组建成一个完美的家庭，有自己的儿女。他上班认真工作，下班就安心陪伴妻儿，而鱼之心也会以家庭为重，他们一定会过上幸福的生活。

辕泰带着这份对未来的自信，骑着新智能共享电动自行车，往两人约会的地点奔去。等待他的未来，会是他所想的那样吗？

“我考上了！”这是七哥抱着茉莉唯一说出的话。听到了七哥的亲口确认，茉莉也流下了开心的眼泪，七哥一次就实现了目标。

七哥考上的消息在化学专业的班级里传开，七哥也是班级里唯一一个考上友联科技集团的人。小白和胖狗都给七哥打了电话说了恭喜，七哥也没有再多说什么，也希望他们两人在下一次的友联科技集团选拔考试中能考上心仪的部门。

审查、笔试、面试，三个环节全部过关，剩下的就是等毕业和入职前体检了。七哥除了不打扰茉莉考研复习，其他时间他都是低调地放纵自己。把校园里没照过相的地方都留念了一遍，每晚都去学校周边的小吃店吃晚饭。

七哥感觉从来没有这么自在过，精神上得到了彻底的放松。他抽时间回了趟家，对妹妹许诺说，妈妈再坚持几个月的时间，等他正式入职了，就会把工资寄给家里，让他们不再为日常花销犯愁。

七哥面试后不到一个月，茉莉也参加了研究生笔试。茉莉说今年的考题不是很难，她也准备得很充分，估计沾到七哥的喜气，希望学习方面的幸运能一直伴随着她到毕业。

临近寒假，大四的学生已经参加完考试了。一些自认为考不上的考生，大部分已经在找工作了。七哥面试后把学馆的房间退了，腾给了其他要考试的学生入住。学馆这段时间也开始忙碌起来，招揽生意的开始发传单，考上的开始搬家退房，新人开始搬材料进驻。

寒假前，七哥他们四人来了一次聚餐。下学期，小白也要去学馆住了，他想要继续拼一下友联科技集团选拔考试。胖狗说友联科技集团选拔考试实在不适合他，他打算去做和家人不同的生意了，要用自己的双手和人脉创造机会。七哥准备全程陪伴茉莉，如果茉莉进入面试的话，他还会陪她一起准备面试。

这顿聚餐，有欢笑，有离别，虽然大家下学期肯定还会见面，但面对短暂的离别大家未来将各奔东西，每个人不免都有些伤感。刚开始喝酒的时候是欢快的，越喝到后面，越抒发心中的情感。

胖狗吐槽比较多，他说他会有今天叛逆家里的主意，是因为从小爸妈辛苦做生意，回到家要么不说话，要么就是吵架，把外面的辛酸苦辣全部往家里倒，而且对他的学习一直不抱期望，只是百般打击，导致他小时候很难专心学习，心里有些记恨他们。长大了，一直没有找到合适自己的路，但如果跟他们一起做生意，那简直是给自己的脸打了一个巴掌。

小白则是越喝越沉默，自己在那里一杯又一杯。茉莉也有点儿醉了，她总是靠着七哥在说话，说她和七哥这大学四年在一起过得很充实，玩也玩得开心，学习也能做到不落下，她说未来一定会比现在过得更好，七哥一定要好好抓住她。

七哥没有醉，在旁边一直说好好好。茉莉说得快哭了，七哥就禁止她继续喝酒。茉莉趴在了桌上睡着了。胖狗千杯不醉，又点了两样小菜，边吃边喝边抽烟。小白去外面透透气，七哥则是去上个厕所，拜托胖狗看好茉莉。

从卫生间出来，七哥看到小白独自在走廊阳台一处发呆。他走了过去，拍了拍小白的肩膀，跟他攀谈了起来。

“小白，看你今天也喝了不少，话也不多，是不是有什么心事？”

“嗅……今天难得我们四个说了那么多，我也高兴，所以多喝了一点儿。祝贺你，成功考上！”

“谢谢，我也没想到自己能这么幸运。考前的时候总会想万一自己考不上家里该怎么办。我……”

“七哥，你知道吗，这次考试，我并没有参加，你知道为什么吗？”

“什么？为什么你会……”

“因为我在考前……资料在学校已经审核通过了。但是有一封匿名信举报了我，说我的父亲有信用问题，他在信里说我父亲的公司最近打了一场在津州市很出名的官司，败诉后因为没有及时还款，被列为失信人。那时我父亲的公司的确遇到了一些问题，但后来很快就把债务还清了，又重回正轨了，可是已经错过了笔试前的审核了。”

“还有……这种事情？”

“七哥，你要感谢茉莉，是她一直在背后默默地帮助你。那天我正好回家里一趟，晚上赶回学校东门，看到一个跟你很像的人往学校的邮箱筒里投信件。起初我也没有在意，后来第二天学校通知我，有人说我父亲信用有问题，举报我没有考试资格。我就立刻去求学校的保卫处调监控。因为那里已经安装了跟考试监控一样高清的设备，所以你的所作所为被拍得一清二楚。”

“……”

“我本来想去找你问清楚的，但茉莉阻止了我。你也知道她是学校学生会的成员，当时也在帮助她们专业的辅导员审核考生的报考材料。她在辅导员的微友群发现了我被举报的情况，就跑来我的宿舍问我，我跟她说是你做的，她竟然求我不要为难你，因为你没有退路，而我家庭条件好，不用为今后的工作担忧。我本来不同意，她竟然说只要能答应她，我对她做什么都可以……”

“小白！不，简辕泰！你这混蛋！”

“是你有错在先，你还这么义正词严啊。你放心，我没有对茉莉做什么，你举报的也是事实，没错。只是我看到你考上了，也会心有不甘，才把这个事情跟你说一下。我们的友情差不多也翻篇了，但我还是希望你不要辜负茉莉，这是你的幸运。”

“辕泰！我承认我做了错事。我看到你模考的账号，你一直都考得比我好，我害怕我会因为你而考不上。你知道吗，我是多么羡慕你，学校只有我们几个人知道，你父亲是茶叶公司的董事长，胖狗的父母也是做生意的，你们家境都很殷实，平时也不用在意花钱的事情。而我对连学校是否能住宿这种事都犹豫不决，我不想连自己努力换来的工作都比你们差，我不想！”

“我懂的。放心吧，七哥，我不会恨你的，只是我们没办法继续这样友好下去了。未来你好好工作吧，接下来我会用我选修的双学位专业——旅游管理专业来考试，如果我考上了，是不会跟你在同一部门的。我也得加油了，有缘再见吧。”

辕泰手握着拳头，转身离开，正式与七哥做了道别。七哥呆呆地站了一会儿，然后回到饭桌上。茉莉已经酒醒了，在喝着柠檬水。七哥用力地抱着茉莉，眼泪又流了出来。茉莉感知到发生了一些事，拍拍七哥的后背告诉他一切都会好起来的。胖狗不知道发生了什么，就傻笑着对着他们。七哥与茉莉这对情侣，未来已经渐渐明朗，会一直幸福地走下去吗？

偌雪的前夫没有带有异样的笑脸，而是平和地喝了几口偌雪冲的热咖啡。他把眼镜往上扶了扶，好像准备要说什么，偌雪是个心直口快的人，她也有点儿欲言又止，两个人就这么等着对方先说。这时候偌雪的前夫先开口了。

“偌雪，近来过得怎样？我们有一两年没有见面了吧。我在新闻上看到了，你从的公司离职了，还套现了很多钱。”

“你不会是想来分割我的财产吧？这钱可跟你一点儿关系没有呀。”

“你什么时候会开这种玩笑了呢，你是知道我对钱没有那么强的欲望的。”

“也是，对你我还是有一点儿了解的，你的确不是这种人。我早就有离职的想法了，钱也赚够了，也就失去了工作的意义，离职可以换来无拘无束的生活，何乐而不为呢？”

“当年我一直把你看成一个未来会成为贤妻良母类型的人，没想到你最终成了一个手持亿万现金的年轻富婆啦。”

“我也没想到你是个把自己的事业看得比妻子女儿、比感情和事物都重的人，对吧？而且也要祝贺你高升了，辕泰副部长。”

“你说得都对。我自从考上友联科技集团以后，内心的另一个我就完全苏醒了，一直逼迫我要把工作完成好，不断突破自己，追求事业的极致。我果然是那个人的儿子，他预测得都对，他把我都看透了。”

“我们之间过去的就不再提了，你来这里就是要跟我叙旧吗？”

“没有，我只是想当面问你一下，是否要把我们的女儿接回来，现在你已经离职了，是不是有时间带着她一起长大？”

“你还会操心我们的女儿啊。嗯，我也在考虑这个事情。有空的话，我会去美国看她，我会离职的一部分原因也是女儿。”

“那就好。还有就是，我有一天在街上正好看到你和陆河了，你俩在一起了吧？”

“……是的，我们俩是在谈恋爱。”

“噢，我知道了，现在你的感情状况我干涉不了，就好奇问你一下，我也很久没有和陆河联系了。”

“他说他有一次路过见过你，但没有上去和你打招呼。”

“噢，是吗？这样也好。好吧，那我就先回去了，今天真的只是经过这里，也想到一些事情，就想跟你聊几句，看来我们之间没有到无话可说的地步。”

“我早就释然了，以后有缘再见吧，辕泰副部长，我也真诚希望你能顺利当上部长。”

“谢谢你！鱼之心。”

偌雪很久没有听到自己以前的网名了，那是她年轻时候给自己取的微账号名，现在听起来有点儿老土，但听辕泰这么说，倒是一下子闪过很多回忆。

辕泰离开后，偌雪扔掉咖啡渣，又给自己冲了一杯新的咖啡。咖啡的香气依旧浓烈，偌雪略波动的情绪也很快平复了。两杯咖啡的时间过后，偌雪的门铃声又响了，这次是陆河，竟然会和辕泰同一天来到她这里。

“偌雪，你还没休息吧？我刚回爸妈那里和几个亲戚吃饭喝酒，想到你就打车过来了。”

“你不会喝得很多吧！看你脸红红的。不过你可号称千杯不醉，脸红了也是很清醒的样子。”

“不会的，我可是个酿酒师啊，你知道的，如果喝一点儿酒就醉了那可怎么办。”

“你找我有什么事吗？还是只是单纯想来见我而已呢？”

“我……只是想来跟你说一件事，我犹豫了很久很久，今天才有勇气来和你说。”

“嗯嗯，你说吧，你说什么我都不会介意的。”

“偌雪，我之前也说过，和你在一起，我感受到无限的幸福与快乐，真的。当我到了自己这个年龄，我只想着这种感情的快乐，有时候我会突然觉得自己非常自私。我其实是喜欢小孩子的，也想要一个小孩，但我猜测，你应该不会想要小孩，也不打算结婚。而现在的我，想结婚了……”

“你已经有了可以结婚的对象了，是吧？”

“难道……你已经知道了？”

“是的，我当然知道了，对我来说请个人调查一下不是很容易的事情吗？我在和你恋爱不久就知道了，你其实内心还是想跟年轻女生结婚并生儿育女的，是吧？你放心，我并没有责怪你，也知道这个女生是你家里人安排给你的适合结婚的对象，你一直犹豫不决，但心里还是认可的。我不介意你和我谈恋爱的时候，还想着会和别人结婚。今天你会过来，我也知道这一天肯定会来到。我会主动离开，也感谢你这段时间以来给我带来的幸福。”

“偌雪，对不起。我还想着你可能会骂我，甚至打我一顿，释放心中的怒气……”

“哈哈，怎么可能。你也知道我的经历，我已经不是那种任性的小女生了。现在这个时代，任何事物都挺复杂的，人也变得更复杂了。没有那么多的人和事，会按自己的想法去改变和实现。现代人的感情不是永恒的，我们每天都有可能被突如其来的事情所干扰和影响。我所能做到的，就是珍惜当下，就是在和你的相处过程中保持热情，保持让我身心愉悦的感觉。”

“我知道了，没想到你今天又给我好好地上了一课……”

“对了，早些时候辕泰来过，他跟我提到了你。他看到我们俩在一起，但他也没有介意这个事情，你放心，你们曾是大学里最好的朋友。”

“是啊，很少跟你提我们大学里三个铁哥们儿的事。另外，那个叫七哥的好友，跟他的女友茉莉很早就结了婚，但几年前茉莉查出一种遗传病，即使现在的基因治疗也一直治不好，后来婚姻也出了一点儿问题。我跟七哥、小白，也就是辕泰，都好久没联系了，看来我们几个感情都不太顺利……”

“这是正常的，我们在享受时代给我们带来的物质上便利的同时，也更加自我，更加关注自己的感受，更加没办法感同身受。没事的，陆河，也可以叫你胖狗，我们都各自安好，继续好好生活吧。”

“嗯……谢谢你，偌雪。”

送别了陆河出门，偌雪知道自己不会再和陆河有任何交集了，而她今后的人生依旧精彩，不用做那些会被科技替代的工作，只会和喜欢的人谈没有束缚的恋爱。未来还很长，偌雪会按照她设想的走下去吗？